The Best of Adam Sharp

亚当的人生歌单

[澳]格雷姆·辛浦生 —— 著　郑玲 —— 译
（Graeme Simsion）

湖南文艺出版社
HUNAN LITERATURE AND ART PUBLISHING HOUSE

博集天卷
CS-BOOKY

谨以此书献给——再次献给——

我的妻子，安妮。

她是我的灵感之源、我的搭档和第一位读者。

这本书也是我向影响了我这一代人的音乐和音乐人的致意，

感谢他们的贡献。

如果你并不了解书中提到的那些歌曲，

不妨去下载下来，

一边听一边读——歌曲列表已随书附上。

/ 第二部分 /

暴雨之前

◊

如果我在 2012 年 2 月 15 日前的人生是一首歌,它可能会是《嘿,裘德》[1],简单的钢琴旋律中有我伤感又充满遗憾的青春岁月,想让生活变得更好。歌曲中段,是渐渐加强的情感——更好、更好——仿佛在预示着不一样的事情即将发生。接着就是哪——哪——哪,一遍又一遍地重复着,让人愉悦,回想起那些远去的时光。

童年时候曼彻斯特家中的卧室里塞满了影集和唱片,每一次待在那儿,都能触发我对过去的回忆。

我走向车站,穿过细雨中灰蒙蒙的街道,通勤的人们瑟缩在外套里,紧紧地攥着手机。日子一天天过去,我却感受不到,我怀念着那些过去的日子,怀念着大半个地球之外的夏日蓝天。巨大的收音机里传出的音乐声和笑声融为一体,那些穿着随便的酒客把酒水沿着酒吧一路洒到小路上。

我的路线会途经丽笙酒店,那里曾经是自由贸易厅的所在地,也见证了流行音乐史上众多开创性的时刻。1966 年 5 月 17 日,一名激烈的抗议者对着年轻的鲍勃·迪伦大喊了一声"犹大!"。彼时,迪伦刚刚结束中场休息,

---

[1] 原文为 *Hey Jude*,英国乐队披头士发表于 1968 年的歌曲。

拿着电吉他返台，接着便以一阵猛烈的吉他弹拨，演奏起《像一块滚石》[1]作为回应。我的父亲就在现场，在观众席上见证了历史。

车站的广场上，一个穿着浅蓝色厚外套，戴着与我同款无檐比尼帽的少女唱着阿黛尔的《如你》[2]。那首歌记录了美好的日子、悔恨，还有时光的流逝。如果脑海里没有关于那位年轻女士的回忆，那首歌或许对我来说仅仅是首好听的歌。但二十二年前的她成了最好的例子，证明有时爱就是永恒。

我斜倚在她对面的墙边。路过的行人在我们之间穿行，不少人往她的琴箱里丢上些硬币。她高声唱着，没有麦克风，木吉他的声响在封闭的空间里回荡。她演奏得很一般，但胜在有一副好嗓子，还有真切的情感。

我沐浴在她的歌声里，乐曲和表演让这份简单的情感达到顶峰。几分钟里，我沉浸于回顾往事的甜蜜伤感，这和每天在我妈妈的房子里醒来时感受到的抑郁之情截然不同。

我向她的琴箱里丢了一枚两镑的硬币，换回了一个微笑。有那么一瞬间，我可能想要更进一步：扔下一张十磅的纸币吸引她的注意，陪在她身边，让她可以一直唱下去，开创一些属于我自己的历史时刻。但那种日子已经过去了。今天，我在记忆银行里的支出远远大于收入。

或许早晚会有一天，我将一无所有，只剩回忆。我可以选择沉溺在罗曼蒂克的思绪里，也可以保持愤世嫉俗的尖锐，看看回忆到底有多可靠。

我是否能把澳大利亚的天空涂抹成深蓝色，因为那里属于我失去的爱人？

他们是不是真的在自由贸易厅嘲讽过迪伦？一个月前，我从父亲的黑胶收藏中找出了一张现场专辑，我的妈妈早已把她满手的污泥甩进了时间的奔流里。

"你爸爸拿到了那场演唱会的门票，但他没去看。他还有工作要做，还

---

[1] 原文为 *Like a Rolling Stone*，美国民谣歌手鲍勃·迪伦发表于 1965 年的作品。

[2] 原文为 *Someone Like You*，英国女歌手阿黛尔（Adele）发表于 2011 年的作品。

有孩子要照顾。"

我更愿意坚持原始的版本。但我的妈妈一直在重塑着父亲的形象：他不是一个任性的男人，而是一个负责任的顶梁柱，是一个楷模，最近尤其如此，因为我本人并没有一份"正经的工作"。我也因此才有时间在每周中间的日子，穿越大半个英格兰带她去医院看病。

现在什么都不想。很快就会有很多突发性的事件占据我的头脑。当天晚些时候，我还在回顾过去，搜遍网络，寻找着音乐史上细枝末节的事件，希望在酒吧小测试中获得属于我的荣耀时刻，宇宙中的杰出 DJ——或许是我父亲的化身——便会在《嘿，裘德》唱到"哪——哪——哪——哪"的部分时，抬起唱针，通知全场："这一段没什么新意了。"接着把唱片翻到另一面。

"革命"。

第一部分

The First Part

亚 当 的 人 生 歌 单

第一章

旧日恋人的邮件

我回到诺里奇的家中，开始研究皮特·贝斯特。贝斯特是披头士乐队的第一任鼓手，但没有多少人还记得这个名字。突然，一封电子邮件从屏幕下方跳了出来。

发件人：angelina.brown@tpg.com.au

嘿。

就一个字。嘿。在我们相识二十二年后的今天，在我们失去联系整整二十年后的今天，安杰利娜·布朗，我失去的爱人，决定改变世界，写下这个"嘿"。

该有首歌记录下这个时刻。赫尔曼的隐士们乐队发行于 1969 年的热门单曲《我多愁善感的朋友》[1]透过耳机的介质，在我的颅骨内回响起来。这一刻，我的人生唱机音乐剧里给这首歌留出了位置，里面的每句歌词唱的都是那个女孩，她是怎么让他的心碎成了两半。这不是什么出自语言大师的伟大作品，但足以引起共鸣。看着消息弹窗，我满脑子想的都是那个发件人。

这是不是她第一次想起我？是不是她的思绪飘回到《宛如祈祷者》[2]还占据着公告牌首位的年代，她想知道那个和她在墨尔本一家酒吧里相识相爱的男人

---

[1] 原文为 *My Sentimental Friend*，英国乐队赫尔曼的隐士们于 1969 年推出的作品。

[2] 原文为 *Like a Prayer*，美国歌手麦当娜于 1989 年推出的歌曲，亦有同名录音室专辑。

过得好不好，或者她只是在翻看联系人列表，心血来潮想要知道他正在干吗？

点击亚当·夏普，敲上几个字母，发送。

不止于此。首先，我肯定不在她的联系人列表里面。自打电子邮件发明以来，我们从未联系过。

另外，她的电邮地址显示她还在澳大利亚。我查了查世界时钟：诺里奇时间下午 1 点 15 分对应墨尔本时间 0 点 15 分。她喝多了吗？她离开查理了吗，还是查理离开了她？也许他们五年前就分开了。

她还在用着自己的娘家姓。这也算不得惊喜，毕竟她之前也没有冠夫姓。

我几乎对查理没什么了解——连他姓什么都不知道。我的头脑里默认他和她有着一样的姓氏。查理·布朗，漫画里那个戴着棒球手套的秃头小孩：是个高飞球，查理·布朗。别脱手，查理·布朗。然而在现实世界，我才是那个让球脱手的家伙。

一天晚上，几杯啤酒下肚之后，我开始在谷歌上搜她的名字，没什么进展。和安杰利娜同名的有一位致力于推动男女机会平等的干事，还有一位在报纸上写专栏的作家。想象她投身诉讼领域，或是发表洞见，都让我浸满了啤酒的大脑有点招架不来。除非我用上图片搜索，但我决定停下来。安杰利娜曾经是——过去一直都是——让我上瘾的名字，想要摆脱这种瘾，唯一的办法就是完全戒断。

或许是吧。时间过去了这么久。就好像每个酒鬼都想要证明自己的酒精依赖症已经治愈了一样。毫无疑问，在经历了二十年坚贞的婚姻关系之后，我完全可以和过去的恋人发上一两封邮件。毕竟，用美国人的说法，是她先向我伸出了手。

或许她命不久矣，想要把过去的事情理理清楚。产生这样的念头完全要归咎于早餐时和母亲的对话。或许她和查理只是想来英格兰北部度个假，提前向我咨询："如何在一个又冷又糟糕的地方规划假期，可以躲开没完没了的大晴天？"如果我连这种无伤大雅的询问都不能安心回复，那我该怎么定义和克莱尔的关系呢?

　　一直到晚上，我都还没有回复安杰利娜的邮件，还在权衡各种选择。克莱尔回了家，我们两人大呼小叫的对话声从我的房间传出去，直到楼梯下面。我可以想象到她的样子：穿着只有参加重要会议时才会穿上的灰色西服套装，搭配绿色围巾、粗跟靴子，整个人被垫到足有五英尺四英寸高。

"对不起，会议有点超时。晚饭闻起来很不错。"

"杰米·奥利弗的菜谱。鸡肉砂锅。我吃完了。"

"想来杯酒吗?"

"当然——已经开好了一瓶，在冰箱里。"

"你妈妈怎么样?"

"结果还没出来，她有点被吓到了。"

"代我向她问好了吗?"

"忘了。"

"亚当……下次你最好记住。喂埃尔维斯了吗?"

"要是没喂，你应该能看出来。"

　　这就是我们之间关系的写照，安杰利娜的邮件可能会是对我们的考验。我们是关系良好的一家人。我们不吵架，周末一起吃饭，互相照顾，是好朋友。不会有人为这种事情写首歌，但能说的其实有很多。我们的情况至少要好过我在参加酒吧小测时的队友希拉和她的丈夫查德。这两个人可以把很多人都照顾得很好，唯独不懂要怎么互相照顾。还有我们的朋友兰德尔和曼迪，他们两人依靠试管技术生了一对双胞胎，眼下正因为双胞胎的监护权打得不可开交，战场一路从圣何塞蔓延至利物浦。还有我的父母，也是一对不错的反面教材。

　　但在过去几年，我们之间的浪漫感觉几乎消耗殆尽。两个月前，我在书房里添了一张单人床。从表面上看，是我睡觉打呼的毛病影响了克莱尔的睡眠。她最近忙于软件公司的收购洽谈，需要充分的睡眠。我们的夫妻生活也随着我搬离卧室而结束了，我以为自己会怀念它，但实际上似乎并没那么想。我不知道这是好是坏。

我们的情况可能和许多同龄的夫妻没什么分别。如果把我们之间的问题都一股脑推给一段二十二年前就结束了的恋情，未免显得有点过分。在专注于解决数据库调试的问题，努力回想起疯狂老狗嘟哒乐队[1]主唱的名字，或是在克莱尔上班前在她额头印上一吻的时候，我从未想起过安杰利娜。只有在听音乐的时候，或是偶尔在钢琴上弹起一首歌的时候，安杰利娜这个名字才会在我的头脑中闪过。只有在那短短的几分钟，或是几小时，我才会回想起 1989 年。

我在一家酒吧演奏——不是小酒馆，而是一家酒吧——在墨尔本，位于中心城区近郊的菲茨罗伊，沿着维多利亚大道上的一段楼梯上去。在那里，只有为数不多的几处地方会营业到很晚，这儿就是其中一处。顾客大都是雅皮士和婴儿潮一代。在那个时候，婴儿潮一代意味着出生于战后不久的一群人，而不是像我这样，看起来比他们晚生了二十年的家伙。

大部分时候，婴儿潮一代要多过雅皮士，这让我对二十世纪六七十年代的曲子得以充分练习。傍晚时分，人流十分平稳。不少人会在晚饭后过来，让酒吧变得热闹起来。还有从其他小酒馆过来的酒客，手里甩着雨伞，把厚大衣和羊毛帽子堆在凳子上，点上一杯冰凉的拉格啤酒。已经 7 月初了，冬天过半，但阳光尚未如约来到澳大利亚。

酒吧的内部装潢肯定达不到获奖的级别，不过是一家小酒吧，里面摆着八到十把椅子、十几张小桌子、一对皮质沙发，墙上贴着老电影的海报。没有餐食供应——只有些酒吧小吃。客人一旦多起来，站着的人就要多过有座位的人，闹哄哄的环境和香烟气反倒给酒吧加了不少分。

---

[1] 原文为 the Bonzo Dog Doo-Dah Band，成军于 20 世纪 60 年代的英国乐队，曲风涵盖喜剧摇滚、迷幻流行、前卫流行等。

我在澳大利亚待了三周。当地一家保险公司需要配置全新的数据库，我接下了这个持续十五个月的咨询项目，因此有机会走访该公司在全球各地的分支。我二十六岁，从计算机专业毕业不过五年，在新兴的科技浪潮中如鱼得水，那些三十多岁的老前辈就没那么幸运了。计算机是我的通行证，把我一路带离中低阶层和公立学校出身——在我抛弃了似乎水到渠成的摇滚梦之后。

在墨尔本的第一周，我和几个同事一起去了这家酒吧，庆祝其中一位同事当了爸爸，最后还在钢琴上弹了几首曲子。我记得我弹了《走吧，勒妮》[1]送给那个同样叫作勒妮的新生儿。酒吧店主是个糙汉子，名叫山克西，他给了我半品脱——他们叫一"壶"——拉格啤酒。我感谢他同意让我弹琴，他却说："什么时候来弹都行，朋友。"

我接受了他的邀请，酒吧也成了我展开社交生活的场所。山克西给我提供酒水，我在钢琴上放了个罐子收小费。在酒吧的日子过得不错，但绝不是因为收入多有吸引力。我的日常工作薪水可观，还有一份食宿补贴，支付公寓式酒店的费用。酒店位于布朗斯威克街，在一家素食餐厅楼上，距离办公室搭电车只要十五分钟，距离酒吧步行只需十分钟。

对于这架钢琴，我已是了如指掌：琴是本地生产的，比尔牌，很旧，但音色不错，配有一个麦克风和一个小小的扩音器。有时，我还会在上班路上或是晨跑之后，突然出现在酒吧，为清洁工人弹上一曲。

到了晚上，事情就不一样了。如果没有这架琴，我可能只是个孤独的酒客，自己支付酒钱，找不到任何理由和其他人说话，也不会有人主动和我搭话。我就会有大把时间沉溺在生活的空洞里面。

我没有看见她走进来。她向钢琴走来的路上，我才注意到她。在这个全城人都喜着黑衫的地方，她穿着一件白色的羊毛连衣裙、一对高筒靴。二十

---

[1] 原文为 *Walk Away Renée*。

几岁，齐肩的深棕色长发映衬着雪白的肌肤，加上鞋跟有五英尺七英寸高。

她的手里拿着一杯粉色的鸡尾酒。严格说起来，我们这里是一家鸡尾酒吧，但这儿毕竟是澳大利亚，大多数人还是喜欢喝啤酒、红酒，还有简单的混合饮品，除非他们想来点"一口闷"——像是 B52 和烈焰兰博基尼这样的烈性酒。吧台后面的酒架更像是充充门面，山克西对鸡尾酒的了解也很有限。但今晚，他却调出了杯粉色的东西，还加了樱桃和一把小伞。

我正在演奏范·莫里森[1]的《棕色眼睛的女孩》[2]。她站在钢琴一侧，离我那么近，让我无法不注意到她的存在，啜饮着鸡尾酒的女孩。

一曲终了，她鼓鼓掌，走上前，问道："你会弹《因为这一夜》[3]吗？"

我有机会在更近的距离望着她，她的眼睛击中了我：大大的棕色眼睛，右眼下方一小条睫毛膏的印子挂在脸颊上。

我一般不会注意到香水味，除非是刚刚喷上的时候。也许她是刚刚喷了香水吧，香味是那么浓重而特别。补充一句，那是卡文克莱品牌的"迷恋"。自此以后，我在二十步开外就能分辨出这种香味。一位女士走上公交车，我偶然闻到同样的香气，所有的记忆便会一拥而上。好像普鲁斯特的玛德莱娜蛋糕[4]。

"帕蒂·史密斯[5]的歌。"她说，我还在思考是不是该告诉她睫毛膏的事。

"还有布鲁斯·斯普林斯汀。"

"再说一遍。"她大笑。

"布鲁斯·斯普林斯汀。他们两人一起写的歌。斯普林斯汀从未录制过

---

[1] 原文为 Van Morrison，英国著名歌手、词曲作者、乐器演奏家。

[2] 原文为 Brown Eyed Girl。

[3] 原文为 Because the Night。

[4] 普鲁斯特在《追忆似水年华》中经常提到的点心。据说普鲁斯特因一次偶然的机会，吃到了这种点心，熟悉的味道唤醒了沉睡在心底的所有回忆，他开始回想自己的一生，《追忆似水年华》由此诞生。

[5] 原文为 Patti Smith，诗人、画家，20 世纪 70 年代美国朋克音乐的先锋人物之一，被誉为"朋克教母"。

录音室版本，但在现场专辑里收录过这首歌。"

"竹（珠）联璧合，是吧？真克（可）爱。"

她在模仿我的口音，但听起来更像是来自格拉斯哥，而不是曼彻斯特，配合那足以点亮整间屋子的迷人微笑。

我看了她一眼，假装受到了冒犯。

"对不起，"她说，"我不该这么无礼。我只是很喜欢你的口音。"

我决定冒上无礼的风险，伸出手指划过左侧脸颊。

我们各自摸了摸脸颊，点点头，笑了起来。她明白我的意思了，蘸湿手指，却错误地揉到了另一侧。后来，她换了边，右脸颊上的印子很快糊成了一团。

"等一下。"我说着，向吧台走去，那里放着一沓纸巾。回来的路上，我发现酒吧里安静下来，不仅是因为钢琴手停止了演奏。每个人——不管是吧台后面的山克西，还是门口穿着大衣的那对夫妻——都在看着我，看着我们。我不想在大庭广众下演奏，尤其在这种敏感的时刻，我不想让自己注意到她刚刚可能在哭。

我用纸巾擤了擤鼻子，塞进口袋，坐回到琴凳上。

"《因为这一夜》，是吧？"

她用手背蹭了蹭脸，环顾四周。

"没问题，"我说，"基本都会弹。"

"你介意我唱上一段吗？"

通常来说，面对"能否与乐队合唱"这样的问题，答案都是礼貌地说句"不能"，这样的答案是经验使然，同样也是来自我父亲的忠告。他曾经——据他自己说——有一条严苛的规定，无论他在哪一个乐队，任何人，任何人都不能和乐队合唱或是合奏。

"如果埃里克·克莱普顿[1]进来想要弹上一曲，我会直接让他滚蛋。如

---

[1] 原文为 Eric Clapton，英国音乐人、歌手，有史以来最伟大的电吉他手之一。

果管事的喜欢克莱普顿多过我们，那就让他来演吧，但我们绝不承担任何经济损失。"

他在就业保障方面传授过太多次经验，因此即便克莱普顿先生在曼彻斯特欣赏王首乐队的演出并接受经济回馈的可能性微乎其微，这个故事还是像真实发生过一样成了家族历史的一部分。

"你也知道，"我的妈妈总会说，"你爸爸曾经让埃里克·克莱普顿滚蛋——原谅我用词不雅，但他原话就是这么说的——所以他才能继续以此为生。这就是宝贵的经验。"

我爸爸到底有没有让吉他之神"滚蛋"我不清楚，但我相信面对同样年轻，有着大大的棕色眼睛的女士，他的反应一定和我一样，哪怕他的身上没有酒吧所有客人带来的压力——他们都迫不及待地期待着有事情发生。

"什么调？"

她唱得不错，所有人都爱她。我是说，人们都爱上了她。她的音准很好，倾注了全部感情，但她更像是奥莉维亚·纽顿－约翰[1]，而不是黛比·哈利[2]或帕蒂·史密斯。

我又有什么资格去评价呢？她得到了全场观众的喝彩，大家都在要求她多唱一曲。短短五分钟的表演，她就征服了整个场地，我也是其中的一员。我不知道究竟发生了什么。

"想再唱点别的吗？"我问。

"《白日梦信徒》[3]？"她笑了，"他跟你口音一样，对吧，戴维·琼斯[4]？"

她的听力不错，对于过去的流行音乐也很熟悉。

"这次号码是多少，吉姆？"我模仿着戴维·琼斯。

---

[1] 原文为 Olivia Newton-John，澳大利亚流行音乐歌手。
[2] 原文为 Debbie Harry，美国歌手、演员，金发女郎（Blondie）乐队主唱。
[3] 原文为 *Daydream Believer*。
[4] 原文为 Davy Jones，出生于英国，歌手、演员，美国门基（the Monkees）乐队主唱。

她再次微笑起来："七 A。"非常熟悉。

"你会弹《一体两面》[1] 吗？"她问。

"从来没听过。"

我弹起前奏。这不是什么刺激的场面，好像她站在三英尺之外的地方，用沙哑的嗓音要求爱抚。但这首琼妮·米切尔 [2] 的歌似乎更像是声乐老师喜欢推荐的曲目，她唱得很不错。

她唱着流云、爱和生活，这时一个身穿蓝色细条纹西装的时尚小个子男人走了过来，他系着红色的背带，头上涂满发胶。他走到她的身边，站在那儿，满脸不耐烦。他大约三十五岁，长相英俊，派头十足，颇有点迈克尔·道格拉斯的架势，好像《华尔街》里的戈登·盖柯。

我把最后一段重复弹了两遍，他瞪了我一眼，轻轻抬起下唇，以防他交叉的双臂没有传递出足够的信息。等她唱完最后一句，他便往小费罐里丢了一枚硬币。我演奏完整首歌，以为表演到此为止。"戈登·盖柯"走开了，但我的歌手却还留在台上，站在我的旁边。

"你会弹《早上的天使》[3] 吗？"她问。

我弹了个 A 调和弦，挑了挑眉头，她似乎很满意这个调子。大概是想看看自己能唱多高吧，我猜。作为回应，她清唱了第一句。

我不自觉地开始抬起脚跟，再放下，打起了节拍。如果你只是点点脚尖，节奏感只会停留在你的脚上；如果你抬起脚跟，就能感受到音乐在你的周身流淌。我能感受到的不仅有音乐。她的手搭在我的肩膀上，轻轻按了按。这是一种无比亲密的举动，特别是当我们的眼前，还有四周，都围着

---

[1] 原文为 *Both Sides Now*。

[2] 原文为 Joni Mitchell，加拿大传奇女音乐人、画家、诗人、视觉艺术家和社会活动家。

[3] 原文为 *Angel of the Morning*，由美国歌手马瑞琳·拉什（Merrilee Rush）演唱，发行于 1968 年。

一大群观众的时候。我不在乎是不是有人看着我们——就这样吧，只有我和你，谢谢你陪伴着我，在我身边。

一阵高声的咳嗽传了过来，还有来自同一位看护人的厌恶眼神，仿佛在说：再敢多弹一个音，就把你的胳膊拧断。

我又弹了一个 E 调。我正身处在墨尔本的一家酒吧，又不是芝加哥南部，那个穿西装的英俊男子也不是莱洛伊·布朗。

他看着我，我的歌手看着我。然后他们互相看着对方，接着他们开始向门口走去。她的脸上还挂着浅浅的黑色印子。

我本就应该让他们走的。他们是酒吧的客人，没做出什么出格的事情，除了那笔少得好像在羞辱人一般的小费。

或许是为了回应他对她的肆意摆布和她的默许，几分钟后，我鼓起勇气在所有的观众面前弹起了一首充满挑衅意味的歌曲。

或许我只是在办公室度过了难熬的一天。我被安上了一个"海鸥"的绰号，因为有一个笑话是这么说的：所谓顾问就像是海鸥，飞进来，胡乱扇扇翅膀，嘎嘎乱叫一通，往每个人身上都拉一摊屎，就飞走了。或许这就是我应得的名号吧，一直给人留下用力过猛的印象，希望能以此让我心安理得地领取普通雇员三倍的工资。在技术上，我已经为项目做好了准备，但在这场咨询的竞技中，我还是嫩了点。

当然，还有小费。戈登·盖柯肯定不知道我还有一份收入颇丰的全职工作。我仿佛变成了我已故的父亲，为他上演了一出列侬—麦卡特尼式的送别表演。

"《你会失去那个女孩》[1]。"

他们两人一同转过身。周围太暗了，我看不清他们的表情。一曲终了，仿佛还在假装只是碰巧选中了这首曲子。场景比我想象的还要古怪。他们停在门口，听我唱完了整首歌，宣告要把她从他的身边夺走，耶。

---

[1] 原文为 *You're Going to Lose that Girl*，披头士乐队发表于 1965 年的一首歌曲。

耶，耶，耶。最终，还是我失去了那个女孩。

嘿，电脑屏幕说。

喵，埃尔维斯说，蹭着我的腿。

妈，电话说，很快便归于沉默。

一次解决一件事。

"我拿到结果了，"妈妈说，"恐怕不是好消息。"

我了解她，所以我不会说出"这个时候去拿结果太晚了"这种不痛不痒的话。时间已经过了晚上十点。

"我几个小时前就拿到结果了，但我不想毁了你的晚餐。"

"噢。"

"他们什么都检测不出来。所以我们也不知道到底是什么问题。"

妈妈没有患上癌症，这种倾泻而出的轻松感立刻引发了她对盲目乐观主义的训诫，同时还有对我童年往事的回顾，尽管我很想忘掉这些事情。

"嘿"还在望着我。这是连接过去的入口，也是对现实的一次检测，但也止步于此。她仍在一万英里开外。小酌一杯也无妨。

我给小猫的水碗填满水，走回到电脑前。克莱尔已经睡下了。

回复发件人。

嘿。我的手指在鼠标上方盘旋着，我又看到了她，站在钢琴旁边，脸上挂着泪痕，拼命掩饰着自己的紧张。她把我当成了她的盟友："我只是很喜欢你的口音。"

删除。

你好啊，姑娘 [1]，我敲下这几个字。

发送。

---

[1] 原文为 Ay up lass，典型的英国约克郡表述方式。

第二章

回忆安杰利娜的邀约

🔖

我一直演奏到酒吧关门，开始清理小费罐，山克西走过来，手里拿着水桶和拖把。

"你知道她是谁，对吧？"他问道。

"你什么意思？"

当然，我是在开玩笑。在这样一个安静的夜晚，一位棕色眼睛的年轻美女走进酒吧，开始唱起《现在带我走吧》。

"《莫宁顿警署》里的凯莉警长，安杰利娜·布朗。"

我的歌手看起来怎么也不像个警长。而且我为什么会认得一位警长，还是从外地来的警长？她到底叫凯莉还是布朗？

山克西为我解答了所有疑惑。这个国家对我来说还是初来乍到，但它同样也为全球观众输出了《家有芳邻》[1] 和《家园和远方》[2] 这样的剧集。凯莉其实应该写作凯丽 [3]：也只有在电视剧集里，人们才会用名字（而不是姓氏）来称呼一位警长。布朗女士是一位演员，她在这里受到如此欢迎，也能解释通了。

---

[1] 原文为 *Neighbours*。
[2] 原文为 *Home and Away*。
[3] 原文分别为 Carey 和 Kerrie。

"她的那位男朋友是谁？"我接着追问。

"不知道，我从没在这儿见过她。你们配合得还不错。"

"谢谢，"我说，"你喜欢披头士的歌？"

他笑了起来："《你会失去那个女孩》。你这是顶风作案啊，伙计。幸好别人也都是这么想的。"

除我之外的每个人都知道她是谁，也都会觉得我是高攀不起的。整个酒吧里肯定只有我一个人以为可能会有什么不一样的事情发生。当人们一起演奏、一起合唱的时候，仿佛会产生别样的魔力，就在钢琴的旁边，取笑我的口音和擦拭睫毛膏的瞬间。但不妥当的告别曲目恐怕让我所有可能的机会都告吹了。

或许这就是所谓的自我毁灭。我决定搬到澳大利亚不仅仅是因为高薪和阳光，还因为一段感情——那是我第一次建立起严肃的恋爱关系——在英国。我们在一起十八个月，其中的九个月我们住在一起，共同养了一只猫。乔安娜想要生个孩子，但我还没有准备好。但最大的问题是，我不知道自己有没有能力准备好，我没办法给出一个确切的日期。作为这一切的终结，我跳上了一架飞机，飞往地球的另一边。我想要在让每个人失望之前，理清楚自己的想法。

即便我正在寻找新的伴侣，我也不会选择和一位知名的女演员约会。这种自由是她应得的，可以随意唱上几首歌，并免于钢琴师的尾随。无论如何，她明显是有一位男友的。综上所述，我没有采取任何行动。

安杰利娜却选择了主动出击。两周后的一天，她走进酒吧，一个人。刚刚下午六点，酒吧里空空荡荡的。一般情况下，我不会这么早过来，但我邀请了办公室的一位行政人员共进晚餐，也算是我在澳大利亚的第一次约会。安杰利娜也算是一个间接的原因，是她唤醒了我，还有母亲经文般的教诲——继续下去。

显然，要开始我和蒂娜的约会，最好的办法就是带她到我的酒吧看看。

我们径直从办公室过来，我还穿着西装，打着领带，还特意为约会剪了头发、修了胡子。

没有什么客人的酒吧似乎让我期待的场景很难上演，我们在吧台附近的一张桌子旁坐下，点了酒水。这时，安杰利娜走了进来。

她似乎是丢了自信，就是在演唱《因为这一夜》时候的那种自信心；相反，她的脸上挂着迟疑，让我有点怀疑那晚的场景我是否记得真切。她看起来比我印象中要年轻一些。她注意到了我的目光，看了一眼蒂娜，转身走开了，接着在距离门口隔着一张桌子的地方坐下来。

我花了一段时间才说服自己，她可能是特意过来见我的。我又花了更长时间才意识到她的所有行为都是在证明我的猜测，特别是她没有选择离开，因为她不想坐实我的怀疑。

山克西走过去为她点单，蒂娜凑过来："那人是不是安杰利娜·布朗？"

一般情况下，我都会趁机炫耀一下我新近习得的知识："《莫宁顿警署》，她扮演凯丽警官，对吧？"但这一次我却反问道："谁？"

"她是一个肥皂剧演员。我看过一两次，你知道，就是随便看看那种。她演的是那个聪明的警官，不是性感的那个，但她本人还真是挺有魅力的。你觉得呢？"

我趁机又看了她一眼。

"她还可以。"我答道。我想她应该是我见过的最漂亮的女人了。

"她总是在侦破案件或是审讯犯人，很能干的那种。但她其实和那个病理学家有婚外情，她没结婚，但他结了。他就是个浑蛋，所有人都希望她能意识到这一点，和那个警官在一起。他是真的喜欢她，只是太害羞了，什么都不敢说……总之，就像我说的，只是随便看看。"

至少蒂娜给了我思考的时间。为什么安杰利娜离开了那么久？她的男朋友呢？我要如何才能在她再一次淡出我的生活之前和她产生联系？

我基本没有可能可以礼貌地请蒂娜离开，让我能开始追求另外的那位女士。放开体面不谈，这样做基本上就可以让我的事业自行了断了。这个女人掌管着办公室的足球竞猜活动，因此认识部门里的每个人，羞辱她无异于职业自杀。我也可以声称自己曾经见过安杰利娜——朋友的朋友——或者，但求上帝保佑，干脆告诉蒂娜那晚发生了什么——她在我的钢琴伴奏下唱了几首歌，但我可以强调自己完全不认识她。我也实在没办法暗示山克西在蒂娜面前该说点什么。

他站在吧台后面，为安杰利娜准备橙汁。看来她不会久留，我要想尽办法给她递个信。我知道有这样的想法就已经说明了一切。这可能是个拙劣的想法，但我要遵从本心。

我拦住山克西，他正往安杰利娜的桌子走去。

"蒂娜，这位是山克西。跟她说说我在这儿做什么吧。"

"他是个钢琴手，想弹的时候就上去弹一弹。"

"不可能。"蒂娜惊异道。

我示意山克西把她的杯子倒满，走到钢琴旁，现在我有了充分的理由在空旷的酒吧里弹上一曲。

我努力回想着比吉斯乐队[1]《我要让你知道》[2]的歌词。牧师在折磨我？

我坐在钢琴旁边，又看了一眼那位美丽的女士，脑子里模模糊糊地想着吉布兄弟，突然来了灵感。

"《你是如此美丽》[3]"。

这首歌有点像是深夜一点，喝干了最后一口酒，摇摇晃晃地走进夜色时会唱的那种歌曲，但它表达的感情在此刻恰如其分。

我还没有完全想清楚整首歌，手指已经开始敲击琴键。也不算是完

---

[1] 原文为 the Bee Gees，澳大利亚著名流行乐团，由吉布三兄弟组成。
[2] 原文为 *I've Gotta Get a Message to You*。
[3] 原文为 *Your Are So Beautiful*，英国蓝调摇滚歌手乔·科克尔（Joe Cocker）发表于1975 年的作品。

全搞砸了，好像上次演唱《再见小女孩》[1]时那样，但整套歌词确实需要乔·科克尔那样的好嗓子才能中和掉浓重的感伤情绪。

我尽力了。我一直努力看向蒂娜，而不是安杰利娜。我歌颂着梦想中的完美女士，她带给我欢乐和幸福，她是上天赐给我的礼物。但我也意识到，安杰利娜可能会认为这首歌是送给我的约会对象的。所以我故意拉长了最后的两个词"对我来说"，感觉像个十足的傻瓜。我转向安杰利娜，送给她一个自以为意味深长的眼神。

她笑了起来。

我回到自己的座位，发现确实有些不对劲的地方。一个眼神会不会出卖我？大部分时候我的目光可都放在了蒂娜身上。

这才是问题所在——也是出路所在。

"亚当，你的举动很可爱，"她说，"但……哇哦，这有点过了。我是说，我们其实并不了解对方。我刚刚结束了一段感情，我更想要——你明白吗——享受一下。"

可能在傍晚六点来到一家空荡荡的酒吧，和来自办公室的新同事展开第一次约会，还要接受一首充满浓情蜜意的情歌，确实会让人感觉不舒服。

"嘿，"我接过来，"我也是。"

"我希望你说的是实话，"蒂娜说，"但很显然，你要求得更多。如果我现在就想结束约会，你会生气吗？我去坐电车，就当作什么也没发生过吧。"

我开始起身，但蒂娜按住了我。

"没关系，我们可以先把东西喝完。你看起来真的是个敏感的人，我确实没想到这一点。至少在工作的时候，我没觉察出来。没别的意思。"

蒂娜还在喝着她的饮品，安杰利娜走到吧台前，结了账，消失在楼梯下面。

---

[1] 原文为 *Go Away Little Girl*。

　　山克西还在等我付账——"给你女朋友唱歌可换不来两杯免费的饮料"——那时候我已经半个身子出了门，他又把我叫了回来。

　　"差点忘了，你的女朋友给你留下了这个。"

　　他给了我一个信封，上面写着"英国钢琴手"。安杰利娜又换了一支笔，添上了几个字，"兼朋友"。或许她只是想把信封留下，却没有想到我这么早就来到了酒吧。

　　那是一张复印的邀请函，邀请收信人出席欢送珍妮和布赖斯的派对，这两个人我完全不认识。他们要"到英格兰去了"，也许会住在伯爵广场站附近，在酒吧工作，为徒步环游欧洲攒钱。或者，可能性更高的情况是，学习数据库设计方面最为先进的经验，从此就不需要花高价引进像我这样的外国人才了。

　　派对的主题叫作"带个英国佬"。这算不得什么羞辱——还算悦耳，甚至还透露着一丝尊敬，总好过"带个英国烂人"，我的同事一定会毫不犹豫地这么写——我的想象开始任意驰骋，甚至带了点私人的内涵。

第三章

参加派对

❤

接下来的那个周五，晚上十点刚过，我来到东郊一栋两层小楼前。那是一场盛大的派对，有七十多位客人，大部分穿着牛仔裤，比我印象中二十几岁的人要时髦得多。或许因为都是演员和摄制组成员：都要比程序员更酷。

安杰利娜站在客厅里，身边是一群和她年纪相仿的女士。她穿着一件明亮的酒红色夹克，配一件短裙、贝雷帽，脸上化着浓妆：十分引人注目的妆容，和她来酒吧送邀请函的时候不一样，也和她第一次来唱歌的晚上不一样。但香水味没有变。

她给我让出了一个位置，碰了碰我的手臂，微微一笑，仿佛无声的欢迎。我趁机看了看她的左手：没戴戒指。

她们正热火朝天地讨论着怎样为酒驾辩护，安杰利娜未发一言，却给我传递了丰富的信息：她很高兴看到我过来，也希望我能忍受这些朋友的无礼，让她连介绍我的机会都没有。她一定会找个合适的机会把我介绍给她们，但在这之前，她要先对这个话题发表一些看法。这段时间内，请别走开。

我微笑着回应，哪里都不去。

她们的对话很有意思，但很显然，一位年轻女士的驾照正处在被吊销的边缘。她正在努力听取着那些不靠谱的建议，大多来自一个长相酷似杰恩·曼斯菲尔德[1]的人，声音却是让人恼火的娃娃音。

安杰利娜第一个提出了更为实际的建议："你的实习驾照还有多长时间？"

"怎么说？"

"他们根据你上法庭的日期，而不是你被记录在案的日期处理。"

"你确定？"

"当然确定。如果你在出庭那天拿到了正式驾照，那你的证件只会被暂时取消，如果你在地方法官面前好好表现的话。"

"在地方法官面前好好表现"又引发了"杰恩·曼斯菲尔德"的评论，也让我得出结论，安杰利娜一定是跟法庭打过交道——但不是什么好事情。她肯定是个违法乱纪的狂野女演员。

她还是没有找到介绍我的机会，一个熟悉的身影出现在眼前。他穿着黑西装、樽领毛衣，还有一双擦得锃亮的鞋子。年纪似乎比大部分宾客都要大一些。

他快速扫了我一眼，抬了抬眉毛，好像并没有认出我。

"理查德！""杰恩·曼斯菲尔德"对着这个此前被认定为戈登·盖柯的男人叫道，"米兰达在零点零八分被抄了牌。她有办法逃脱惩罚的，对吧？"

"打住。工作的事情我只在办公室谈。"他咧着嘴坏笑了一下，"就好像安杰利娜，她只在工作的时候跟人上床。"

好了，看起来他们是一对夫妻。很显然，他是个律师，无疑也是个一等一的浑蛋。

"杰恩·曼斯菲尔德"咯咯笑了起来，笑声持续时间之长完全没有必要。我直直地看向理查德，他的表情说明了一切，他就是故意要讲出这样刻薄又

---

[1] 原文为 Jayne Mansfield，美国女演员，20 世纪 50 年代中期活跃在好莱坞，以性感形象著名。

伤人的笑话。

安杰利娜站在那儿，承受着这一切。这样的局面我很熟悉，不光是她在酒吧唱歌的那一晚见过。我的父亲也喜欢滥用这些刻薄的智慧，跟他一比，理查德也是小巫见大巫。在我童年的时候，有太多次亲耳听到父亲把这样伤人的话语用在母亲身上。

理查德显然是撒了谎，他并不会把工作只留在办公室里。他很快就讲起一位法官的女儿如何因为拉客被起诉的故事。

我捏了捏安杰利娜的手臂，希望没人注意到，向餐厅走去。不一会儿，她跟了过来。

"那是什么意思？"我问。

"她不是要故意伤害谁，只是有点傻乎乎的。"

"我说的不是她。"

"只是喝多了，别担心。这跟你没关系。"

我等她说完，她继续道："我们分手了，在一周前。对我们两人来说都还不太适应。"

"给你拿点喝的？"我问。

"我也正好想来一杯。谢谢你，你真好。"

去往厨房的路上，我意识到她还不知道我的名字，可能这也是她一直没有介绍我的原因。等我找到伏特加、橙汁和冰块的时候，她已经走掉了。

最终，我在楼梯的尽头看到了她。楼梯口上挂着一个手写的牌子：客人请勿上楼。

我把酒端上去。"我不想再聊天了，"她说，"我是说不想和任何人。"

"如果没有人的话，想说话也难。"我说，她笑了笑，算是对我蹩脚笑话的回应，"我叫亚当。"

"太遗憾了。我还希望你的名字里能有个类似'呃'的音，这样跟你的口音更配。"

022

"像是格斯？或者邓肯？道格拉斯？"

"都格拉斯。"她笑了起来。她的笑容很迷人，有点微醺，尚无醉意，我喜欢她因为我而笑。"对不起，你不会觉得冒犯吧？"

"你想叫我什么都行。"哪怕是个苏格兰口音的名字也没问题。

"那好吧，都格拉斯，"她说道，"你上次和女朋友在干什么？"

我给她讲了蒂娜的故事，最后还丢出些曼城人特有的词配合我的口音。她笑个不停，我也很享受整个过程。

"那首歌选得很好，"她说，"我不经常被人叫作美人，在我的世界里，大家都在追求美。"

"你必须得相信这种能突然从心底蹦出来的歌，就好像是词汇联想一样，从来不会撒谎。"

"算了吧，"她反驳道，"跟你合作的那晚，我后来去照了照镜子，睫毛膏哪儿哪儿都是，简直跟艾利斯·库珀一样。"

"我以后可能一看到艾利斯·库珀就不得不想到你了。没准我会选他做世界上最性感的男人。"

楼下的音乐声停了几分钟，很快伴着一声号叫卷土重来：是乔·科克尔的《你可以把帽子戴上》[1]。安杰利娜笑了笑，轻轻触碰着我的手臂，开始了一段无声的对话，意思似乎是这样的：

"我想要你吻我。"

"你不是真的想让我吻你，对吧？"

"我真的是这个意思，所以我才没有放开你的手臂。"

"不，不可能。不会是我。不会是亚当·夏普，那个来自曼彻斯特，搞数据的家伙。"

"我就站在这儿，仰着头望向你，如果你不吻我，咱们都会很尴尬。"

[1] 原文为 *You Can Leave Your Hat On*。

　　我已经有段时间没有亲吻过任何人了。我闭上眼睛，投入其中：那么柔软，开放，她的身份又让这一切显得如此不真实。我不想停下来，但我们正在一片公共的区域，任何人沿着台阶往上看，都能看到我们。

　　我们互相拉扯着向走廊深处移动，那里有一间卧室——看起来像是主卧，里面摆着一家人的照片，还有一间独立浴室。门内侧不能上锁，我关上门，斜倚在门上，继续亲吻她。

　　几秒钟后，她停下亲吻，我们纠缠着换了位置，她的背抵住房门，低声说道："看，我不光在工作的时候跟人上床。"这本该是句性感的挑逗，但她语调里的防备之意竟超过了诱惑。一瞬间，我有点迷惑，她是在指我们之间刚刚燃起的干柴烈火，还是想要表明立场？她一把把我拉过去。

　　没有什么前戏，这怪我，也怪她。第一步就直入主题，拉下的拉链，甩到一边的衣服，安杰利娜夹在我和卧室门中间。我不再感到紧张。我们不过是两个正在享受欢爱的普通人，其他的都无所谓了。

　　但突然，她大口大口地喘起粗气，情绪在一瞬间从狂喜转变为再明显不过的惊异。乔·科克尔的歌还在播放，我的任务也还没有完成，安杰利娜却挣脱出我的怀抱，抓起手袋，径直冲向了洗手间。头上还戴着贝雷帽。

　　她离开了足有十分钟，足够我暗自悔恨过于冒进的行动。我的恐惧得到了验证，她从洗手间里走出来，直接朝门口走去，脸上的表情分明在说，我到底干了什么？我捡起眼镜，尾随她下了楼，转弯来到浴室清理掉挂在脸上的唇膏印子，后来就再也找不到她了。

　　理查德还在客厅里。我走过的时候，他已经结束了和"杰恩·曼斯菲尔德"的对话。如果此前他有点喝多了，那现在就真的开始目中无人了。

　　"对不起了，我的朋友，走了，甩掉你回家了。我有些建议可以给你，英国佬。"

　　我猜他是想警告我，给我点颜色看看。"杰恩·曼斯菲尔德"一脸兴奋地在一旁看着。

　　理查德终于组织出了一句话："用那些不朽的游吟诗人的话来说，所有闪光的都不是金子。"

　　他这话漏洞百出，但再多纠缠也没什么意义。

　　女主人确认安杰利娜已经离开了，还借了我手机叫出租车。她还没来得及评论我身上米字旗的图案。

　　"我很高兴能认识一个这么以传统为骄傲的男人。"

　　"只是为了迎合派对的主题。"

　　"什么主题？"

第四章

酒吧交谈

8

那本可以成为故事的结局，不是那种会和孙辈们分享的故事，却也是段美好的回忆，每当我听到《你可以把帽子戴上》，或是《因为这一夜》，或是《一体两面》的时候，脸上总会带着一抹微笑。

所有的事情都在告诉我，那不过是一晚的情愫。我想任何理性尚存的人都明白，这种事绝不是第一次发生：一个饱受情伤的女人随意挑上个普通男人，经过一夜激情，再将他弃之不理。

这没道理。我的头脑告诉我，如果这只是心血来潮的幻想，她大可不必伪造一份邀请函，再送过来。直觉告诉我，我们之间一定不止于此。还有在卧室里，我丝毫没有觉得她是在利用我。我一遍遍回想着她仓促离开的场景，看到的都是尴尬而不是相互不来电。

所以，我还是那个亚当·夏普，她也还是那个安杰利娜·布朗。

上学的时候，每次年末舞会都是约会闹剧爆发的时候。我们这些没有女朋友的家伙都会十分尴尬，得邀请个姑娘去跳舞——女孩子们则会更尴尬，她们会说："不了，我还是想看看有没有更好的选择，但如果情况真的很糟糕……"

有一个女孩子叫作萨拉，我很喜欢她，她真的太漂亮了——这对我来说不是什么好事，但我一直告诉自己，在所有喜欢她的同学中，我更能看到她身上的好品质，只是她的美貌让我无法企及。距离舞会只剩几天了，我已经准备好和另一个女孩子去跳舞了，但萨拉却来问我愿不愿意和她一起去。她一直在等待我的邀请，哪怕每个人都觉得自己配不上她。

那时候，我需要我的父亲——不是那个在我少年时期从不回家的父亲，而是在我小的时候，教我弹钢琴的父亲——在我身边，给我一些智慧的点拨。或许，八年之后，命运给了我第二次机会。

接电话的是一位拥有优雅澳大利亚口音的女士："私人信息？如果您有粉丝来信，可以寄到办公室，也请您确认寄送的对象是否正确。布朗女士扮演的是警长，不是达尼治安官。"

"我不是粉丝，我在酒吧工作。她那晚落了点东西。"

"我可以帮您处理。她落了什么？"

"一张唱片，帕蒂·史密斯的《因为这一夜》。"

"我觉得她不会在意一张唱片。您可以留下它。"

"是签名版的，写着送给安杰利娜——帕蒂。所以我们才知道这是谁的唱片。"天才。

"好吧，我会亲自过去取。"

现在没有必要打退堂鼓。"太好了。我们会存在吧台。"我给了她地址，嘱咐了山克西，如果她来了，就说唱片找不到了。

这位代理人最终没有出现，也没有任何代表安杰利娜的人联系过我。

除了工作和酒吧，我没有什么生活，不由得花了点时间想了想，下一步该做些什么。深夜里冒出来的点子让我欢欣鼓舞，可到了白天，这些点子都会让我看起来像跟踪狂一样。安杰利娜也没有给过我任何暗示，想要和我再见一面。她知道酒吧的位置啊。

探求出口的过程里，我越来越想见她。她曾对我产生过兴趣，甚至还邀请我参加了派对，上了楼。我们之间情投意合：我能感觉到那种情愫，在钢琴边，在派对上——更不用说在卧室里。尽管理查德在外形上比我更时髦，职业上也更出风头，但他的行为分明就是在往水井里投毒，根本没有挽回这段关系的意思。肯定有大事发生了，我的脑子里都是这样的想法，她一定也感觉得到。也许，只是也许，我还有机会，如果我能利用好这一切。

酒吧里有一台电视机，偶尔会打开一下。傍晚时分，酒吧里尚且安静的时候，山克西打开了电视机。接下来的三个周一，我们一同收看了周播剧《莫宁顿警署》。

理查德有关安杰利娜只在工作时和人上床的嘲弄倒是有几分现实根据。她扮演的角色凯丽警长是个聪明人，也是警局里的中坚力量。就和蒂娜说的一样，她正和已婚的地区病理学家纠缠于一段不伦之恋中。但这毕竟是一部家庭剧，所以也没有什么过分的镜头。但我还是希望扮演安德鲁斯博士的男演员千万不要蜚声国际，毕竟我对他已是恨之入骨。

真正的惊喜来自达尼，那位更热辣的警官，她的任务是穿着便装巡查海滩，剧组对她服装的"轻便"性给予了充分的解读。而达尼的扮演者就是那位被我冠以杰恩·曼斯菲尔德之名的女士，她在银幕上的风采和现实生活中别无二致。

我记下了制作公司的名字，打算再试一次。我要采取的办法源于自信，而非高傲；出于对她的敬仰，而非奉承；一切为了她，也为了我自己。太过戏剧化，或许吧，但也呼应了她的职业。充满创意，却又致敬了她"带个英国佬"的奇思妙想。还有智慧，智慧是达到其他几项标准的必备条件。

我在花店买了一打玫瑰花——七枝白玫瑰，五枝红玫瑰——把它们按照钢琴音阶的顺序依次排开，差不多有一块纸板的长度，红玫瑰排在黑键的位置。我在板子上穿好孔，用铁丝固定住。

我不顾花店老板的反对，用拳头把三朵花压平，组成一个 A 和弦（A chord），就是《早上的天使》开头的那组三和音。就是那首歌，那首她男朋友不让她唱下去的歌。A 代表着安杰利娜，还有亚当。这些破碎的花朵还能承载更多的意义吗？

当然可以。我压扁了一朵白玫瑰，放在 G 和弦上的花，和弦上的第七个音——那是充满期待的序曲，一切情绪的开端。

花店老板也同意，加张卡片更可以一击制敌。

我从未做过这样的事情：此前不过是情人节当天的一束玫瑰花。幸好这件事我只告诉了花店老板，因为鲜花生意是他的利益所在，他会劝我继续下去，否则我一定会让自己放弃这种奇怪的想法。

当晚，我待在酒吧，一直到打烊。第二天晚上，我嘴里咬着放了坚果和芝士的扭扭条，心里也拧巴得打结。每一曲终了，我都会转身环顾酒吧，想着在哪些场合我该说些什么。

第三天晚上，我弹完了汤姆·威茨的《谢幕之时》[1]（大家都这么叫这首歌，但实际上它真正的名字是《我希望我没有爱上你》）[2]，酒吧里空荡荡的。我抬头看过去，她就在那儿，在半明半暗的灯影里，独自喝着一杯绿色的鸡尾酒，牛仔裤，还有松松垮垮的毛衣。这首姗姗来迟的歌准确地表达了我所有的情感。或许当时的我还不能确定自己爱上了安杰利娜，但我对她的所有感情都在那个瞬间满溢上来。

我走到吧台，目的只有一个，让自己平静下来。

"她喝的什么？"我问山克西。

"堕落天使。杜松子、柠檬，还有薄荷甜酒。跟漱口水一个味。"

"最好让我变成个九英寸钢琴手。"

他看了我一眼。

"开个玩笑。有一个精灵告诉一个男人，可以满足他的一个愿望……"

"我当然知道这个笑话。"他给我倒了杯啤酒，"态度好点，她跟你一样

---

[1] 原文为 *Closing Time*。
[2] 原文为 *I Hope that I Don't Fall in Love with You*。

紧张。"

不管紧张与否，这位钢琴手跟在吧台后面的同事一样，都该学学如何解读人类行为。我不断提醒自己，最难不过让安杰利娜出现在酒吧里，之后的事情一定会顺畅得多。

我还没坐定，她便开了口。

"我不会待太久。我只是想谢谢你的玫瑰——你很贴心，又聪明，我喜欢你的口音。但那天在派对上的事情完全是个错误。我从没做过这样的事情。我结婚了，和理查德。我们虽然目前分开了，但我还没有准备好开始一段新的感情。很抱歉让你产生了错误的想法。"

话说完了，她起身，杯子里还有半杯酒。但我突然感到一阵空虚，全身像被抽干了一样。

深呼吸，微笑。"没问题。你没让我产生错误的想法。但把酒喝完再走吧。这没什么。"

"谢谢你。我感觉糟透了。我是说，我确实爱你的口音……"

又是该死的口音。那我的钢琴呢？我闪光的智慧呢？还有如干柴烈火却又柔情无限的擦枪走火呢？

她坐了下来，手上套着订婚戒指和婚戒。她知道我在看她。

"我应该在派对上就告诉你的。我只是觉得每个人……我直接从片场过去，在拍戏的时候我是不戴戒指的。我还没有准备好把婚戒摘下去，我想你该懂我的意思了。"

"你一定是很年轻就结婚了。"我说。

"那时候我二十二岁，现在我二十三岁。"

没有长性，或者是做了错误的决定。

她似乎看穿了我的心思："我不想立刻从一段感情跳到另一段感情。我甚至都不确定这段感情是不是真的结束了，所以我确定，一定，肯定不能和你在一起。"

"但你喜欢我的口音。"

"我爱你的'库音'[1]。"

"但还没爱到可以成为我的床伴，对吧？"

她笑了起来，一口喝干了杯里的酒。"目前的我不想扮演任何人生活中的任何角色。我要自己想想清楚。"

她又站了起来。我想要凑过去和她吻别，脑子里想的全是怎么能和她多待一些时间，而她似乎也有着自己的打算。

"我能问你个问题吗？"她说。

我点了点头，希望能让她感到安心和鼓励。

"你保证会说实话？"

"我有撒谎的理由吗？"

"你有，所以我才需要你的保证。你一定不能告诉任何人我问过这个问题。"

"快说吧，小姑娘。"

她把身子微微偏向一侧，又转了过来。"我表现得还好吗？我是说……"

我当然明白她的意思。如果要我真的说实话，我可能会说：这要让我怎么判断？只有短短的六十秒，同时我还要保持稳定，把你抱好，还要留心门上的撞击声是来自你的丈夫，还是我们两个？不光如此，我还得想办法表现自己，好让你还想和我再来一次，显然这一点我是搞砸了。

另一方面，如果你已经二十六岁，三个月没上过床，再烂的床伴都会是好的，更何况她是你见过的最漂亮的女人。但如果她真的想要知道自己在床上的表现怎么样，可能得先把试镜的态度摆摆端正。

我回答："我去给咱俩再要来点酒，一会儿就告诉你。"

我就是这么做了。我和她分享了我真实的想法，着重强调了端正试镜态度的问题，她笑了起来。酒精替我赢得了时间，让我能提出心里的问题。

---

[1] 原文为 ahk-cent，安杰利娜在模仿亚当的曼城口音。

"所以，这一切到底是为了什么？"

"你真想知道？"

"我真的想知道。"

她环住手臂："我从没和理查德之外的人睡过。"

"这没什么好羞耻的，"我说，"我觉得你很吸引人。"

"快打住。是你问我这一切的原因，我告诉了你，你却笑话我。总之，我的困扰正相反，绝对不像你想的那样有意思。变态的人实在太多了。"

我很明智，没有使用更简单的联系方案。

"那之前呢，在学校的时候？"

"我上的是一所女子学校，那可不是一个能教你怎么找男朋友的地方。我的父母……我的母亲是一个非常严苛的人。不能同居，没结婚不能上床。我并不认同这些，但可能会让我在这件事上比常人更谨慎。"

"你住在家里？"

"在我接了《莫宁顿警署》的工作之后也是。你知道我在里面有个角色，对吧？"

"我知道，但我刚认识你的时候并不知道。"

"那份工作可真不容易。我要一边上课，一边学唱歌：它给了你更多选择。我不是在逃避感情，但这就是我做的工作，我不想让我自己失望，我要充分利用好这个机会。我又没有妮可·基德曼的长相，所以我一定得更努力才行。"

二十一岁之前都没经历过一夜情？我在那个年纪有过两次，从家里搬了出来，独自打拼。她甚至都没有过固定的男朋友。

不管是因为缺少经验，还是不合理的预期，她最终选择了理查德，那个总喜欢把一切过错都推到安杰利娜身上的家伙。他在派对上对安杰利娜的讥讽，是那样刀刀见骨。

"所以你需要一次独立评估？"我接着问道。

"当然不是！"她好像有点喝醉了。山克西已经回了家，留我在店里锁门，临走前还给我们准备了一瓶起泡红酒。

她给自己倒满酒。"这么说吧，如果你一直被人说不够好，又没有人做点什么帮你变得更好，你就会开始怀疑自己。那天晚上，他让我非常生气。"

"你已经和他分手了，你不需要什么借口，所以也不应该感到愧疚。"

"但我确实感到愧疚。只过去了一周，我还在期待他能向我道歉。可能现在我还抱着这样的期望吧。但我已经开始怀疑，应该道歉的人会不会是我。"

"他做了什么事让你觉得他该道歉？"

"和别人共进晚餐，却不告诉我是谁。"

"只是晚餐？"

"应该是的。但他撒了谎，他告诉我在加班。"

"真是老生常谈。他的问题，他该道歉。他也应该告诉你那人是谁。"

"他说需要和别人谈一谈，谈谈我们的事情。这就是我正在做的事情，对吧？"

"你现在单身。"

"但如果我们之间没问题，他也不需要找谁谈谈，对吧？所以问题又回到了我的身上。"

"所以你才邀请我参加那场派对，是吧？想找个人谈谈？你可不需要带个英国佬才能进门。我可是花了整整一天才找到那件上衣的。"

她又笑了起来，手里摆弄着酒杯。"我只是想有人站在我这一边，"最后她说，"我本不想去的，后来我又想了想，去他的吧，我不应该承受这堆问题，我也不应该错过送别布赖斯和珍妮的机会。"

"他们都是真实存在的人？"

"当然。我很感激你参加了派对，但我还是希望能和理查德重归于好。"

我挑了挑眉毛。

"不像听起来的那么糟糕，"她说，"我以为如果我们可以通过性爱解决问题，解决我的问题，剩下的一切都会迎刃而解。他总是这么说，我们还有很多美好的回忆。在派对上发生的事情……那些都该是我在结婚之前做的事情，肯定是这样。"

"也就是说，你已经想明白了是吧？正经地说，那件事对你有帮助吗？"

"某种程度上。"

"继续。"

她笑了笑，似乎有点不舒服："你保证不会说出去？"

"我保证。"

"我说过我有问题，是一些实实在在的问题。我从来就没能……到过，和理查德没有。而且，就像我刚才说的，我也没跟别人睡过。"

不是在一年的婚姻生活里，和她本该深爱的男人享受床笫欢愉，反倒是选择了一个彻头彻尾的陌生人躲在门板后面，时间短到都来不及让乔·科克尔分享完爱的箴言，甚至都来不及脱光衣服？性是一件奇特又美好的事情。不管是因为什么，她总会记住我。但她说的似乎有点太多了：是那种只有在你面对一个陌生人，对他的评价毫不在意，因为不会再见面的时候，才有的掏心掏肺。

"所以，谢谢你，"她说，"我感觉好多了，至少不是完全绝望了。"

"你离绝望还差得远。否则，我也不会一直追随你到墨尔本。"

我本该想出个更好的说法，但她还是对我报以微笑。"谢谢你。我感谢你做的一切，真的。只是才过了一年……"她把杯子放下，"我该走了。"

"去哪儿？"

"我和我的父母住在一起。房子是理查德的，是我净身出户。"

"让我送你一首歌。"我说着，站了起来。

"我真的该走了。"

"只有一首。"我走到钢琴旁，"鲍勃·迪伦。"

"不是吧。你可千万不要唱《女孩，躺下》[1]。"

---

[1] 原文为 *Lay Lady Lay*。

她笑着，我赶快换了首曲子。我弹起了第一句，用的《如果你要走，请现在离开》的和弦，她站在我的旁边，身子快要贴过来了，脸上洋溢着笑容。那是首很有意思的歌，摇滚乐的节奏，夜已深沉，我们也都喝了点酒。我的口音更重了，完全为了博她一笑，不然呢。

"这是我仅有的选择吗？"在我结束了一段夸张的钢琴独奏之后，她问道，"现在离开或是待上整夜？我真的该回家了，但……"

我站起来，看着她大大的褐色眼睛，确认自己是否正确理解了她的意思。接着我用手指托住她的下巴，问道："你愿意和我共进晚餐吗？"

这不是她预想的反应，我也不知道她的神情是失望还是解脱。两者都是吧，我希望。我等着她的回应，脑子里也在盘算，如果她拒绝了我，我该怎么做。

"为什么？"她说。

"结束对话。我们才刚刚开始。"

"你会在这里待上多久？"

"三个多月，到年底。接着我会去新西兰、新加坡、中国香港、南非、津巴布韦，最后回家。我会一直当一个公路战士，直到明年八月。"

"这工作听起来挺不错。"

"非常不错，除非你想要发展一段长期的恋情。上路的时间已经定了，没的商量。"

"我真的，真的不想发展新的恋情，我认真的。"

"我也是，在英国，还有人等我。所以我明白你的意思。"

"好吧，"她说，"不确立关系，不爱上彼此，没人会受伤。"

"所以你是同意了？"

"只约会一次，都格拉斯。"

第五章

初次约会

　　墨尔本是一座不断扩张的大都市。它想要再扩张多少我不知道：我最远到过北博文区，就是在"带个英国佬"派对的那晚，搭出租车三十分钟的路程，那应该已经是郊区的边缘了吧。而我与安杰利娜"唯一的约会"或许也该在那附近的某个地方。

　　安杰利娜证实了我的看法。我把地址给出租车司机，得到了这样的反应。

　　"利德尔！你知道利德尔有多远吗？"

　　这座陌生的城市还在不断地给我出着难题。晴好的春日偏偏要以可怕的雨夜做结束，大雨瓢泼一般顺着灯光倾泻而下。我和安杰利娜在酒吧碰面，花了整整二十分钟，才穿过三车道的维多利亚大道，拦下一辆出租车。

　　我必须得补充一点，她看起来太美了，是那种能让人忘了呼吸的美。是的，我在酒吧里见过她，在派对上见过她，在电视里见过她，说到电视，我不得不赞叹专业服装师和造型师的鬼斧神工。她穿着一条深蓝色的裙子，肩部加了衬垫，裙边开衩，从领口到袖口印着两条夺目的纵向条纹，不仅如此，她的装扮看起来就像是二十几岁的女士，只有在重大场合才会精心准备的盛装。我吻了她，她回吻了我。我可以一整晚都站在那儿。或许那确实是个不错的主意，因为在那之后，一切急转直下。

　　她跑向出租车的时候，一辆公交车开进了排水沟，溅湿了她的裙子。接着我们就踏上了漫长的旅程……多久来着？

"这种天气，这种路况，得要一个半小时。我也没法保证一定能送到。"司机答道。

"刚好可以把你的裙子晾干。"我打趣道，我知道这所谓的幽默是有多么苍白无力。

"我们到底要去哪儿？"

为了这个夜晚，我着实花了点心思。不管是好是坏，我征服安杰利娜的王牌就是我的异国口音。我翻遍了黄页，终于找到了一家英国主题的餐厅，还有现场表演。确切地说，是喜剧表演。

"那家餐厅叫作'假都铎'。"

"你开玩笑吧。我们大老远跑到利德尔就是为了……"她突然停了下来，一定是意识到我在选址上确实是下了功夫，"嘿，对不起，我不该这么挑剔。肯定会很好玩，就像被绑架了一样。"

这的确很好玩，好玩到或许真的被绑架了才能感受到点乐趣。司机不做承诺的行为果然明智，在他的陪伴下，我们度过了差不多两个小时的时光。安杰利娜努力评论着周边的环境，但对于暴雨中的家电城和汽车城能说的似乎实在有限。

假都铎孤零零地站在一条繁忙的公路边，指示灯牌拼命地叫嚣着廉价的消费。餐厅里面摆满了木制的椅子和长凳，寄宿学校或许才是它们最合适的归宿。服务员有两类人，牛肉或是"假山鸡"，似乎是在影射充斥在都铎宫廷里的浪荡娼妇。

我们是仅有的一对情侣。考虑到我们正在进行一次"特殊的约会"，老板给了我们餐厅里最好的桌子——理论上最好的——也让我们对于近在咫尺的余兴节目毫无躲藏之地。

餐厅里差不多坐满了三分之一，这要归功于两大拨聚会的人。我猜第一拨人的平均年龄在八十岁左右——如果不算护工的话——只有个别人会对节目有所反应，这节目在我们进来的时候就已经开演了。节目的名字叫作《变化无常》，台上有一个讲单口笑话的演员，穿着中世纪样式的滑稽戏服，正在模仿亨利八世，协助他的是没有客人需要服务的"娼妇们"。两位上了岁数的女士大叫出声"不！"，以自身行动强烈反对着那些大不敬的台词。

长桌边坐了一圈女性客人，应该都在就业年龄，吵吵闹闹的，对于台上发生的一切毫不在意。应该是她们的"女孩之夜"吧，或者是某个女性占绝对主导的公司，让接待员随意安排的一次活动吧。

一位服务员——四十来岁，身材魁梧，身穿格纹上衣，比台上的演员更像亨利八世——凑到了我们的桌旁，显然是被安杰利娜迷住了。他可能已经认出了她，毕竟她的裙子让她很难泯然众人。

这一切真是糟糕透了，就像脱了轨的火车，如果不是在"特别约会"的场合，或许还有点可笑。安杰利娜努力装作很感兴趣的样子。

"我都不知道还有这样的地方。"

"我也不知道像这样的地方还能存在，不然我就选个其他的地方了。"

"那你就会错失我们文化里的独特一环。"

服务我们的服务员小妹似乎对古英语毫无兴趣："你们俩喝点什么？"

安杰利娜的脸上扬起大大的微笑："我想来杯马天尼。"

"我们没有鸡尾酒。我可以给你做杯杜松子加汤力水。"

"你确定做不了马天尼吗？不过是——"

"我们的酒单里只有这个。"

真正的都铎饮料肯定是一品脱的英式麦芽酒，同样也不在酒单上，我们的服务员小妹似乎被激怒了，不想再听我们多讲一句话，便甩下一句"你们俩想明白了我再过来"，往下一桌走去。

还没等她走远，我们穿着格子上衣的朋友就拦下了她，在经过了所谓"充满生气的热烈交流"之后，独自向我们走来。

"没关系的，"安杰利娜说，"我也不想惹麻烦。"

他咧开了嘴巴，微笑道："两位晚上好，我是餐厅经理，很抱歉给您造成了任何困扰。这位女士想来杯马天尼是吧？"

在我的人生中，有好几次都曾屈从于女性身上不容小觑的性感力量。"能帮我完成项目吗？"交给我吧。"我不知道为什么他们给我分配了一个中间的座位。"坐我的位子吧。"我猜火车应该还没有收车吧。"让我送你回家。没有承诺，只有给予，从未期待回报。

或许换个角度会更有意思。安杰利娜会有什么样的感受？她可以随意地掌控这样的力量吗？她会觉得罪恶吗？她会蔑视那些甘愿为她做牛做马的男人吗？她是设下罗网的蜘蛛，而男人们则是甘愿扑进网里的苍蝇。

"如果你确定不会太麻烦的话。"

"当然不会。要手摇的还是加橄榄的？"

什么调？

马天尼花了四十分钟才送过来，在这期间，点单的"娼妇"一直在回避着与我们的眼神接触。整个晚上，我们的酒精似乎再也无法融化坚冰，只能各自咀嚼着牛肉、鸡肉，还有作为配菜的英国卷心菜、胡萝卜和土豆泥。

亨利国王的表演让我们没有多少机会可以交流，但我们还是成功交换了人们在性事和第一次约会前普遍会分享的基础信息，或者是第一次约会和性事。我们的顺序正相反，这也就意味着我们会缓慢地、窘迫地、冒着可能引发连锁反应的风险，分享这些信息。

"你是做什么的？"她问道，"我猜你不会是周游全球，只为弹钢琴的。对不起，我不是说……"

"没关系。一首歌只赚五毛钱，这样度日可能有点太艰难了。"

机智、到位，又愚蠢。只给那一丁点小费不是她的错，我也不想让她被迫为理查德辩解。好在她没有纠结于此。

"你觉得我是做什么的？"我反问道。

"计算机？"

她脸上的表情分明在说：请一定要告诉我我猜错了，请一定要说你是卖安利的，或者是烟草法案的游说员，或者是刚刚杀了自己的兄弟，还在挨家挨户上门的传教士。干什么的都行，只要别跟电脑有关系。

"我是一名建造师。"我抿了口水，继续道，"数据库建造师。"

她的脸上是否闪过了一丝轻松，当她以为我可能会有点意思的时候？我把谈话的焦点转回到她的身上，还有她那份人人都会艳羡的职业。

"你一直都想做一名演员吗？"

"自打我五岁的时候起。我去上过表演课，也接过一些广告。我直到十九岁才接到一个大点的角色。有一个女人来看一部法律类的讽刺喜剧，她的儿子在里面有一个角色，她是《莫宁顿警署》的选角导演。"

"法律类的讽刺喜剧？"

"我当时正在墨尔本大学法律系念一年级，我也参演了那部戏。苏茜看了我的表演，给了我那个角色，我立刻就答应了，而我的妈妈——"

"——无疑是为了你的职业发展而高兴。"我知道那会是我妈妈的反应，如果我放弃了一份专业类的职业，转而开始从事艺术表演，实践各种奇思妙想的话。

"她没有。我们家都是搞法律的，我爸爸是，我的一个姐姐，还有我的哥哥都是。但表演是我一辈子都想做的事情。"我猜她已经告诉了我，至少是已经暗示了我，希望我不要站到她妈妈的一边，贬低表演的价值。

我的刨根问底被马天尼打断了，经理本人亲手送到了桌前。虽然杯子里装了黑橄榄，对奶油葡萄酒来说不是最理想的搭配，安杰利娜还是诚挚地对他表达了谢意，并再次为造成的不便道歉。他似乎有点飘飘然，半天才意识到自己小小的疏忽。

"这位先生需要喝点什么吗？"

我必须用上极大的自控能力，才能压下怒气，给出简单而直接的答案。"一杯啤酒，谢谢。"

我花了几分钟，假装在听亨利说话（"我说，'亲爱的，只舔一点怎么样'，而她回道，'亨利，我想要全部'"），脑子里反复思考着一些事实：安杰利娜很聪明，聪明到可以念法律；而她又很有胆量，胆大到可以为了自己不一定能实现的梦想而抛弃一切。

我本不该为前一点而惊异，在她身上，我没有看到任何年轻女演员或是女模特身上常见的不切实际和胡言乱语。她美貌、犀利又性感，同时我还要加上智慧和坚毅。我猜她会给我加上尖酸刻薄、傲慢不逊、无聊乏味的评语。我曾有过机会，却没有抓住。

我向门口的公用电话走去，打算叫一辆出租车回去。电话的两边分别装有香烟贩售机和亨利八世的人形立牌，手指着厕所的方向。没有道理再拖下去了，特别在归途漫漫的时候。餐厅经理在我回去的路上叫住我。

"马天尼还好吗？对不起，用了黑橄榄——我们的绿橄榄用完了。"

一家酒吧的绿橄榄存货不足？却还有黑橄榄？

"你是特意出去买了橄榄，对吧？"我问他。

"还有沁扎诺酒。那个该死的小姑娘买了黑橄榄回来，还泡在油里，真是让我没办法。"

我们俩都笑了。

"她是演电视的吧，就是那个警察的电视剧，你妻子？"

她还戴着婚戒。

"没错。"

"她没来过这儿会觉得遗憾的。祝你好运。"

我回到餐桌区，发现亨利八世正在拽着——确确实实地拽着她的手——安杰利娜上台。台上已经站了五个女人，而亨利国王正在大行其道地践踏着表演的第一课：如果他们不想看见你，就赶快滚下去。

很显然，这六个人要表演的正是亨利的六位妻子。其中的两位已经老得可以做他的妈妈，所以那些充斥着性暗示的桥段表演得十分差劲。或许这才是他把矛头指向漂亮女士的原因，哪怕她年纪小得连做他的女儿都绰绰有余，他甚至还煽风点火般地在她的屁股上捏了一把——从她裙子的开口伸进去，好像是不小心一样。我们所在的餐厅坐落在20世纪80年代的澳大利亚郊区，半点风雅的伪装都没有。演员的角色是个彻头彻尾的享乐之徒，他手上的动作转瞬即逝，好像是轻拍了她一下，不过是种手势。

这些都无所谓了。安杰利娜转过身，用尽全身的力气甩了他一巴掌。亨利衣领上的麦克风完整地捕捉了手掌击打侧脸的一声清脆巨响，整片场地陷入一阵惊异和沉默，紧接着人群中爆发出雷鸣般的掌声。有那么一下子，我还担心亨利会打回去，不由得赶快起身，但他只是整了整仪容，走下了舞台。

紧接着，有人大喊了一声："凯丽警长！"

我想这种事情终究是难以避免。人群中又爆发出新一轮的掌声。

舞台的后面直挺挺地立着一架钢琴，观众的注意力被重新聚集到舞台上。现在我要做的，就是抓住这一切的机会。

怎么做我不清楚，但我已然翻过椅子，来到了舞台上，示意凯瑟琳王后 [1] 一行回座休息。

"你知道《绿袖子》[2] 吗？"我问安杰利娜。

"你确定？"她回复我的声音有些颤抖。

"当然。他没什么问题。人们又那么爱你。"

从本心来讲，我是个内向的家伙，喜欢自己待着，在派对上基本不知道该说些什么，更不用说在这样的餐厅剧场里。但为观众表演于我没有半点

---

[1] 原文为 Catherine of Aragon，阿拉贡的凯瑟琳，英国国王亨利八世的第一个王后。
[2] 原文为 *Greensleeves*。

困扰。

我把"娼妇们"的麦克风从架子上取下来,回到原位。希望和经理刚建立起来的交情,能给我多赢点时间。

"掌声再次送给安杰利娜·布朗女士,送给《莫宁顿警署》中的凯丽警长。我们都该学到一点——永远别惹毛一个条子,更别惹毛一个女人。"笑声和掌声交织着。"趁着亨利国王去医治梅毒的工夫,安杰利娜愿意为我们献歌一曲。"笑声更大了。经理出现在台下,给了我一个手势。我认为他的意思是:可以,但别太过火。

我把麦克风递给安杰利娜,走到钢琴旁边,弹下《我是亨利八世,我是》[1]的第一句,C调。这架钢琴看起来破破烂烂的,音调也调不准,完全是一副年久失修的凄惨模样。我试着弹了个升F调——全都按在黑键上——听起来还好些。

我的父亲常给我讲一个段子——不过讲了百十来次吧——源自彼得·库克和达德利·摩尔[2]表演的一个小品,达德扮演一位钢琴老师,而皮特坚称黑键弹起来更响。最终达德屈服了,原因是皮特不停地向他撒钱。但这个小品也确实反映了一些真理,就好像我父亲指出来的,旧钢琴上的黑键通常会保养得更好些,因为用到的次数少。

我把麦克风给了安杰利娜,现在只能靠喊:"这首歌是亨利八世写给安妮·博林[3]的,就在安妮让他把手放老实点之后。"

我弹起了《绿袖子》,安杰利娜动人地哼唱着降B小调的乐曲。我们又合作了一曲《我是女人》[4]——她的选择——作为对观众的答谢,却又引得他

---

[1] 原文为 *I'm Henry VIII, I Am*,英国乐队赫尔曼的隐士们于 1965 年推出的作品。

[2] 原文为 Peter Cook and Dudley Moore,英国喜剧二人组。达德(Dud)、皮特(Pete)分别为达德利(Dudley)和彼得(Peter)的简称。

[3] 原文为 Anne Boleyn,英王亨利八世的第二任王后。

[4] 原文为 *I Am Woman*,澳裔美国女歌手海伦·莱迪(Helen Reddy)于 1972 年推出的作品。

们想听更多。

出租车上，安杰利娜拉起中间座位的安全带，扣到我旁边的锁扣上。我伸出手臂环抱住她，她顺势靠了过来。

"我真没想到你还会弹《我是女人》。"她说。

"不是第一次有人让我弹这首歌了，毕竟女权主义的代表作也没有几首。"

"应该再有几首新歌的。这样我们社会的公信力打折扣就不会是因为这些 20 世纪 70 年代的歌曲了。"

"流行音乐的黄金年代啊，差不多就是从 1971 年开始的吧。"

"你一定比你看起来的还要老。"

"你呢？《一体两面》？《白日梦信徒》？"

"我没那么喜欢音乐。我是说，我喜欢唱歌，但也不会一辈子都抱着广播听个没完。我爸爸喜欢音乐，所以我从小就听他听的那些东西。"

"在这一点上，我们是一样的。"向着灵魂伴侣的方向迈出了小小的一步。

"在马天尼的事上，我女演员的毛病又犯了，对吧？"她问道。

"有一点吧。"

"千万别让我犯那毛病，都是演艺界的恶习。我们点名要喝巴黎水，还有其他乱七八糟的要求，虽然花不了几个钱，却能让我们感觉受到尊重。因为我们大部分人实际上赚不到多少钱。我算是格外幸运的一个，还能出演常规角色。你知道我为什么会扇他一巴掌吗？"

"因为你能扇他？"

我无意做出什么心理洞察，只是单纯地注意到，她的身边坐着些观众。

"你怎么知道的？作为女演员，你得忍受很多东西，而你能做的事情几乎没有。其实我还挺希望自己能想出些犀利的词句回击他，但他的行为侵犯了我的肉体，我也只能以肉体相击了。"

"你太棒了。"

她吻了我，但正如她刚刚提到的例子，我自然以同样的方式给予她回应。

驶回文明世界的长路漫漫，但这丝毫没让我感到困扰，显然也没有影响到安杰利娜。她告诉我她度过了几年里最快乐的一段时光，哪怕没有唱歌也没关系。这是件好事，因为我开始感觉到我们的关系即便没有钢琴也能持续下去。她想要让约会顺利完成的决心不言自明，而所有那些让人尴尬的安排不过是我头脑里的臆想。"快来呀，"她说，"你比那个专业的喜剧演员有意思多了。"

最终，我把她送回位于基尤的父母家。那是一片绿草茵茵的城郊社区，出租车司机被迫带着我们在附近绕了好多圈，我才依依不舍地和她吻别、道晚安。

顺便说一句，目前还没有历史证据表明，《绿袖子》是亨利八世的作品。尽管很多人都这样传说，但这首曲子的出现，最早只能追溯到他死后的三十三年。

而我在来到澳大利亚，想要理清自己思路的两个月后，开始和一位有夫之妇暧昧不清了。

第六章

继续约会

8

有夫之妇这样的说法可能还是略显夸张。安杰利娜和理查德可能在法律意义上仍是夫妻关系，但——虽说她有时在提起他们两人的关系时，还会使用现在时态——绝无复合的可能。尽管如此，我们仍然面临着一些麻烦，麻烦的源头不是她的配偶，而是父母。她不想让父母知道，自己刚刚分手就搭上了别人。

"他们会以为这就是我离开他的原因。"

"所以呢？你是一个成年人，让他们想怎么以为就怎么以为吧。"

"没这么容易。他们都是很直接的人，况且我还住在他们的房子里。"

除此之外，安杰利娜的日程总是排得满满当当：表演课、声乐课，还有晚间拍摄，她花在演员权益工会里的时间也是越来越多。而我白天也要全职工作。

当我们终于找到时间能见上一面，如何安排这一段时间又成了另外的问题。于我，这很简单。我希望安杰利娜能完全属于我，不管是在餐厅的桌子旁，还是在我的床上。

如果我能重返生命中的某个时刻，那会是一个晚上，在吉姆希腊小酒馆的后院里。从我家走过去不过十分钟路程，我们自己带了赤霞珠酒，倒在酒杯里畅饮——那杯子可能是装过维吉麦咸味酱——还有烤鱿鱼、烤羊排和我这辈子吃过的最好吃的牙鳕鱼。靛蓝的澳大利亚夜空下，一位满脸胡须的大块头男人招呼我们进去，穿着简单牛仔装的安杰利娜是那么放松，和我笑作一团，我相信这一定是她第一次在外人面前笑得那么开心。我们选择跳过甜点，漫步回到我的公寓。

安杰利娜也深爱着这些迷人的夜晚，但她还有更多想做的事：看场电影或是戏剧，外加彼此间的讨论，还有品酒会和公开讲座。和安杰利娜在一起的每分每秒都太宝贵了，我可不想花太多时间去了解电影行业中男女的薪酬差距。

我们开始约会大概六周后的十月末，有一天，她突然出现在我家门前，手里拎着一个尺寸巨大的袋子。她把袋里的东西一股脑地倒在厨房的长凳上：意面、蔬菜、面包、芝士，还有一瓶红酒。

"演唱课的老师取消了今晚的课程。我来给咱俩做顿饭。"就在我拔掉红酒瓶塞的时候，她突然说，"希望你能明白，这有多特别。"

我也做过几次饭，通常是在我们饥肠辘辘地躺在床上，毫无出门之意的时候。这也不是我们第一次在家下厨。

她继续解释着自己的意思："我从来，我是说从来，都没有为理查德做过饭。"

"都是他来做饭？"

"我们那会儿刚度完蜜月回来，我第一次做晚饭。那可真是头一遭，完完全全地搞砸了。我在家的时候，都是妈妈做饭，我还有个姐姐。我从来没有独立生活过，你知道的，我就是那种——被惯坏了的熊孩子。"

"你妈妈不工作？"

"自打她有了孩子开始。我还给她打了电话，问她怎么从土豆泥里把土豆皮挑出来，从捣成泥状的一碗土豆里面。"

"你这是在逗我。"我们都笑了起来。

"理查德可不觉得这是什么好笑的事情，他觉得我就是个不可理喻的蠢货。我可能真的是吧，不然怎么能干出那样的事情。我还想同时做好三种蔬菜，还得看着肉别煎煳。但我去打电话的工夫，肉就煳了。所以我告诉理查德：'明天轮到你做了。'他却说：'不行，我还要准备资格考试。而且我赚得比你多，你就应该给我做饭。'我当时就接着说，大概是这么说的：'不可能。我也要一边工作一边学习，而且咱俩的收入差不多——如果我能保住《莫宁顿警署》那份工作的话。但如果我还得给你当仆人的话，那份工作恐怕就保不住了。'"

"结果是谁做饭呢？"

"谁都不做。我们会叫外卖，吃点速冻食品，或者干脆出去吃。我也不洗盘子，因为我们用的都是纸盘子和塑料餐具。理查德最终还是屈服了，我们找了个清洁女工。跟我结婚就是这个样子。"

她把一整包意面全都倒进了冷水里，接着说："想想可真有意思——我刚和理查德在一起的时候，一心就想给他做这些家务事。"

这可能是我吃过的最难吃的意面，但紧接着意面而来的，就是我这辈子最棒的一次性爱。

可能是幸运之神眷顾了我，让理查德这样的"珠玉"在我之前出现在安杰利娜的生命里。我曾经有过长期交往的经历，也有过几个女朋友，在性事上我虽然算不得天赋异禀，但也知道成功的关键是让对方也能享受其中。

但这也还是花了点时间。我毫不惊讶，一年多以来，安杰利娜一直被指责为不够好。我想让她感觉更好的努力极大地促进了我们之间的关系——尽管这关系本就不该开始——我们拥有的不仅仅是床笫间的一次成功。

最终，安杰利娜找到了打开一切的"钥匙"。我的手中，也握着一把实实在在的钥匙。在某一个午夜时分，我们在卡尔顿看完戏，穿过展览花园散步回家。安杰利娜和往常一样，点评着当晚的节目。

"这就是我们所谓的第四堵墙,剧作家选择打破这堵墙,他知道观众就在现场,好像偷窥者一样……"

她突然停下来,眼睛盯着往树上爬的一只负鼠,开了口。她的声音被黑暗包围着。

"还记得你约我出去的那个晚上吗?山克西已经走了,酒吧里只剩下我们俩。"

"有点印象。"

"你有没有想过差点该发生些什么,在你缠住我之前?"

我没想过。我为什么要幻想现实中已经拥有的东西?"你想过吗?"我问。

"怎么说,你想知道是什么让我……让我不安……还有……"

我的口袋里装着酒吧的钥匙,那是山克西给我早上练习用的,以防清洁工没有提前过来开门。十五分钟后,我们躺在其中的一张皮沙发上,灯关着,衣服丢在地上,想要弥补几周前的那一次损失。安杰利娜一定是想到了什么,但就在我们差不多快要"到那儿"的时候,一种熟悉的感觉涌上来,但转瞬即逝。

安杰利娜挣脱开我的亲吻。"要是有人闯进来怎么办?"她问道。

这才是问题的症结所在。但很快,我发现自己想错了,问题的症结恰恰相反。

"闯进来看见你?"我反问道。我本想说"看见我们",但本能告诉我,她才是期待意外惊喜的那个。

确实如此。我一把拉她起来,抱着她倚到门上,从主路上冲进来的冒失鬼们就无法夺门而入了。我又登上两级台阶,把第二层上锁的大门放下来,二人随即陷入北博文区卧室的夜色里,重回一切开始的地方。

我俩的脊柱都该感到庆幸,把硬邦邦的大门当作助"性"工具的日子没有持续多久,但这种意外惊喜的幻想一直伴随着我们。在我们交往的日

049

子里，我排演了几十种不速之客的意外到访：房东来收房租，制片人闯进更衣室，航天员提前结束太空行走回到地球——全都操着《白日梦信徒》的口音。

我们也谈过这件事。潜意识里，她是不是希望被理查德抓住？我觉得很有可能，但看着这样的想法演变成我俩间的性幻想，也着实有些艰难。她是否曾经在自慰的时候被人看个满眼？她坚持说没有，但也引发了一轮激烈的讨论。还是说女演员天生需要这种戏剧化的刺激场景？

"好好干你的活吧，都格拉斯。"

对我来说，这种随时会被人抓住的危机感不会引发什么直接的性刺激，但我很喜欢看到安杰利娜对此的反应，不仅仅是某一个瞬间的反应，还有她日益增长的自信心——她终于逐渐明白，自己不是婚姻失败的全部原因。

在安杰利娜不用拍戏的周末，我们会安排一些短途旅行。她有一辆小小的红色福特全垒打轿车。我们开着车去维多利亚的乡村看风景，去亚拉山谷品尝红酒，去没有名字的小地方摘草莓，流连于乡下的古董店——全是那些恋爱时间不长的男女喜欢做的事情。

常常有人认出安杰利娜，但大多只是对我们笑笑，挥挥手，反倒让我们觉得整个世界格外美好。八卦新闻里没有我们的照片。在这方面，澳大利亚可比英国文明多了，或许也是因为她还不够有名气吧。

我的头脑里没有任何歌曲可以对应上那段时间的记忆。音乐让我们走到一起，但在后来的时间里，并没有扮演重要的角色。我不需要任何歌曲来提醒我们之间的关系，因为爱已经填满了我的生活。我们是那么幸福，傻乎乎地陷在快乐里，但我对音乐的喜好反倒偏向忧郁的乐曲。那可真是该迷上沙滩男孩的好时候啊。我们偶尔会一起来到酒吧，我总是会弹上几曲，而安杰利娜只开口唱过一两次。

我们有时也会去看现场乐队的演出。我记得有一天晚上，在一家酒吧里，有她非常想看的布鲁斯组合，大概不是因为她有多喜欢布鲁斯音乐，而是因为乐队成员全是女性。我很喜欢这些乐队的表演，也还想多看几场，但她似乎更喜欢电影和话剧。

在这期间只有一首歌让我记忆犹新，因为我不想忘了它——《走在阳光中》[1]——那一天，我们在大洋路上驰骋，广播里传出这首歌，我们不顾一切地大声唱着，安杰利娜的身上洋溢着幸福、青春和自由。我告诉自己，你要记住这一刻，亚当，这样的时刻一去便不会再来。

现在是诺里奇时间晚上十点四十五分，墨尔本时间上午九点四十五分。小小的弹窗又跳了出来。

近来可好？

---

[1] 原文为 *Walking on Sunshine*。

第七章

回复邮件

♀

近来可好，"发自手机邮箱"，我感觉不到我们之间的关联，不管是和我当初深爱的二十三岁澳大利亚姑娘，还是今天四十五岁的成熟妇人。

二十年前，她最后一次写信给我的时候，似乎更为正式。

> 亲爱的亚当：
>
> 查理和我将于三个月后成婚。我想让你知道，我依然爱你，可能会永远都爱你，但你我终究是有缘无分。你会是我永远的灵魂伴侣。
>
> 爱你的，安杰利娜

查理。她只提起过一次，一次的匆匆带过，在早时候的一封信里。没有细节，出人意料。即将成婚。不曾住在一起，也不曾长久交往。好像直接从煎锅里蹦出来的一样。

信是手写的，信纸很漂亮。致亚当，而不是都格拉斯。落款是安杰利娜，而不是安杰——好像她塞进我门缝下面的小字条那样。我不知道这封信她写了多久。就好像写歌的人不知道该把什么写进歌里，安杰利娜或许也不知道她把什么写进了字条。第一次读到那封信的时候，我似乎看到我们之间的永恒之爱变成了她的小恩小惠、她的道歉，甚至是一份安慰奖品。

我回复了她，希望字句里没有满是苦涩。我写了一封长信，告诉她我永远不会忘怀我们在一起的时光。祝愿他们一切都好，我自己也会好好生活。

时光流逝，当我再次回看安杰利娜的信笺，我看到的只有痛苦，还有希望一切不要发生的祈愿。但多年前的我，不管是无心还是有意，似乎只能读懂她字面上的意思。求你了，亚当。快来救我。救救我们。

今天的我们大概可以开诚布公地聊一聊了吧，除非我们还想继续这种单字邮件的把戏。但我又想告诉她什么呢？

如下是我想说的：

> 我们分开后，我的职业道路越走越顺。那时的我是个二十六岁的年轻专家，如今的我攀上了行业顶峰，掌管着一家知名软件公司的欧洲业务。
>
> 受益于公司的股权分配政策和本人巧妙的彩票组合，克莱尔和我目前衣食无忧。我坚持去上班只是为了增加点智力上的刺激。我的钢琴演奏上了一个新台阶，我现在为一些音乐人伴奏，也定期和一支当地的乐队合作演出。
>
> 我们现在有两个孩子，都在上中学。迪伦是个颇有天赋的唱作人，希拉里活跃在学生政治领域。我一直保持健身的习惯，最近还参加了伦敦马拉松。

但经过一夜睡眠和大半个白天的思忖之后，我真正落笔写下的却是这样的内容：

> 还是老样子。还在打合同工，住在诺里奇。还和克莱尔在一

起，没有孩子。你呢？

虽说有点言不符实——比如我的上一份合同四个月前结束了，目前还处在没有新合同的空窗期——但我至少抑制住了想要冷嘲热讽的冲动。

跟你上次写信的时候比，都没什么变化。除了世界上有了互联网，东西德统一，为戴安娜王妃难过。

点击过发送键的我陷入了沉思，短短几十个字就能总结出我现在的状态。对我来说，这可能并不是代表着理想和现实之间的差距。毕竟跟我同龄的男人中，至少有一半人曾经幻想过为英格兰队攻入制胜一球，或是成为格拉斯顿伯里音乐节[1]的头号明星。

我的问题在于，我目前的生活恰好就是我想要的。十八个月前，寻找新合同的过程让我痛苦不已，我不禁问自己，到底想从生活中得到什么？到底想要选择哪一种生活？答案就是：兼职工作，参与酒吧小测，听听音乐，照顾妈妈，陪伴克莱尔。除了最后一个想法因为克莱尔的繁忙工作而告吹之外，其他的部分就是我现有生活的真实写照。我为什么要为了安杰利娜重新创造一种梦想的生活呢？

墨尔本时间已经将近午夜，我应该短时间收不到回复，但我参加酒吧小测就要迟到了。

我出门的时候，克莱尔刚好开车回家。我朝她挥了挥手，她也挥手回应了我。

我们的好日子已经过去了。现在的诺里奇，只有五六家酒吧还定期有小

---

[1] 世界上规模最大的露天音乐节，每年6月在英国举办。

测试可以玩玩。跟我们同场竞技的队伍都比我们要上心得多。

我从几年前开始参加这些酒吧小测，通常是在下班之后。那时候我在为当地的一家公司服务，而克莱尔也是从那时起开始早出晚归。斯图尔特和查德，两位和我年纪相仿的同事，叫上我一起参加小测，我的音乐知识也帮我们赢下了一些硬仗。合同结束了，我的小测传统却保留了下来。最近，查德不再来了，但他的女友希拉成了常客。

酒吧小测逐渐变成了社交活动，特别是对斯图尔特和希拉的同事们来说。如果测试的领域是他们所不擅长的，便会随意编造些数字。这个冬日的晚上，只有斯图尔特的同事德里克觉得有些力不从心。德里克是个体育迷，他的知识很有用，但我们真正需要的是一位四十五岁以下，熟悉21世纪流行文化的年轻人。宠物小精灵？《实习医生格雷》？贾斯汀·比伯？过，过，过。

今晚的主持人是位上了年纪的男士，很传统，对于复杂题组有着特殊的偏爱。

"本题第一部分：举国上下都为之屏住呼吸的赛马盛会是……"

斯图尔特看了德里克一眼，说道："先让希拉试试。从技术层面上来讲，这是一道体育类的问题，但又涉及了历史和地理，我们的专家需要鼓足自信，至少要来点欢呼喝彩。"

"墨尔本杯。"她答道。

德里克点点头："记下了。"

"第二部分：何时举办的？"

11月的第一个周二是墨尔本的公休假期。赛马比赛或许能让整个国家暂时屏息，但在主办城市，整天都会热热闹闹的。

我的同事们可不会接受我以任何借口错过弗莱明顿赛马场的部门早餐会，大啖烤鸡喝香槟。让我意外的是，安杰利娜竟乐于参与其中。

"我以为你有约。"我说。

"我告诉你：收到了差不多五封邀请，都被我拒绝了。我是个演员，不是和一群中年商人眉目传情的花瓶。"

"我的这帮朋友也许也文明不到哪儿去。"

"一会儿我们就能知道了，对吧？"

整个场面好像一场闹剧：正式的礼服裙，新奇的裙子，塑料香槟酒杯，外卖鸡肉，一帮人全都扎在赛场的停车场里。

要从一大群狂热的赛马迷中找到我们的队伍并不容易，大家的衣着相仿，全都带着冰桶（或者用澳大利亚话说，叫冰盒）和折叠桌。安杰利娜穿了一条及膝的黑裙子，配上红黑相间的腰带、黑色丝袜、高跟鞋，绝对是我当天见过的打扮最精心的人。一个打扮成啤酒罐的赛马迷认出了她，他们两人也差点把对方撞倒。

温暖春日里的畅饮，立在沥青路面和草地上的高跟鞋，精巧易碎的头饰：这些都足以让人扭伤关节，甚至更糟。我们沉醉在这美好的春光里，同事们还算懂礼节，让安杰利娜感觉宾至如归，当然也没忘了埋怨我不肯和他们分享私人生活。

安杰利娜似乎才是更吃惊的那个："和我在一起的事，你没告诉任何人？"

"他们是我的客户，只要待上两个多月，我就会离开他们。我也不会要求我的医生告诉我他在跟谁约会吧。"

"我明白你的意思，但是……"

"你可是安杰利娜·布朗。"

她笑了起来："我都不知道是该生气还是高兴了。"

很显然，她做出了决定。我向数据库的同事隐瞒约会和钢琴演奏的行为是有着积极意义的，因为她钩住我的脖子，亲了过来，当着所有同事的面。有一位同事还趁机介绍起了自己，蒂娜——那个鞋跟歪歪扭扭，和另一个行政职员在一起的女同事。

我在办公室基本没怎么见过她，和她那场别扭的"约会"更是早就被我抛到了脑后。可她没有。

"噢，我的天哪。大家伙，这可是安杰利娜·布朗。安杰利娜，这就是我们的同事们。你们肯定都不相信，我差不多算是他们俩的媒人。是我把小海鸥带到那家酒吧的……"

安杰利娜笑得花枝乱颤："小海鸥？"

蒂娜好心地解释了那个笑话，和她的故事很搭配："亚当，无意冒犯。当时是大家选了我，让我告诉你少管闲事，这可是我代表他们每个人说的。毕竟你干的那些活儿吧，跟烦人的海鸥也差不多。她——我是说安杰利娜——也在那儿，在酒吧里喝东西，海……亚当……就好像是车头灯前面的兔子，完全被镇住了。所以我就怂恿他，'随便去弹个什么曲子'。你们懂的，哇啦哇啦说一通数据库的事，可没办法跟她搭上话。"

"真是好建议。"安杰利娜评论道。

"你走了之后，我还得跟他科普你是谁。"

"你告诉过他我是谁？他说他从来没听说过我的名字。"

历史正在被改写。

"直到我告诉他你是谁。当然，他知道以后也觉得相当窘困。总之，后面的事情就很好懂了。我离开了酒吧，接着，你就到这儿来了。"

"谢谢你，"安杰利娜回应道，"你说得很对，要不是因为钢琴，我肯定一点兴趣都没有。"她的脸上挂着微笑。"但那也可能是个错误。"

"对电脑呆子和保险文员来说，他们还不坏，对吧？"我们挤进人群，向赛场拥去。

"他们很棒，特别是蒂娜。但你却为了追我，把她甩了，海鸥先生。"

"我猜律师们遇到这样的事会很高兴的。"

安杰利娜从手包里拿出一个信封——手包黑红相间，和她的裙子正相配——递给我。

"我们很快就能知道了。"

"我以为你已经拒绝了这些企业的活动。"

"这是爸爸硬塞给我的。他去不了——因为利益冲突。这是家很大的律所，律所跟律所也是不一样的。"

我拆开信封。显然安杰利娜并没有提前打开看过，因为随着门票还附了一张字条。

> 托尼：如果你不能过来，就请把这些门票送给你出名的女儿。
> 她要比你诱人多了。

我们来到一个叫作"鸟笼"的地方，参加一场企业活动。那地方连一丁点赛道都看不着，人们过来只是为了推杯换盏，顺便攀攀关系。幸好没有在早餐时候喝太多起泡酒。安杰利娜只认识几位客人，说是认识，其实不过是点头之交，但她仍然赢得了全场的注意。

律师们大多为男性，既有三十几岁西装笔挺的青年才俊，也有穿着双排扣上装的中年胖子，在炎热的天气里，扣子随意解开着。他们比早上的那群人更聒噪，醉意也更浓。哪怕有我站在安杰利娜身边，还有他们的妻子和同事，仍不乏几个粗野之徒。

女士们全都从头武装到了脚，花哨的礼帽、高跟鞋一应俱全。她们的行头肯定要比停车场的观众贵上不少，但论及浮夸程度，却也丝毫不逊色。

因为我的口音，我和一位打算移居英国的女士聊了起来。安杰利娜离开我去敬酒，等她敬酒归来，我们的话题已经发展到了英国的房产市场。

"我要去下注，"她说，"你来吗？"

"我不是个赌徒。"

"来嘛——你送我的那些玫瑰花要怎么说？"

"我那时感觉十拿九稳。"

"幸好你不是个赌徒。但你怎么也要为杯赛赌一把，快来选匹马。"

我扫了一眼白板，上面列着二十三匹赛马的名字。

"帝国玫瑰。"

安杰利娜伸出手，我递给她十澳元。

"输赢都下。五澳元赌赢，五澳元赌输。"

"胆小鬼。"

安杰利娜回来的时候，那位女士的丈夫——一个和善的专利法律师也加入了我们有关房产的讨论。

"你买了哪匹马？"我问。

"隐秘旋律。赌它赢。"

电视被高高挂在半空中，沐浴在阳光里。我们盯着屏幕，转播信号总是要滞后一点，赛场里震耳欲聋的欢呼声完全盖过了评论员的声音。我根本不知道哪匹马领先，也不知道我的帝国玫瑰到底跑到了哪里。

赛事临近终了，一位戴着红帽子的旗手遥遥领先，观众的尖叫和评论员的点评同时到达激动的顶点，很快屏幕上出现了得到名次的赛马排名。帝国玫瑰没在里面，隐秘旋律也没有。

似乎没有人押对宝，冠军马没什么名气，名字叫作托费克。

安杰利娜抓了抓我的胳膊："看那个高个的家伙。"

那是个大块头，差不多三十岁。他的女伴跟他年龄相仿，个子不高，深色头发。他转过身，手里翻找着一沓下注的票子。很快他找到了那一张纸，拍了拍他的女伴，递给她。她的表情一下子明亮起来，几分钟后我们共享着他们的荣光：二十澳元的赌注，三十比一的赔率。总共赢了六百澳元——给每人买一杯香槟都绰绰有余。

赢了钱的女士逐一来到每个包间，给每个人倒上香槟，我们的专利法律师朋友给我们补充了很多信息。

"埃洛伊丝·迪塔，离婚律师，摧毁男人的一把好手。用行里的话说，如果有苦，就找迪塔。"

安杰利娜微微一笑："她丈夫是谁？"

"不知道，"专利法律师说，"怎么了？"

"排队下注的时候，我就排在他身后。他给每匹马都押了二十澳元。"

我快快算了一下："我的天哪——四百六十澳元。这可不太划算。"

"我想也是。"

随后，安杰利娜和其他几位名流一起，点评赛场上的时尚着装去了，我也终于有了点思考的时间。安杰利娜到底想要什么样的生活？是停车场上的那种，还是这样上档次的生活？她想要成为一个强悍的离婚律师还是时尚界的名流？我感受不到她对埃洛伊丝的任何羡慕之情：她的大胜，职业，甚至是众人羡慕的目光。但在那么一瞬间，我似乎感受到了她对那个男人的敬仰：他给墨尔本杯上的每一匹马都下了注，只为他的妻子能获得胜利。

"第三部分：说出一匹墨尔本杯冠军马的名字。"

"法尔莱普。"罗杰答道。

"等等，"我打断他，"你知道它是哪一年的冠军吗？那肯定会是第四部分问题。这就是那家伙的套路。"

"没错。"希拉附和道。

"天哪。大概是一九三几年吧？"

"托费克，1989 年，"我高声答道，"赔率三十比一。"

"你们还要我干吗？"罗杰反问道。

"肯定有首歌是写这个的，"斯图尔特说道，"但我感受到了一种干扰之力。"

第八章

酒吧表白

8

墨尔本杯之后过了差不多一周，山克西趁着演出的间隙找到我。

"还和那个女演员在一起？"

我幸福地笑了，嘴角咧到耳根。

"还记得那个九英寸钢琴师的笑话吗？"山克西问道。

"我对她很好。"

"请听我讲完。我还有另外一个关于精灵的故事。"

山克西给自己倒了点喝的："有个家伙来到一家酒吧，他的头很小，像个大头针一样。酒保问他：'怎么了？'那家伙答道：'刚刚我遇见了一个精灵，没穿衣服，大长腿，胸部丰满，说能满足我一个愿望。我就说：'帮我来一小头怎么样[1]？'接着就……"

我笑了起来。这个笑话我没听过。

山克西猛喝了一大口苏打水。"所以你学到了什么？"

"白给的礼物就别吹毛求疵？"

他点了点头："也别要求来一大头。"

我什么都没得到。正相反，我痛苦地意识到我们的关系只能短暂地维

---

[1] 原文为 How about a little head。Head 一词在俚语中为口交的意思。

持，不仅仅是因为我已经预订了六周后，12 月底的机票，更是因为安杰利娜可以找到比我更好的人。我一直告诉自己不要痴心妄想，所以我一直在控制自己，不要爱上她。至少我一直在控制自己，不要承认自己已经爱上了她。

一个温暖的晚上，我们在吉姆希腊酒馆的院子里吃了晚饭。我们有几天没见了，我的心思早已爬上楼，飘进了我的顶层公寓。她却说："我们到酒吧喝一杯吧。"

我们步行来到维多利亚大道，安杰利娜去找位子，我点了两杯起泡酒。

山克西从冰箱里拿出一瓶香槟。"算我请你们的，"他说道，"只要你别弹琴就行。"

我佯装受挫。

他边拔着瓶塞，边说："如果我有机会和这么一位女士约会，我才不会弹什么钢琴呢。"

我举着酒杯回到餐桌，两人碰了杯，安杰利娜开口问我："告诉我为什么，为什么选了我？"

这真是一个可笑的问题，我禁不住想要笑出声。但显然，她并不清楚这得需要一个多大的洪荒错误才能让一个相貌平平的数据库设计师兼半吊子钢琴手拥有她这样一位美丽、智慧、有野心的电视明星。

我把这一切都告诉了她，还补充道，在她的身上看到了自己的影子。我们都是演员。哪怕是在工作的时候，我也想让我的客户看到，我的工作值得他们付给我的每一分钱。

她笑了起来："你还真是什么都知道。帕蒂·史密斯和布鲁斯·斯普林斯汀，'两人一块的，不是吗？'"

"你知道我为什么是个爱显摆的人吗？"我接着问道，我想让她知道，我知道这所有的原因，"当我还是个孩子的时候，我每天都要给我的父亲演奏。我放学回家，他就会问：'小家伙，今天要给我弹点什么？'"

安杰利娜微微一笑，可能是在回应我对于父亲口音的夸张模仿。"然后呢？"

"一开始，我会选一些练习曲，争取每次都能弹得更好一点。后来，我会挑一些不错的歌，都是他喜欢的——从他喜欢的唱片里挑几首。现在你明白我为什么知道那么多二十世纪六七十年代的老皇历了吧？"

安杰利娜给我俩添上酒。

"我父母的婚姻关系糟糕透了，"我接着说，"我觉得我已经尽力了，让爸爸别走。"

接着，我跟她坦白从未跟任何人讲过的事情。

"我十四岁起，就不再练琴了。我是个性情暴躁的年轻人，要我每天练上二十分钟钢琴，只为了给我那该死的老爸弹上一曲，我才不干呢。那个家伙从来不回家，那会儿我就知道，他背叛了我妈妈。"我喝干了杯中酒，把杯子放下，"然后他就走了，再没回来过。"

我已经做好了准备，安杰利娜一定会被吓跑。但是她没有，她的眼里噙满了泪水，握住了我的手。

"什么都别说，"我默念着，"我从来没跟人说起过这些事情，我也知道你想说什么，'千万别为难自己，这不是你的错'——但你不知道真的发生了什么。他们打一开始就不应该结婚，后来因为有了我，不得不生活在一起。如果我真的不想为难自己，或者难为他，那么我想他离开的原因是感觉自己不再被人需要了。"

"还有人需要他的，不是吗？"

"也许吧，"我说，"但至少现在我对他的印象还可以。如果他留下来了，可能会被仇恨淹没。"

"你想他吗？"

"可能只想他好的那面吧。更多像是幻想，而不是他真的留下来，造成的那些烂摊子。我说得还明白吧。"

"当然明白。我的爸爸妈妈，我简直都没办法想象他们没了对方会怎么样。但我明白你的感受。让他们失望，让他们离我远点，所以我才……还有我和理查德，我太想和他好好的了。"

"我们都在埋怨自己。"

"是你说的，别把所有的过错都揽到自己身上——"她停不下来了。

"如果你想让我感觉好点，就跟我说说为什么选择我吧。因为这可能是我这辈子发生过的最好的事情了。"

安杰利娜的眼神转向别处："你为我弹琴的那天晚上，我敢说你是整个酒吧里唯一不知道我是谁的人。但你还是喜欢我，哪怕我顶着熊猫眼。你喜欢我，只因为我那晚的表现。理查德一整个晚上都像个浑蛋一样，每个人都在围着他转。你看见了这一切，还开了个玩笑。我就想这个人已经做好了冒险的准备，要为我做点什么，尽管他连我是谁都不知道……现在你知道了。"

她说得没错。她讲了她的故事，她的婚姻生活、她的计划、她的梦想都前途未卜。我知道她是谁。

我们看着对方，手里攥着对方的手。

"总有人要先说出这样的话，"她接着说道，"因为这不意味着 12 月之后我们还能再续前缘，我也不会放弃我的婚姻，哪怕我放弃了……"

她说得很慢，也给了我说话的机会。

"我爱你，"我说，"这不意味着我会放弃我的合同，和你跑掉，幸福地生活在一起。但我爱你。"

"我也爱你，"她回答道，"不管怎样。"

如果我有机会重新完善这次对话，我会记住那时的感觉，但会换个词吧，我想会是这样。因为即便当时我们都表示爱着对方，但我们注定会失败。

第九章

安杰利娜与理查德

早上，没有收到安杰利娜的回信。下午四点，我不得不接受现实，她不会再回复我了——不管是今晚，还是，可能的，永远。

理由很简单。几年前，我注册了同窗会的网站，邮件好像洪水一样涌进来——好吧，不过是六七封，但感觉和洪水一个样——都是和我同窗的女生，有几个还是当年遥不可及的那种。

她们全都离了婚。所有人，无一例外地，都因为一个名字跟我断了联系，克莱尔。对她们来说，只有单身的我才能让她们有点兴趣。如果安杰利娜和查理分开了，她完全有理由伸出探测器，看看我在干吗，然后在我提起克莱尔的名字之后，迅速把探测杆收回去。

我打开发件箱，重新审视我短短的邮件。所有内容都无伤大雅。我开始浏览维基百科，但怎么也专心不起来。终于，我做了一件两年来都未曾做过的事情——翻出运动上衣和短裤，出门跑步。

距离相当短，向北跑到伊顿公园，再折返，总共一点五英里。我简直没办法相信，自己的身体竟然差成这副模样。

在浴室里，我仔细看着镜中的自己。我不再是 1989 年，那个精瘦、轻微晒黑的年轻小伙子。我的胡子乱糟糟的，腰上挂着赘肉。几个月来，我竟有意识地避开牛仔裤，只把自己装进宽松的运动裤里。

现在安杰利娜会变成什么样？她不该是那种放任自流的类型，或许她以为我也不是。过去的二十二年岁月，会怎样改变我那些墨尔本朋友的容颜？山克西还好吗？蒂娜还好吗？那个被我当作杰恩·曼斯菲尔德的女演员还好吗？还有理查德，他还好吗？

安杰利娜在学习法律的那年结识了理查德。他做了一次客座嘉宾，她对他提出了一个问题，接着是一杯酒，还有……就这些了。她仰慕他，但他直到她拿下了《莫宁顿警署》的角色，才开始联系她。

我猜，理查德虽然个子不高，但他电影明星般的外形让他充满了魅力。安杰利娜却不肯承认。

"他很聪明。当你周围都是演员的时候，就会明白，外表根本不算什么。"

"当你周围都是电脑工程师的时候，就会发现，聪明也不算什么，"我说，"但无论如何，我们最后都会被聪明人吸引。"

"我喜欢好看的男人，我也不会因为这件事道歉。"

"谢谢你恭维我。"

"他也选择了我。我年轻，又爱冒险。他是个野心家，所以在他眼里，我也是个野心家。我曾以为，我们的生活会轰轰烈烈。"

"然后呢？"

"没你想象的那么差劲。你不过是赶上了他心情不好的两个晚上。我喜欢他做的事情，我们之间也有很多话题。"

"你们俩会躺在床上讨论公司法？"

"一些更宏观的法律问题，还有政治，像雇主是不是应该提供带薪产假之类的。"

床上谈法律。可能这就是他们性生活不和谐的原因之一。

"看看我猜得对不对，你觉得应该给，他觉得不应该。"

"没错。但他有充分的理由，都是我没想到的理由。"

"所以他就胜出了？"

"如果你愿意这么看的话。"

"这倒也没什么不可能，毕竟这是他的工作。"我接着说，"那表演呢？你会和他讨论你的演艺生涯吗？"

"我们没谈过表演理论。他没什么兴趣。"

想也不会。安杰利娜的表演知识比他扎实得多，他在这方面占不了上风。他的行为无疑深受心理因素的支配。我的妈妈，虽然与他素未谋面，一定会断定他得了矮子综合征。

一天晚上，夜已经深了，我们离开我的公寓，由安杰利娜带路，来到一家隐藏在巷子里的中餐馆。那地方只有一家餐厅，一条车道，挤得满满当当，聊天的声音不绝于耳，话题五花八门。桌子上都铺着白桌布，菜品都是绅士们的最爱——烧得焦黑的龙虾。这是她和理查德会去的那种地方。

我们在门口的一张桌子旁坐下，侍者把红酒倒进茶杯。一位金发女郎和她西装革履的男伴出现在台阶尽头，手里拿着个棕色的外带纸袋。

我比安杰利娜先看到那个男人，直接站了起来，突然的起身把桌子撞翻了。茶杯连着红酒一起砸在地上，餐厅一下子安静了。

我们之间的距离不过几码。我紧盯着理查德，他看着安杰利娜。突然，他转过身，拉起那女人就走。那女人我见过，她穿着宽松的长袖T恤衫和牛仔裤。我花了一会儿工夫才想起来她是谁：安杰利娜在《莫宁顿警署》的搭档，达尼治安官，杰恩·曼斯菲尔德。

安杰利娜像是被人打了一拳，脸上失去了血色。她欠着的身子瘫坐到椅子上，服务员从她身边挤过去，打扫一片狼藉的地板。

"我们能走了吗？求你了。"

"稍等一两分钟，等他们清理完。"

我劝她坐下来，聊了聊。问题的重点不在于我和她在一起被人看到，也不是她需要在工作中对着杰恩·曼斯菲尔德强颜欢笑，而是理查德，他和别人开始约会了。不管和谁，他开始约会了。

"这都是我的问题，跟你没关系，"她说道，"我从一开始就跟你说过，我还没有放弃，我想让我的婚姻——我们的婚姻——重回正轨。我知道他可能已经重回情场，但真的让我看到这一幕，我受不了……他们两个人在一起，好像一对夫妻一样。而我呢，和一个声称爱我的人在一起，却根本不会有任何结果。我就是在浪费时间，也是在浪费你的时间。"

从一开始，我们就达成了共识：这段恋爱关系会随着我离开澳大利亚而终结。但要是没有这样的承诺，安杰利娜恐怕根本不会开始这段感情。我想她是在利用这段时间让自己想清楚，完成那些本该在结婚之前就做完的事，接着再重新回到婚姻的围城里，不管是和理查德，还是其他什么人。但现在，有些事情已经变了，不光是在某个夜晚，我们坦诚自己爱上了对方。

我们之间的关系一定要无疾而终吗？

除了我仍然无法相信安杰利娜成了我生命的一部分，更不用说她还深爱着我，还有一个更大的现实问题也在为难着我。我签下了一份令人艳羡的合同，合同期长达十五个月。如果我选择留在澳大利亚，置项目进程于不顾，我的口碑就算是完了。如果自澳大利亚一别，想再次见到安杰利娜，我还需要坚持九个月，在跑完好几个国家之后。

安杰利娜被牢牢拴在了《莫宁顿警署》上。如果她辞演，就等于扼杀了她刚刚起步的演艺事业。她的梦想是成为朱迪·丹奇、梅丽尔·斯特里普、劳伦·白考尔那样的女主角，尽管她有着天才般的表演才能，但出演澳大利亚本土肥皂剧距离她的梦想还有很长的路要走。凯丽警长毕竟不是麦克白夫人。安杰利娜为了她的梦想一直在努力，她去上表演课、声乐课，甚至还在教课，但这不能保证她会一帆风顺，迈错了一小步就可能让她的事业尽毁。

我很清楚这种如履薄冰的感觉。我的钢琴弹得比大多数摇滚明星都要好，但这并不重要。没有人会批评约翰·列侬在《想象》[1]里的琴技。或者，举个更极端点的例子，人们永远不会在意阿尔·库珀在史上最伟大的摇滚金曲《像一块滚石》里面，管风琴弹得怎么样。很多人可能甚至都说不出阿尔·库珀和巴赫有什么区别。

总而言之，这跟技术一点关系都没有，哪怕连百分之十都没有。真正重要的，是你能否接到选角导演的电话，成功加盟随便哪部瞎扯淡的电视剧，或者干脆嫁给保罗·麦卡特尼。但这样的好运气数量实在有限。当然，我并不是说我没有明星梦，只是目前，我的职业规划还是围绕着计算机。

但对安杰利娜来说，不管是在生活上，还是在职业规划上，她都不给自己留下任何后路。她会一直学习唱歌和表演，争取更多的角色，等待着突破的到来。

到了 11 月下旬，自"假都铎"的雨夜远行，已经过去了近三个月，我们也约会了近三个月。我们或许已经爱上了对方，但从未共度过任何夜晚，从未见过对方的家人，从未见过她任何朋友。感情终结的阴影逐渐逼近。

"你会等我吗？"

她踟蹰着："你是什么意思？九个月不和其他人约会？"

我也没想清楚，但大概是这个意思吧。我点了点头。

"我是在等什么呢？"

"这些。"我摊开手，示意着我们、这个房间，还有所有的一切。长桌那头正在狼吞虎咽的一群人实在让人难以集中精神，更是削减了我手势的意义。

"继续约会，就像这样？"她反问道。

"重新开始，看看结果会怎么样。不再被任何牵绊而左右。"

"也许你说得没错。我可以用这九个月的时间想清楚我失败的婚姻，找个地方住，做好准备，等着你回来。"

---

[1] 原文为 *Imagine*。

她的声音里有了丝丝醉意，我打断了她，害怕她会在我的心里挖下更深的一个洞。她站起来，去了洗手间。

她回到桌边，告诉我："我也不知道，看看结果会怎样吧。"

过去的几周，时光飞逝，我却无能为力。安杰利娜尽可能挤出更多时间和我在一起，甚至逃掉了声乐课，只为和我躺在展览花园的草坪上，把头枕在我的胸口。我全身心地投入，想要记住我们在一起的每一刻，想要让时间过得慢一点，再慢一点，我好像一下子变成了日本游客，不停地拍照、拍照，要把所有的回忆都记录下来。

12月初，我安排了一天时间去到墨尔本西北两百英里外的阿拉皮尔山。我还预约了初级攀岩课程。攀岩应该是两个人都能享受的活动，把精神都集中在体力活动上，也能让我们稍稍忘掉不停嘀嗒的时钟。

天气宜人，我们开车去吃早饭，太阳在我们的身后升起来。安杰利娜警告我她有恐高的毛病，可我并没有意识到这个问题的严重性。

安杰利娜的恐高症比我预想中严重得多。她不肯参加攀岩课，甚至都不敢走到步道边上去看看风景。她对于高处，有着近乎病态般的恐惧，根本无法克服，她的父亲和姐妹们甚至都不敢从阳台向下望。我去上了攀岩课，安杰利娜挣扎着拍了几张照片。我却无法控制住自己的意念，这或许就将是我们的未来。

回程路上，我扮演起心理专家的角色。她的恐高症意味着什么？难道是害怕登上顶峰？

这导致了我们之间唯一的争吵。她并不惧怕失败，她才是真正敢于冒险的人，甚至敢于选择一份毫无保障的职业，而我则为了优厚的待遇，宁愿驻扎到不同的地方。我什么时候才能冒点风险？

"嘿，去攀岩的人可是我。"

"带着教练，还有一大堆保护装置。你明白我的意思。"

"我不想成为一个全职音乐人，我只在想弹琴的时候才去弹琴。如果我每天都要弹琴，可能早就厌倦了。我喜欢现在的这种状态。你觉得有问题吗？"

显然有。剩下的旅途中，安杰利娜一直缄默不语。第二天，她在我的门上留了一张字条。

> 对不起。谢谢你让我们在仅有的时间里，过得那么充实。我只是很难过，因为我们的时间太少了。

第十章

期待邮件

　　我在一周后，正正好好的一周后，收到了安杰利娜的第一封回信。那是在诺里奇时间早上九点三十分，墨尔本时间晚上八点三十分。我已经下定决心，不再去想这件事，对话窗口却不合时宜地跳了出来。

　　嘿，
　　老公还是查理。三个孩子。有工作，全职。

安杰利娜
×××

　　我有一个老公。我有好几个孩子。在有任何想法之前，别忘了这两个事实。但还有两点值得注意。

　　第一点，就是 ×××。邮件结尾代表亲吻的三个叉虽然并不代表我依然爱你，甚至是我想要亲吻你三次，但仍然意味着，有些过去并没有真正过去。第二点，她什么也没多写，显然那不是在询问假期安排的事宜。到底是什么促使她开始重新联系我呢？

　　我仔细揣摩着我的回复。安杰利娜虽然是这场对话的发起者，但她透露的信息量和我相差无几。是否想让我们之间的对话升级，看来要取决于我。

送上我迟到已久的祝福。二十二年间发生了太多事情。还幸
福吗?

不到十五秒,回复的信息就弹了出来。

多谢。四分之一的人生。孩子们都很棒。工作很有挑战,但
我喜欢。

我注意到她略去了婚姻的部分,赶忙回看她的前一封邮件。老公还是查
理。还是,这是否意味着我们现在的往来不过是暂时为之?我之前是怎么写
的来着?

我把屏幕拉下去,看到了自己写的内容:还和克莱尔在一起。如果硬要
找出两者的区别,我只能把她的意思解读为她的婚姻情况可能有点动摇,至
少是有点平淡。否则她该如何表述呢?我和查理一切都好?

我还没来得及回应,安杰利娜的又一条回复挤了进来。

查理去参加品酒会了。每周三的固定安排。

连续两个周三,你都在给旧情人发电邮。因为你感觉到孤独——或是无
聊——没有查理陪在身边,又或者是因为你终于可以躲开查理了?

我们处在一个转折点上。我可以问问她孩子的名字,她的工作,她的住
处,但我也知道,一旦这么做了,我对她的幻想就会被一点点瓦解,摔得粉
碎,好像是要我吞下厌恶酒精的药片。只有这么一点点信息的我,无法做出
如此重大的决定。

我写道:

　　和二十年前的情人写邮件，我怕这会成为我每周三的固定
安排。

　　　　　　　　　　　　　　　　　　× × × 都格拉斯

　　这比我理想的回复差了点机敏的诙谐，但我还是发了出去。前一周，她让我
受尽悬而未决之苦，我决定让她也尝尝这个中的滋味。我关掉电脑，出门跑步。

　　加码的赌注让我的肾上腺素激增，促使我沿着公园多跑了一圈。接着，我
换好衣服回城，完成一周的采购，又在钢琴店驻足，好好地聊上了两个小时，
试弹了几架钢琴。回到家里，我克制住自己不去查看邮件，转头去了酒吧。

　　整个晚上，我成了热锅上的蚂蚁。而出于减重考虑，只喝一杯啤酒的决
定，更是让我焦躁难耐。菲尔·厄普丘奇 1961 年的大热单曲是……？《呜
普啊嘟》[1]。罗伊·奥比森的哪首歌曲被克里登斯清水复兴合唱团[2]翻唱？《呜
比嘟比》。布基纳法索 [3] 的首都是哪里？瓦加杜古。希拉完全毫无胜算。

　　"你看起来很不错，"她说，"你是找到了新工作，还是怎样？"

　　"重新开始跑步了。"尽管只跑了一周，但我确实开始有了不一样的感受。

　　"这样啊，坚持住。"

　　我们在第二家酒吧状态骁勇，仅仅败给了最后的冠军。斯图尔特直到希
拉出去打电话，才凑了过来，对我神勇的状态给出了自己的评价。

　　"伙计，你难道是另结新欢了？"

　　"什么？当然没有。"我知道应该把安杰利娜的事情和某个人分享，当然
是除了克莱尔以外的某个人，于是便加上一句，"重新联系上了一个旧相识。"

---

[1] 原文为 *Opp Poop Ah Doo*，表演者菲尔·厄普丘奇（Phil Upchurch），美国布鲁斯、
爵士音乐家。
[2] 原文为 Creedence Clearwater Revival，活跃于二十世纪六七十年代的美国乐团，作
品带有强烈的布鲁斯色彩。翻唱的歌曲原文为 *Ooby Dooby*。
[3] 布基纳法索（Burkina Faso），位于非洲西部沃尔特河上游的内陆国，其首都为瓦
加杜古（Ouagadougou）。

"是个老家伙，婚姻幸福，想要聊聊数据库，对吧？"

"三中一。她确实结了婚，住在澳大利亚，我们不过是通过邮件，只言片语地聊着。没什么。"

"你简直像换了个人一样。这事你和克莱尔说过了吧，她没什么意见，对吧？你把邮件也抄送给她，四个人正好可以一块度个假。反正也没什么，不如就到此为止吧。"

"不过是通了几封邮件，有点唤醒了我。"

"我不是在抱怨，这可能是唯一能让你振作起来的机会了。当然，新工作也能让你振作，但你找工作一直也没有音信。我总在想，可能有一天我翻开《每日电讯报》看见你的照片，毯子罩在头上，才发现自己一直在跟个该死的隐形炸弹客玩什么酒吧小测。"

"算了吧，我好着呢。每周还出来三个晚上。"

"没错，但都是跟些什么人啊？正经说起来，我知道你妈妈一直病着，你跟克莱尔也有点问题，自打圣诞节以来，你一直没什么生气。可能你需要点事情让你分心，但有些时候，危险来得比你想象中快多了。"

在回家的公交车上，我查看了邮件。四条来自安杰利娜的信息。

想要在生活中来点危险的刺激吗？

斯图尔特简直就是个先知。酒吧小测是个认识人的好机会，现在我建立起了一个两层的朋友圈。希拉和斯图尔特位于朋友圈的中心，外层围绕着德里克和其他每周一见的朋友。我觉得自己是个幸运的人。短期的工作派遣让人很难建立起长久的关系，比如我刚成年时的朋友，现在早已因为家庭生活而散落天涯，失去了联系。

克莱尔的朋友遍布全国。我和她会在周末一起出去，但很久没有和另外一对夫妻共度过周末时光。我和任何人的言谈之间都未曾有过任何调情的意味、性暗示，或是下流的双关语。

第二条信息：

> 怎么样？

她随后等了三分钟。

回复道：

> 嘿，我问了你一个问题。

八分钟。最后一条。

> 软骨头。

她现在该是已经睡了。我给她发了一条足够让她清醒的答语。

> 在开会。危险的刺激感正在包围着我。

这种刺激感异常强烈。克莱尔还醒着，在电脑前工作。我亲吻她道晚安。我没有亲吻她的脸颊，而是扳过她的头，亲吻着她的嘴唇。她微笑着回应我。

我一觉睡到了早上八点，出去跑了步，偷拿了克莱尔的麦片加酸奶，替换掉我往常的油炸早餐，查看了收件箱。一封邮件。

×　×　×

只有三个叉——却激活了我的一天，我的情绪昂扬，甚至都无法集中精神。

人生中再一次，我有了活力全开的感觉，激情驱动着我，整个人变得急切而紧张，太奇怪了。我曾经有过这样的感觉，就在即将迎来重要约会的时候。

人们常说，四十五岁之后，体内的力比多含量会骤然下降，而我马上就要奔五张了。还有不到一年时间，我的朋友们就会聚到一起，在一个典型的英国酒吧里边喝啤酒，边祝我生日快乐。接着，我和克莱尔会回到家，她或许会觉得自己有责任要对我提出上床的邀约，我会一脸尴尬地同意，接着在自己的单人床上睡去，根本不会感觉到如屏幕中那三个吻给我带来的悸动。

这很怪，从某种程度上来说，性一直是我和安杰利娜的感情中重要的组成部分，她留给我的印象始终是浪漫的、怀旧的，甚至是有点犹豫的，她从未出现在我的性幻想中。我能感觉到情况有些变了。

我像头困兽一样在屋子里游荡，泡咖啡只为了给自己找点事情做，却让我的情况变得更为糟糕。我必须转移我的注意力，否则我就要疯了。斯图尔特说得对。

我给在伦敦的经纪公司写了邮件。不管是不是能转移我的注意力，我都该找点实在的事情做了。

每一年，我只需要工作六个月就可以赶上克莱尔的薪水。尽管我在数据库技术领域没什么追赶新潮的想法，但现有的系统仍然需要大量的维护和升级工作。我们这些放弃了追赶新浪潮的老兵也因此得以收获了价格上的优待。

另一方面，克莱尔辞掉了项目经理的工作，加入了一家创业公司。公司主营软件业务，赚不到什么钱，更像是为某个政府客户搭建了一个出色的抚养费支付系统。三个月前，一家美国公司提出了收购意向，自此，便开始了漫长的谈判。作为收购条例之一，克莱尔在未来的某个时候，会收到一张大额支票，接着被打发回家，丢掉工作，或者选择转到新东家位于瓦加杜古的办公室。

对此，我还没有想出任何应对计划。至于下周三的计划，就更不用说了。

第十一章

平安夜

时间回到 1989 年，那时的我也毫无计划可言。只有一份希望——或者说是幻想——让一切能发展得顺利点。

按照合约，我在澳大利亚的工作会在圣诞节前的周五结束，12 月 28 日，我就要飞往新西兰。在新西兰，我会驻扎六周，接着在路上继续奔波七个月，最终回家。

如果安杰利娜真的爱我，她会愿意等我回去。而我也会重返澳大利亚，和她再续前缘。这次分离会让我们的爱情变得坚不可摧，她会继续她的表演事业，而我也会在当地找一份工作。

安杰利娜的态度有点捉摸不定。没错，她爱我，她希望我们之间能有更好的结果——但她没办法做出承诺。她从来没有明确地承诺过什么，我也从来没有要求过。我不想让她去维护她那"似乎还没有彻底完蛋"的婚姻。我希望这件事能被渐渐淡忘，而不是大吵一架，被迫不再提起。

我的最后一个工作日恰逢圣诞派对，我所在的部门和安杰利娜学习表演的工作室都办了派对。两边都没有邀请伴侣参加的安排，但蒂娜打算给我破个例。

"这也算是你的送别会了。如果是平常的日子我们就分开办了，但这次，你就好像是在圣诞节庆祝生日一样，算是双喜临门了。所以我们决定让你把安杰利娜也带过来，如果你们俩还在一起的话。"

我告诉她安杰利娜已经另有安排，但晚上十点三十分，她却出现在多功能室的门口，迎接她的是满屋子醉鬼。她还没走进屋子，就听见了皮特的大嗓门。皮特比我大上不少，是我们的项目经理。他突然坐到钢琴前面，向大家宣布要欢送我离开，还按照我的业余爱好量身打造了一场欢送仪式。

他胡乱弹唱起汤姆·威茨的《希格先生》。我明白他的意思——《海鸥先生》[1]——但一曲终了，我却泪流满面，眼泪里掺杂了闹哄哄的快乐、离别的悲伤，还有别的什么。我从不知道皮特也是弹琴的好手——至少跟我一样好——更是有副好嗓子。我们共同为新晋奶爸的同事举办庆祝会的当晚，他也在酒吧，可他却把焦点让给了我，让我出尽风头。如果当时是他占据了琴凳，现在也不会有安杰利娜拉住我的手。

皮特紧接着又唱了一曲——他无疑是比我好太多的歌手——那是更为放松、更为优美的一曲《走吧，勒妮》。安杰利娜一直攥着我的手，越攥越紧，而我们的眼睛却都直视着前方。

"你们两个在一起真般配。"蒂娜来得正是时候，"我本来还想问你们，亚当走了以后，你们该怎么办。但答案是显而易见的，对吧？"

对安杰利娜来说，这答案是显而易见的吗？至少对我来说，我唯一能想到的答案就是，我不想离开。

接下来的周日是平安夜。安杰利娜来到我的公寓，和我一起搭电车前往迈尔音乐广场，参加烛光圣诞歌会。这也算是墨尔本的一项传统活动。晚上七点钟，广场上已经聚集了一大批人，分散在剧场座椅后方的草坪上。

---

[1] 希格先生（Mr. Siegal）和海鸥先生（Mr. Seagull）发音相仿。

广场上的位置很不好找，我们四下转着，直到一群人认出了安杰利娜。他们把毯子上摆得满满当当的野餐装备向一边挪了挪，给我们腾出一小块地方。一位女士还从书包里掏出一个小背囊递过来。

"千万要守住你的位置，拿这个占好地方。"

鲍勃·迪伦有一首名曲，唱的是歌手的情人送给他一本诗集，而歌手则在纸页中间看到了自己的影子。安杰利娜也送给我一本包装精美的诗集，并在一首诗上夹了一枚书签。那是勃朗宁夫人的一首十四行诗。

> 舍下我，走吧。可是我觉得，从此
> 我将会始终徘徊在你的身影里。
> 在那孤独的生命的边缘，今后再不能
> 把握住自己的心灵，或是坦然地
> 把这手伸向日光，像往日那样，
> 能约束自己不感到你的手指
> 抚摸过我掌心。劫运叫天悬地殊
> 把我们隔离，却留下你那颗心，
> 在我的心房搏动着双重的心音。

在维多利亚大道的酒吧里，她的手搭在我的肩膀上。那是初次相遇的夜晚，她的手指打着节拍。

> 正像是酒，总尝得出原来的葡萄，
> 我的起居和梦寐里，都有你的份。
> 当我向上帝祈祷，为着我自个儿，
> 他却听得了一个名字，那是你的；

又在我眼里，看见含着两人的泪珠。[1]

我一遍一遍地读着这首诗，等着她回来，耳边是迪伦的歌，歌里的故事是那么真实可感。他的歌里没有夏夜，没有人挤人的山坡，没有葡萄牙诗人的十四行诗，但这些对我来说却成了歌的一部分。好像他唱的不再是《心乱如麻》[2]，而是《徘徊在你的身影里》[3]。

我猜安杰利娜是去了洗手间，可她最终没有回来。在那片小毯子的海洋里，很容易就会和身边的人走散。我一直坐在那里，各路明星、合唱团，还有现场观众的歌声融为一体。那是我童年记忆里的圣诞歌曲，那时候，我的父母亲还在一起。那时候雪还很厚，包围着我们，脚踩上去会发出咯吱咯吱的脆响。我也唱了起来，但很快，就不再能发出声音。我没有流眼泪，只是有点动容，让我没法唱下去。

坐在我旁边的是一家人。爸爸点起蜡烛，递给他六七岁大的女儿。她自己手里也攥着根蜡烛，于是把新点燃的一根给了我。这场景好像电影中的一幕：摄像机推进，拍摄小女孩的面容；更大的一组特写镜头给了男人脸颊上滚落的泪珠；镜头切向父亲，他一脸微笑，想要避免直视这个哽咽男人的尴尬，却又想传递出自己的好意。接着一组中景，拍摄男人挥动手里的蜡烛。然后是台上的视角，拍摄手里挥着蜡烛的人群。我们的一生中，肯定会有这么一个富有电影感的时刻。

我不知道安杰利娜去了哪里，但我想和她分享这一刻。

切回到舞台上。

"下一首歌来自已故的约翰·列侬，"主持人介绍说，"几位特别的朋友

---

[1] 译文节选自《勃朗宁夫妇爱情诗选》，方平、飞白、汪晴译，长沙：湖南文艺出版社，2013.4

[2] 原文为 *Tangled Up in Blue*。

[3] 原文为 *Henceforth in Thy Shadow*。

将为我们献上这首歌。"

《莫宁顿警署》的演员们走上舞台。他们没有选择《圣诞快乐（战争已经结束了）》[1]这首意料之中的歌曲，反倒选择了《想象》。合唱团站在演员身后，安杰利娜站在前排，所有人都手拉着手。

和大部分观众不一样，此刻的我也成了一名演员。我不仅在看着她，我还潜伏在她的脑子里，看着夜色里放声歌唱、舞动蜡烛的观众，我能感受到她的感受。发乎心，融于脉搏，拥有三百万人的城市，四分钟的时光，气流震动声带，歌声划破夜空。

在那一刻我知道，我的余生都想和安杰利娜一起度过。我们会生几个孩子，像递给我蜡烛的小女孩一样可爱，我们要一起变老。不管付出多少，我都要让这一切实现。

我吹灭蜡烛，放进口袋里。这蜡烛我至今还留着。我也该像留住蜡烛一样紧抓着理想不放。

当天晚上，安杰利娜第一次留下来过夜。圣诞节的早上，我们起得很晚，早餐喝了咖啡，互相交换了礼物。我送了她一条小吊坠，打开能看到我俩在钢琴旁的照片。照片是山克西拍的，他用了高速感光胶片，这样就不用打开闪光灯，让她分心。照片的清晰度很差，但仍然完整地记录下我们在一起的宝贵瞬间。

吊坠来自格特鲁德街上的一家古董店。店主是个上了年纪的女士，我给她讲了我们的故事，她一边梳理着细节，一边帮我选定了这条吊坠，足足用了一个钟头。等我付好钱，她给了我最终的结论——有关这条吊坠，还有我和安杰利娜的感情。

"如果你想让她等你，你就要向她求婚。"

---

[1] 原文为 *Merry Christmas (War is Over)*。

　　我收好吊坠，却把她的建议丢在了脑后，因为以我二十六岁的聪明才智来看，求婚这种事情太过老套，已经有点不合时宜。

　　安杰利娜把吊坠戴上，任由盖子打开着。接着，我看着她摘掉了订婚戒指和婚戒。

　　她的礼物是一盒磁带，里面是前晚演出的录音。

　　"是现场录音，"她说，"那个录音师就该当场被炒了。"

　　封面上是她手写的几行字：想象，只要想象。圣诞快乐，献上我全部的爱，直到永远，安杰利娜 25/12/1989。

　　她接下来的举动让我明白，她已经超越了所有的言语和行为，决定和我一起创造未来——她邀请我去了她的父母家，参加圣诞家宴。

第十二章

圣诞家宴

把我介绍给她父母的行为，让安杰利娜整个人都很紧张。我头一次觉得自己要比她更为成熟，但这绝不是因为她还和自己的弟弟、妹妹一同住在家里。

很显然，理查德曾是这个家庭里备受尊敬的成员。安杰利娜从未跟她的父母讲起过我的"大事迹"，她不想让我显得太过聪明或是太过刻薄，也不要开什么调侃建造师的玩笑。谈政治更是没有市场，莫谈国事，远离政治，最好一句风凉话都别说。但同时我还要放松心情，做我自己，只要我不……

一路上，她说个不停，直到我们到了基尤——结束了在假都铎的约会后她下车的地点。

我知道她家的故事，安杰利娜也知道我的。她家也算不得有什么故事，无非是她名叫雅辛塔的小妹妹是个"麻烦鬼"。根据布朗家的词典，所谓"麻烦鬼"是指没有学习法律的人。

安杰利娜的父亲，托尼，在车边迎接了我们，他是那种一眼就让人感到亲切的男人——大块头，咋咋呼呼，头发没剩多少——跟安杰利娜的描述完全不一样。作为家庭法院上的大法官，他本人的形象和法官大相径庭，穿着修身短裤搭配及膝白袜。

"我们昨晚在电视上看到你了，"他告诉安杰利娜，"那些声乐课还真没白上，对吧？你妈跟我接了一早上电话。"

她的妈妈跟爸爸正相反，是个高高瘦瘦的女人，颇有几分玛格丽特公主的韵味，托尼介绍她为"安杰利娜她妈"。她也没告诉我其他的称呼。

她直奔主题，多一秒也不浪费："理查德最近怎么样？"

"他去悉尼看他的父母了。"安杰利娜回答道。

"你跟我说你一直和他在一起。你怎么没去？"

布朗夫人看了我一眼，仿佛是直接得出了错不了的结论。

"我跟你说的是，我一直住在那栋房子里。浇花，还有喂猫。"

"你应该和他一起去的。"

"妈妈！我们不在一起了。"

"人们总说到了圣诞节，就该放下分歧。但说实话，我没办法……"

"妈，还记得吗？烛光圣诞歌会。"

"你就一定得去那个活动吗？你们剧组去了得有二十个人吧。我肯定，你要是告诉他们你得回去陪丈夫的话……"

接下来的十来分钟，我们的话题一直围绕着理查德——他的家庭、执业资格考试，还有他有多需要一位能支持他的太太——之后，布朗夫人才重新把焦点放回到烛光圣诞歌会上。

"你一定得唱那首难听的歌吗？世界上有那么多优美动听的圣诞颂歌，你们就非得挑一首流行歌曲，我真搞不懂——"

"我猜那首歌是理查德的最爱之一。"我突然说道，脸上毫无表情。

安杰利娜的表情似乎是在提醒我要"当心"，但布朗夫人早已把注意力转移到了火鸡身上，临走还不忘加上一句："快在你的袍子外面套件衣服。"

这一餐的体验十分独特，不仅仅是因为我们在盛夏时节，享用了烤火鸡和梅子布丁，我的出现也让这一家人的构成变得更为复杂。表面上来看，我只是个来自英格兰的访客，背井离乡的旅人。安杰利娜新近离婚的丈夫缺席了晚宴，她也没有什么正当的理由来解释与我的相识，这让我的身份显得越发不可相信。她的外婆，布朗夫人的母亲，甚至直接把我叫成了"理查德"，根本懒得关心我们之间发生了什么。

餐桌上既没有啤酒，也没有葡萄酒。我虽不是个午餐也要喝酒的家伙，但此时此刻，如果能来上一大杯啤酒真是再好不过了。雅辛塔（我印象里她当时还是个理发学徒）给我倒了一杯柠檬水，递过来。我小口抿着柠檬水，里面却洋溢着酒精的热气，这感觉绝对不会错。

安杰利娜的大姐梅瑞狄斯是个"吃政策饭的"，一直忙不迭地在照顾着孩子。她遗传了她妈妈的长相，显然还有一部分性格。她的丈夫是个十足的呆子，戴着一副粗框眼镜，鬼鬼祟祟地盯着安杰利娜看个不停——尽管她已经穿上了羊毛衫。他姓怀特[1]，和他牙医的职业完美契合，否则我也记不住他姓什么。

安杰利娜和雅辛塔之间，还有个男孩子，名叫埃德温。他放弃了法学研究，转而投身板球梦。除了板球，他好像对什么都没兴趣，这份专注也该为他加上几分。他讲了几个英格兰队的笑话，比起我的同事们，火力还差一些。几天前，艾伦·博德带领的澳大利亚队在对阵英格兰的比赛上，实现了绝地反击，让英格兰队在自家主场吃了场败仗。或许埃德温只是圆滑得体，才没有提起这事。如果真的是这样，这份得体一定不是从他妈妈身上学来的。

"你有兄弟姐妹吗？"她问我。

"没有，可能是我让父母断了这个念头。"

"太遗憾了。没有兄弟姐妹的小孩，一般都非常自私。"

"妈妈！"安杰利娜叫道。

"嬷嬷？上帝啊，你怎么带上了这种口音。听起来跟《加冕街》[2]里的人一样。"她转过来看向我，"当然了，你也不需要四个孩子。我们可不是天主

---

[1] 原文为 White，意为白色的。
[2] 加冕街（*Coronation Street*），英国肥皂剧，是英国电视史上播放时间最长、收视率最高的剧集。

教徒。两个就够多了，但托尼一直想要个男孩，而雅辛塔又是不小心的产物。还没等你回过神来，就已经有四个孩子了。"

她巡视着餐桌。那个意外的产物一直在桌边起来又坐下，全然不顾母亲满脸的不悦表情。她走到我的身后，娴熟地给我的空杯子里添满饮料。我真是喜欢她。

布朗夫人显然还没有说完："四个孩子，要是再多一个，我们就得买辆小货车了。有一晚，我们差点就又有了一个……"

"妈！没人想听这个故事。"这次轮到了雅辛塔。

"我敢肯定他们都没听过，至少艾伦肯定没有。"

"是亚当。"安杰利娜提醒道。

"我没听过。"牙医突然插了进来。

我倒是挺喜欢听故事的，特别是和安杰利娜有关的故事。布朗夫人可不会因为要照顾部分听众的敏感神经，而绕过细节不讲。

"梅瑞狄斯当时在参加穆特法庭——"

"就是模拟法庭。"托尼解释道，这么一来他既可以让不了解历史悠久的英式法律系统的人有个背景知识，顺便也从侧面提示大家梅瑞狄斯的专业是法律，以防任何人会有疑问。

"我们知道什么是穆特法庭，亲爱的。那天晚上还是埃德温演讲的日子。还有安杰利娜，她当晚要参加学校的戏剧表演，那会儿还在 MLC 念书。"

"MLC 是我学校的缩写，卫理公会女子学校，"这次轮到安杰利娜解释了，"那时候我是女主角的候补演员。当晚是我第一次以女主角的身份登台……"

布朗夫人突然笑了起来："我每次会忘了这段，安杰利娜每次都会提醒我，但无论如何……"

后面的故事我完全跟不上了，我搞不清是谁在什么时候去了什么地方，主要是因为托尼和布朗夫人轮番上阵，把故事讲得一团糟。他们把十三岁的雅辛塔留在家里，但不是一个人，她请了些朋友过来——喝酒。后来就是一连串电话，焦急的家长，追车绕路，还有酒精引起的车内呕吐，安杰利娜一个人去了学校表演。在这场闹剧里面，她的父母竟还能抓住模拟法庭和演讲这样的"关键时刻"，实属不易，太棒了。

怀特博士帮我提出了问题。

"戏演得怎么样？"

"噢，差点把这事忘了。那戏不错，连演了一周，我们第二天晚上过去看了。"

"但安杰利娜没有参演？"

"当然有她，只不过不是主角罢了。我们看到了正式主角的表演，她演得可真不错，对吧，托尼？才刚上四年级上半学期，还是个小姑娘，怎么能演得这么好？我们要是去早一晚，可就看不到她这么出色的表演了。"

我看着托尼，托尼看着安杰利娜。他完全明白发生了什么，却什么话也没说。

趁着安杰利娜收拾桌子的工夫，半路落跑的雅辛塔带我参观了后院，车库一侧画着板球柱，自行车棚里藏着不少大麻。

"你父母不喝酒？"我问道。

"是外婆不喝，她是个卫理公会教徒。我妈能喝一点，我爸能喝很多。"

这就对了。

她递给我一根卷好的大麻："你跟安吉是怎么回事？"

我仔细想了一会儿："我们是好朋友。"

"她可是个难伺候的家伙，"雅辛塔评论道，"我是说她压根就不该和理查德结婚，那人就是个浑蛋。但她有没有跟你说过她既不会做饭也不会刷碗？现在她算背着他偷吃，对吧？"

"他们分手了。"

"用我妈妈的话说，他们是在给安吉时间成长。但你也别误解我的意思，她毕竟是我的姐姐，还是我最喜欢的姐姐。也许你已经注意到了，在我们家，根本没办法当个不孝之子。如果你再回到澳大利亚，和安吉在一起，可一定得让我留宿，想待多久就待多久。"

她最后狠狠嘬了一口大麻，在砖墙上碾灭烟头："别担心——我站在你这边。"

我们回到屋子里，开始拆礼物。安杰利娜收到了一条法兰绒睡裙，还有一件礼物要转交给理查德。

接着，布朗女士开始点评时事：民众早就看穿了霍克那套社会主义的鬼扯淡，下次选举的时候，一定会选出一大批年轻的自由派——用英国人的话说，就是保守主义者——当政。要是理查德，会有怎样的立场呢？说起理查德，好像让她一下子就想到了我。

"你怎么看我们的总理，艾伦？"

安杰利娜第三次纠正了她："妈，是亚当。"

我给了她通常用来应付出租车司机的说辞："我只在这儿待了六个月，了解得不多，所以我无法评论当地的政治情况。"

"说得好。"托尼赞美道。

托尼是个法官，对于家庭动力学颇有研究，尤其熟悉自己家的情况。他已经给了我宝贵的指点，不要和安杰利娜的母亲就这件事展开讨论。也许是酒精和大麻作祟，让我忘掉了他的忠告，也让我不再压抑我的想法。这一切和政治无关，安杰利娜的母亲和我一样直率，她完全有权利发表自己的见解。但问题在于，她不该一直贬低安杰利娜。

布朗夫人把矛头指向我，一如她此前的做法："英国小伙子，我就说一件事，你肯定知道什么对你有好处吧。我觉得放眼整个英国，不会有一个人说撒切尔夫人没给英格兰带来好处的，对吧？"

"我爸就不觉得。"我答道，浓重的英国口音一下子冒了出来。安杰利娜甩给我一个眼色，我当作没有看见。"反正他都死了。"

"节哀顺变。"

"我爸活着的时候，可恨她了。完全可以理解，谁让他是个挖煤的。"

"你的父亲是个煤矿工人？"

"可不是，下深坑的那种。"

"好吧，我相信令尊生前一定是位诚实的工人，值得我们尊敬。当然这肯定不是他一个人的问题，而是整个公会——阿瑟·斯卡吉尔，对吧？那人是个共产分子。"

"可不是，我爸也是。然后肺上就长了黑点死了。"

故事变得一发不可收拾，简单说来，是我根本无法给故事加个结尾——甚至连个观点都没有——整套说辞自我开始的那一刻起就失控了。我的父亲死于肺癌，但罪魁祸首是香烟，而不是煤渣。我尽了最大的努力，想把这个故事圆回来。

"那些叫嚣煤矿工人就不配拥有体面生活的家伙，他们根本就没下过矿，根本就没见过像我爸爸那样的工人是怎么用脏手绢捂着嘴，成天咳嗽个没完的，肺都要咳出来了。"

"噢，我的天哪——我们才吃过饭。"

托尼送我们到车上。安杰利娜的表情很难解读，可能她实在想不清楚，这场会面怎么就发展成了如此局面。托尼让我们宽了心。

"你这个浑小子，"他说道，接着就大笑起来，"下矿，你爸爸根本就不是矿工，对吗？"

"他是个音乐人，不过当个矿工他应该也不会介意。"

"我相信他不会。我也希望你今晚别开车。"

他给了安杰利娜一个大大的拥抱，接着看向我，一只手拍了拍我的肩膀："你要照顾好我的小姑娘。"

我莫名其妙地熬过了这次考验，甚至还赢得了托尼的欢心，当然还有雅辛塔。我的爸爸或许不会在意，但我的妈妈一定会以我为耻的。

第十三章

安杰利娜的离开

🙖

圣诞节的布朗斯威克街上空无一人，安杰利娜在我的公寓外面停好车子。

"我可以留下来吗？"她问。

"当然可以，我一直希望你能留下来。你妈妈没意见吧？"

"我已经老到不需要她来告诉我该怎么生活了。"

这是个好兆头，算是在正确的航路上迈出了第一步。虽然几个小时前，我才第一次发现她还住在前夫的房子里喂猫。

我没注意到她在车上装了过夜的背包。很显然，雅辛塔也没注意到她顺走了剩下的酒。我们就这样瘫坐在床上，吃着肉馅饼，就着温暾的伏特加，过完了圣诞节。

安杰利娜突然开口，自发地说（除非你认为把手懒懒地搭在裸露的大腿上算是提示）："关于我，你还有什么不了解的事情？有没有我没告诉过你的事？"

"那我怎么会知道？"我有点迷糊。

"我把能想到的一切都告诉了你，有什么是你觉得理解不了的？"

"你猜。"我反问道。

"你想知道我为什么抓着理查德不放？"

我点点头。我的问题其实是："你为什么不愿意承诺会等我回来？"问题的答案里，肯定有一部分是关于理查德的。他总是像背景板一样跟着我们：今天在安杰利娜的家宴上、我约她出去的那个晚上，还有我们第一次在钢琴边相会的晚上。

"我的父母你也见过了，"她说，"你完全可以自己回答这个问题。"

"你爸爸是家庭法院的法官。他每天都能听到无数婚姻破裂的故事，全都是因为决定做得太过愚蠢。这应该不是什么让人高兴的事，你当然不想成为其中一员。"

"接着说。"

"你爸爸妈妈的婚姻还算稳定，他们还好好地在一起。"

"嗯，尽管我妈对每件事都看不上，还有我爸总是不肯扔掉他那件恶心人的旧毛衣。"

"有点像我爸爸，晚上总是不肯回家。"

"对不起，我没有比较的意思。我只是想说，他们有点像是一对模范夫妻，一直都在咬牙坚持，想方设法让他们的婚姻能够持续下去。你永远也不会百分之百地肯定，自己真的找到了那个对的人，或是说唯一的那个人。人们都会变的，但你已经做出了承诺……"

"你是觉得我的父母婚姻失败了，就会让我的风险值变得很高？"

"我是唯一搞砸了自己婚姻的人，却什么都没做，没去挽救它，只是一门心思地等着理查德向我道歉。我真正的想法正相反，你不想让你的婚姻走进死胡同，所以你会更小心。"她倚倒在枕头上，"你觉得我会问你什么问题？"

哈。如果我们真的要在一起，只有唯一的问题需要讨论。绕了这么久，这一刻终于到了。此前每每提起，我都会顾左右而言他，已经躲开几次了。

"你大概会说，你选择退出上一段关系，是因为你不想要孩子。这一点会改变吗？是不是这个问题？"

"不完全是。我很好奇，你为什么总觉得自己无法成为一个好爸爸？"

这显然是个更好的问题。我对于这个问题的思考完全基于一种感觉，我觉得自己尚未准备好，至少在圣诞烛光歌会的时候还没准备好。但如果安杰利娜足够了解我，深挖我的思想源头，就会发现，原因注定和我的父亲有关。我不想成为他那样的父亲，或者我只是担心，自己不仅遗传了他的好耳力。

她还没等我回答，便坐起身，一只手抚摸着我的脸颊。

"亚当，听我说。我了解你，比其他人都更了解你。你一定会成为一个伟大的父亲，不光是因为你的性格，更是因为你不想犯错，就好像你不想让你的婚姻出现差错一样。如果我有孩子，我会希望你能成为孩子的父亲。"

接着，她把焦点从自己身上转移到我们的关系上："你会成为一个伟大的父亲。有一天，在你陪伴自己孩子的时候，不管那时候你在哪儿，和谁在一起，请一定要记得，是我头一个预言，你会成为一个伟大的父亲。这才是我真正想送给你的圣诞礼物。"

我们一整晚都没有睡。那是安杰利娜的主意："我们从未一起看过黎明，反正我今晚也不想睡。"

我仓库一般的房子里没有阳台，但外面有楼梯可以直通屋顶。天气温暖，我们回忆着过去四个半月里发生的故事，补充着各自的回忆，纠正着各自错误的印象。是的，我们的回忆已经出现了分歧。

"他叫了一个'小娼妇'去买橄榄？她穿了什么？他不是吧。"

"他确实这么干了。"

"噢，天哪，那姑娘真可怜。"

"所以你才吃到了黑橄榄，而不是青橄榄。"

"不是黑橄榄。"

"我保证，是黑的。"

她笑了起来："也许你是对的。我根本不知道那橄榄应该是什么颜色的，那是我的第一杯马天尼。"

"什么？你——"

"我不过是想让你对我的印象更好一点。"

"让我？你——"

"就是你，走遍全球的顾问，兼优秀的钢琴手，还知道一切问题的答案。"

"这么说，现在你知道我不是那样的人了。"

"我们都不是，但我们还是选择在一起，不管真实的我们是什么样。"

"就像那个经理一样。'没问题，女士。妈的，我现在该怎么办？'"

"那个可怜的姑娘啊。"

天色渐明，伏特加也差不多见了底，我们终于沉沉睡去。

第二天晚上，大部分餐馆仍在闭门谢客。我打开一盒西红柿罐头，煮了点意面。我们喝了一整瓶亚拉山谷出产的红酒，那是我们早先出门的时候带回来的。这是我们在一起的最后一个晚上，再过一天我就要离开这个国家，不知道何时才能与她再度相见。下午的大部分时候，我们都在做爱，无休止地探索着对方。

安杰利娜望着窗外空荡荡的大街："想不想去看看酒吧开门没有？"

酒吧竟出人意料地还开着，里面一个顾客都没有，只剩下山克西。

"我以为你回波米兰[1]去了。"他打趣道。

"是新西兰。后天走。"

我们坐在吧台旁，山克西准备了蛋酒，有他在真好。他打开电视机，就是之前我会连看三集《莫宁顿警署》的那个台，但距离上次看它，好像已经过了一辈子那么久。我们看着澳大利亚队和斯里兰卡队板球赛的当日精选，各自又喝了两杯蛋酒，默默地把账单付了。

---

[1] 原文为 Pommieland，pommie 为澳大利亚俚语，指英国人。

晚上九点三十分，山克西关上了电视。

"是时候关门了吧。"他说。

"我也觉得，"安杰利娜说道，"该说的话都已经说过了吧。"她转身望向我，大大的棕色眼睛映在我的眼睛里："你会弹《早上的天使》吗？"

我走到钢琴旁，起了个 A 调，就好像那个晚上一样：她走进酒吧，改变了我的世界。就像那个晚上一样，我让她单独唱完了第一句：没有什么可以捆绑我的双手，除非她的爱不让我的心迷失。

我继续弹着，敲击着和弦作为每一句的伊始。又是 E 和弦。A，E，这是她定的调子。B 小调：眼望黎明，独自一人。

她的声音越来越高，盘旋在空荡的酒吧里。钢琴声轻巧地伴随着她唱到副歌部分，接着是下一个乐段。我从未有过如此的激情，整个人融化在琴声里，我们唯一的听众站在屋子中间，呆呆的，一动不动。

最后一个乐段，安杰利娜的声音明显开始颤抖，我也鼓着腮帮子，扁着嘴，像条金鱼似的，不让眼泪掉下来。

我把最后一段副歌的结尾部分又弹了一遍，眼泪止不住，过往的年月好像是这段副歌前的预演，好像这首歌永远都不会结束。通常，在这首歌的最后，歌手都会拉长声音唱完"宝贝"一词——"宝——奥——贝"，接着是一段富有张力的器乐演奏，最终为这首歌做结尾。

安杰利娜没有选择这样的结尾。我已经准备好再来一遍，她却如同五个月前的那个夜晚一样，用一段清唱结束了这首歌。

> 接着慢慢转身
> 我不会求你留下来
> （D 和弦，长长的间奏）和我在一起

伴随着女演员特有的戏剧性，安杰利娜缓缓转身，走出了酒吧。装金鱼的办法不再奏效，山克西走过来，别扭地用一条胳膊环住了我。

翌日，我用了整整一天时间打包。安杰利娜留下了一个书包，我把她的瓶瓶罐罐从浴室里收拾出来，放到包里。牙刷、隐形眼镜盒，还有一小瓶名为"迷恋"的香水。

这感觉好像分手一样。我还在设法搞明白，前一晚到底发生了什么。我反复咀嚼着那些歌词，从一首歌里能感受到千言万语，特别当这首歌对我们有着特殊意义的时候。我敢肯定，在我们初识的夜晚，"捆绑双手的线"一定是指理查德。

我还抱着希望，在离开前还能和安杰利娜再见上一面。她知道可以在哪儿找到我，我还有书包作为借口。晚上十点，我走进酒吧。

酒吧里人声鼎沸，也到了该热闹的时候。

"她没在这儿。"山克西告诉我，"老板想寄份感谢礼给你，但我们没有你的地址。无论如何，你都要好好的，咱们常联系。"

我给了他我妈妈家的地址，还有我在布朗斯威克街的地址："要是他能快点，还能省下笔运费。我明天下午才走。"

如果安杰利娜来到酒吧，她应该能收到这条消息吧。我喝了两杯啤酒，把安杰利娜的包留给山克西，径自回了家。

我躺到床上，门铃响了。我套上裤子，冲下楼。来人不是安杰利娜，而是露西，一个酒吧里的姑娘。她流着汗，上气不接下气。到了晚上，天气也还是热的。

"她刚来了。"

我蓦地冲回楼上，抓上鞋子和上衣就跑，把露西甩在了后面。山克西脸上的表情写满了坏消息。

"她只来了五分钟，连喝的都没点，只是拿了包，唱了首歌，就走了。"

"谁弹的琴？"

"她自己，弹得还不赖。"

"她唱的什么？"

"就一首，"山克西说，"观众都爆了棚，跟平时一样，《我会坚强》[1]。唱得特别投入，看家的本事都拿出来了。"

---

[1] 原文为 *I Will Survive*，美国女歌手葛罗莉亚·盖罗（Gloria Gaynor）发行于 1979 年的作品。

第十四章

临行的机场

⚯

我办理登机牌的时候，安杰利娜没有出现在机场。勃朗宁夫人和葛罗莉亚·盖罗在我的头脑里打架。

> 舍下我走吧，走吧，走
> 在那孤独的生命的边缘
> 走出去，走吧

我本希望安杰利娜在酒吧的表演，只是一种对我们痛苦而短暂的分离的戏剧化回应。此刻，我所有的希望都被同样的感受替代了：我搞砸了，彻彻底底地搞砸了。我找了一个公用电话，拨通了她父母家的电话。

"布朗家。"是安杰利娜的母亲。

"您好，能否请安杰利娜接电话？"

"艾伦是吧？你有没有给她家打电话？"

天哪。"没有，我找不到她家的电话了。"

布朗夫人好心地给了我理查德的电话，我不禁在想，安杰利娜或许是在喂猫吧（如果那猫真实存在的话）。突然，我听到了一个熟悉的声音在呼唤我的名字。我转过身，看到她正跑向我，挤过人群，还有无数背包和推车。

跑来的人不是安杰利娜，而是雅辛塔，她的小妹妹。她跑向我，脸涨得通红，满是急切。

"妈的，妈的，妈的。我不知道你的航班号，叫的出租车也没到，妈妈一直在问我要去哪儿，我告诉她，我已经十八岁了，这些事不用你管。然后她就好像神经病一样……"

我扶住她的肩膀："我必须得走了，还有一分钟，告诉我发生了什么？"

"你爱不爱安吉？爱还是不爱？如果你不爱她，你尽管去赶飞机，我什么也不会说。除了一句话：你是个浑蛋。"

"我当然爱她。"

"那好，她也爱你。这本来是很简单的事，但每个人都像傻蛋一样，你也是。"

我搭乘的航班开始了登机广播。

"别着急，他们总是很早就开始广播，"雅辛塔接着说，"周二，就是圣诞节后的那天，那天早上，她来到我的房间，告诉我你们分手了。我们聊了一整晚，她把一切都告诉我了。你也别担心，肯定不是一切的一切，但这不影响我看明白整个情况。我就像她姐姐一样，我不是说像梅瑞狄斯——我是说，我不是像她一样，头一次交男朋友，就跟他结婚了。可以说我的经验比她丰富多了，但她就是不肯听——"

"一个简单的问题，她想和我在一起吗？"

雅辛塔望着我，我突然意识到，即便到了现在这个时候，飞机已经在登机口外准备起飞，我还是在要求安杰利娜先做出承诺。

我深深地吸了口气，补充道："因为我想和她在一起。"接着就是那个最为重要的词，"永远。"

我做到了，我解开了戈尔迪之结，尽管不是通过应有的方式，两天前，当着安杰利娜的面。此时此刻，我把这一切告诉她的妹妹，心中的一切疑虑全部消失。一扇门打开了，光线流泻，这才是我们应该走下去的路。我们——安杰利娜和我——可以解决所有的问题。

就在那一刻，那一刻，我明白了是什么在羁绊着我：是我的恐惧，害怕自己不够好的恐惧。害怕自己配不上她。所有让我们的关系茁壮成长的一切，所有让我热爱的有关安杰利娜的一切，都在告诉我，我不够好。

安杰利娜明白这一点，所以她在圣诞夜的那一番话，有关我对这段感情的付出，都是在试图减轻我的恐惧。或许就是这样，或许是雅辛塔坚定了我的信念，又或许是即将失去安杰利娜的事实压倒了一切，但原因已经不重要了。

雅辛塔开了口，她声音里的失望情绪仍然挥之不去。

"这一切都不容易。昨天，我告诉她，她该去见你，把一切都讲清楚，告诉你，她会等你，如果你能……接着有人敲门，结果是他来了。理查德，他从悉尼回来了，就把安吉拽走了，不是真的拽了她，而是她就这么跟着他走了。我给她打了电话，她说不方便说话。等她给我打回来的时候，却说一切都变了，他们会把问题解决清楚，而她也不想再说你们之间的事了。这真是……"

这真是我该想到的结果。我还不够好，当她需要我的时候，我没有能力帮她。有那么一瞬间，我的怒火似乎指向了雅辛塔，我的信使。

"那我要做些什么呢？"

"我不知道，总得做点什么。如果你真的爱她，就一定能做点什么的。不管她说什么，她都是我的姐姐，我希望她能找到真正对的那个人。那个人就是你啊，如果你真的爱她。你爱她的，对吧？"

"我爱她，但我不知道现在还能做些什么。"

"这堆破事我真是受够了，我再也不会搭理梅瑞狄斯了。"

"梅瑞狄斯？"

"是她给理查德打了电话，就在圣诞节你来过之后。她发誓说自己没打这个电话，但除了她就没别人了。"

"也许是你妈妈。"

"不可能。如果是她，根本就不会藏着掖着。"

"可能她只是想做点对的事。我们不都在想办法做正确的事吗？"

我现在能想到的正确的事，唯一体面的事，就是不要介入安杰利娜的生活，让她得到一直想要的东西。作为已经做好准备，打算优雅退出的男人，我也希望，或是说祝愿她一切都好，不过在某一天回到家，正好撞见那个男人和清洁女工苟合。

最后的登机广播传了过来。

"快把你的地址给我。"雅辛塔说。

"我会一直换地方的。"

"那就给我写信，告诉我你在哪儿，以防有什么事情发生。"

我给了她在新西兰的办公地址。

"我得走了，谢谢你做的一切。"

我拥抱了她，她也拥抱了我。我拖延着不愿松开手，假装在这多出来的几秒里，我的怀里抱着的是另外一个人。

"如果我们没机会再见了，那就祝你一生幸福。"她说，紧接着，"你身上还有澳元吗？坐出租车花了我二十二澳元。"

在奥克兰的第一周，我一直在请新同事们喝酒。酒吧里有一架钢琴，我也有机会弹上一曲，但终究还是放弃了。我不想弹琴。

几周后，我收到了一封信，信封背面写着安杰利娜父母家的地址。好消息就此终结。

是雅辛塔的一封短信，一片随便的纸上潦草地写着：如果你还有兴趣的话，他们还在一起。

随信还附着一小块剪报，《法官抨击代理律师》，配图是一张理查德和安杰利娜的合照，看起来是早几年拍的了。

　　理查德在法庭上轻举妄动的行为导致一桩涉及小明星的案子被迫终止审理，他也因此丢了工作，受到了法律协会的纪律处分。

　　他因为满嘴跑火车而身败名裂的事情显然是在悉尼发生的，在圣诞节前的酒会上。他或许早就明白，回到安杰利娜身边会给她带来什么影响。文章里她也被提及了，描述是《莫宁顿警署》的演员。

　　这场闹剧肯定会让他的名誉扫地。当然，我也不会天真地期待他们两个人会分手，至少不会当即分手。正相反，这可能就是安杰利娜重新接纳他的原因。另外，还会有他的道歉："我错了，我已经不再是从前的我了，那个女人什么都不是。"而我和她刚刚分手，她的情绪非常脆弱，还想要相信自己最初的梦想和判断，没准还因为在性事方面的成功实践而多了点自信。更不用说，她还能重新拥有自己的房子。如果我是她，相比和安杰利娜的妈妈在一起，我宁可选择搬去和理查德一起住。

　　现在安杰利娜应该成了工作赚钱的那个。她也有了机会为他提供支持，或许作为回报，理查德会开始做饭、烫衣服。理查德会怎样应对这样的角色变换是另一码事。无论如何，安杰利娜还在为成功而努力，我尊重她的选择。

　　在新加坡，我度过了环球之旅中的两个月，其间结识了一位美国的顾问。鲍勃来自爱达荷，是位技术大师，四十岁左右，留着胡子，戴着巴迪·霍利同款的粗框眼镜。就着咖喱蟹和虎牌啤酒，他给我讲了20世纪70年代初，在铁幕牢牢控制的波兰工作时，与一位面容异常姣好的女士的相识故事。

　　他给我看了照片，和他的形容别无二致。她很聪明，举止文雅，对他很有兴趣，尽管他到现在也不知道为什么。他想着，作为一个电脑极客，不会再有比这更好的生活了吧。不管遇到任何问题，他们都能解决。认识两周后，他便向她求了婚——他们现在还在一起。

"那时候你多大？"我问。

"二十六岁。"

鲍勃给了我和古董店女老板一样的建议，但现在太迟了。

但这也无法阻止我一遍一遍地去想，一遍一遍地。这样的结果不是某一个原因导致的，而是因为我的工作、她的工作，我不愿做出承诺，她不愿放弃婚姻，还有我对成为父亲的恐惧。

关键的一点在于：如果安杰利娜真的想和我在一起，她就会愿意等待，让我们有足够的时间培养这段感情，根本不需要任何更大的承诺。

但与此同时，她的自尊心已经被理查德和她的妈妈击得粉碎，她需要这份承诺来看清自己的心。等我明白过来，一切已经太迟了。这不关乎我是否做了一个错误的决定，而是因为我的不自信，觉得自己不够好，配不上安杰利娜。而她不愿做出承诺的举动进一步加剧了我的不自信。

我想要安杰利娜通过我的方式来证明她对我的爱，而她也希望我能用她的方式来证明。但我们两个人对自我的怀疑太深，根本无法满足彼此的要求。

在中国香港，我读了加西亚·马尔克斯的名著《霍乱时期的爱情》，书里的主人公一直等待到七十多岁，才和爱人重聚。在那个忧郁的时刻，我不禁在书中写下：安杰利娜，我将永远爱你。亚当。并请雅辛塔转交给她。对那时的我来说，那本书不是个好的选择，更不用说已经受到伤害的安杰利娜。只要等待的时间足够长，那个对的人终会离世，明星相连于天际，我们会忘掉自己，在一起。但，这个中的过程呢？

在约翰内斯堡，我和一个女人约会了几次，她和我同住在一家酒店式公寓——瑞士人，在一家制药公司工作。布丽吉特是位很好的伴侣，我们很开心，但我尚未准备好把感情升级到下一个阶段。我的心无法投入其中。

安杰利娜给我写了两封信。这是她跟理查德彻底分手后的头一次，距离我们分别过了一年多的时间。

对不起，我没有早点写信。希望你能理解，我试图让我的生活重回正轨。如果还和你保持联系，我就无法做到这一点。谢谢你的书，我也爱你。如果你真的会永远爱我，那我只能说我做了一个错误的决定，没有选择等你回来。

我经常回想起我们在一起的日子，但我得忘了它，才能继续生活下去。我也时常会想我们可能就是彼此命中注定的爱人，但此刻，我不敢期待。

我现在还好，雅辛塔给了我很多支持（你还记得我那个疯子一样的妹妹吧）。还有查理，他长得像头熊，曾经是爸爸的同事。

过去的事情我无法改变，但对不起，我毁了这一切。

爱你的
安杰

收到这封信的时候，我已经完成了保险公司如马拉松一般的合同，在伦敦开始了一份新的工作。这封信寄到了曼彻斯特的妈妈家。

我的妈妈给我的生活带来了一丝理性，她把我所有的疯狂念头和随之而来的问题都用水泥密封起来，不让我去碰。一个我只认识了几个月的已婚女人——还是天杀的演员——逼着我做出承诺，不过二十六岁的我。

"你真是幸免于难，快谢谢你的幸运星吧，多亏她不是个本地姑娘。你的外祖父上战场以后，我妈妈等了他三年。这个姑娘应该先把自己的生活过明白了，再来祸害你的。你说她结婚多久了？噢，天哪，她可得快点成熟起来。"

我心痛欲裂，我心怀愧疚，我无法跳上飞机，来到安杰利娜的身边。我承诺要永远爱她，但当她需要我的时候，我却不在她的身边。

第十五章

遇见克莱尔

8

我在伦敦的客户比我大上四岁，矮个子，金发微红，可爱的雀斑散落在脸上，总是穿着牛仔裤和宽松的套头衫，对健身有点成瘾。她给我面试的时候，我一下子就喜欢上了她。她的名字叫作克莱尔。

我们很有默契：很多时候，只有我们两个明白该做些什么，要怎么做。大家都知道她是个聪明人，待人公正，遇事处变不惊。她能解决所有问题，不会因为工作的事情睡不着觉，更坚信历史才是最好的老师。

她这种平稳的性格帮助了很多人，其中就有一位叫作热拉尔的数据建模师。有一天，他突然约我下班后去喝一杯——他点了金巴利苦酒，配苏打水和橙汁。我们聊了一会儿，有关为什么他提供的项目参数是根本无法实现的空中楼阁，而克莱尔也认同这一观点。

"你这样说我们一点都不惊讶，毕竟她愿意受你摆布。"

克莱尔并没有被任何人摆布。

"你这是什么意思？"

"否则她不会同意反规范化引用表的。约她出来吧，也让我们免受痛苦。我觉得你们俩是互相吸引的。"

的确如此，但我不会和我的客户约会，特别是在没有十足把握的时候。或许等到合同结束，六个月以后再说吧。

"如果她喜欢我，大可以约我出来。"

几天后，我从端口上退出来，重新登录自己的账号，却发现有人用我的账号发了一条信息，给克莱尔。

今晚一起吃饭，看个电影？

我赶忙点击撤回（那时候就有这个功能了），却为时已晚。信息显示已读。

"罪名成立，"热拉尔一脸平静地说，全然不顾我险些吓到中风，"这件事总得有人做，只可惜你的胆量太小了。"

"好了，大鼻子情圣，你跟我一起去找克莱尔，跟她承认你做了什么。你最好祈祷她开得起玩笑。"

"我们要不要等等，看她会不会回信，然后再说别的。"

当晚，轮到我请热拉尔喝酒了，在和克莱尔的晚餐和电影之前。

和她在一起，我很舒服。但我们都清楚地知道，我们在同一家公司工作，因此话题都是很保险的内容。两次约会之后，我决定往前迈上一小步，在哈默史密斯的河畔小馆订了位子。

酒喝到一半，她放下叉子，问道："第三次约会，周五晚上，特别的餐厅。我是不是该期待点什么？"

"你是项目经理，我不想赶不上进度，让你失望。"

"这一点你做得很棒。不如让我来说说我的故事，然后你再决定要不要继续和我约会？"

"克莱尔·阿克斯福德的秘密人生？"

"足够让你别再浪费时间和金钱了。我不是个吃货，这里的食物很好吃，但对我来说，咖喱也很好吃，炸鱼薯条也不错。如果你想给我留下好印象，你自己下厨烤点什么就好。我认为，在晚上最完美的约会方式是听音乐。而且我不想要孩子。"

"就这些？"

"我都还没正式开始。不过你只需要知道这些，特别是孩子的部分。如果我们的期待值不一样，根本就没必要开始。"

她这种没有废话的处事方式对我来说有着巨大的吸引力，因为我知道，这一切都是表象。她还有更多面，而我希望能看到她那些不一样的侧面。

直到晚上十一点，我们才吃完晚餐。

"现在去听听音乐也不算太晚吧？"我问。

"用心听对方说话，满分。"

"我以为咱们说好是去听音乐的。"克莱尔说，两手交叉抵在胸前。列车驶过卡姆登镇上一个又一个俱乐部，直到汉普斯特德下车。一路上，克莱尔一直问我要去哪里，却一直被我打岔绕开。

"我们就是去听音乐。来我家，我有音乐给你听。"

"我是说那种现场的音乐会。"

"当然。"

"你要演奏点什么？"

"钢琴。"

"好吧，去听听也无妨。我也想再来杯茶，不过为了以后考虑，最好现在就提醒你，我更喜欢摇滚乐。"

趁着克莱尔给自己泡茶的工夫（"我知道自己喜欢什么样的"），我把电子键盘连上音响，调大音量，却有几分犹豫。在这套狭小的公寓里，原声钢琴的声音就足够塞满整个空间。再加上这架隆尼施牌三皇冠钢琴算是我的终身伴侣，这种关键时刻，它才应该成为我最为得心应手的武器。

克莱尔手握茶杯走了进来。我把右手拇指放在琴键上，琴声迸发出来，是杰瑞·李·刘易斯的《大火球》[1]：和弦设计得宏大，低音强劲，配合我最为出色的一次"小理查德哭喊式唱法"的模仿秀。克莱尔忽然呆住了，放下手里的茶杯，盯着我看了几秒，突然爆发出一阵大笑。接着便随我唱了起来，摇摆身体，敲打着钢琴上盖，打着节拍，笑声一直也没停下来。这是我第一次看到她如此放松，也是我自一年前，在山克西的酒吧演奏之后，第一次弹完了一整首《早上的天使》。

我弹了至少有一个半小时，克莱尔和我一样投入其中，我们之间的隔阂消失了。虽然不过是几首摇滚乐歌曲，我长久以来的压抑情绪却终于得以释放出来。

第二天早上，她煮了咖啡，我问了她关于孩子的问题。

"在我们欢度良宵之后，我似乎不太好回避你的私人问题。但这么说吧，我肯定会是个差劲的妈妈。我能参照的对象根本就一塌糊涂，我可不想像她一样祸害下一代。"

克莱尔和我一样，都是家里的独苗。她曾有过一个姐姐，名叫艾莉森，三岁的时候因为脑膜炎早夭，几个月后克莱尔出生了。她的妈妈始终没能走出失去孩子的痛苦，也不想再冒险，去爱另外一个孩子。克莱尔六岁的时候，父亲突发心脏病去世。她也暗下决心，不要孩子，以防重蹈母亲的覆辙。这一点我完全可以理解。

几个月后，我的租约到期，便搬去和克莱尔同住。她又让我演奏了几次，我们也一同去看过很多现场乐队的演出。她的喜好比她之前提到的要广得多，但对歌词似乎都不太在意，她只想得到音乐带给她的纯粹冲击。

这是她敞开心扉的方法。亲密的关系和有关感情的对话，让她觉得有点无所适从。在认识我之前，她去见过几次心理医生，但因此带来的问题比能

---

[1] 原文为 Great Balls of Fire，为美国传奇摇滚、乡村歌手，钢琴家，摇滚乐先驱杰瑞·李·刘易斯（Jerry Lee Lewis）发行于 1957 年的作品。

108

解决的要多得多。她拥有一种情感上的疏离感，而这种疏离感成了她事业的基础，她不想失去这种力量。除了音乐，她只有我。乐队在台上演奏，我会在台下用手臂环抱住她，这样的情感早已超越了言语的界限。如果我想要亲近她，一首钢琴弹唱便可带着我走进她的内心，抵达那些本无法触及的深处。

一段时间之后，她才告诉了我一些我早该猜到的事情。

"还记得热拉尔给我发的那条信息吗？是我让他发的。"

差不多一年后，我终于见到了克莱尔的母亲，乔伊。

"喝点什么吗？"我问克莱尔，手上还在整理在诺里奇过夜的行李。那是一个周六，下周就是她妈妈六十五岁的生日。

"她不喝酒。"

早先，我已经收到了提醒，我们两人不会睡在一起。

"因为信教？"

"不是，要是那样我还能看见点希望。"

"算了吧，她不至于那么差劲。"

她就是那么差劲。她的样子看起来更像七十五岁，而非六十五岁。和克莱尔一样的小个子，溜肩膀，弯腰驼背，一头白发。没有拥抱——连一个微笑都没有——面对着她的女儿。克莱尔之前就跟我笃定地说过，开头几分钟，她一定会提起艾莉森。乔伊果然没让我失望。

"对不起，亚当，晚餐也没准备什么特别的吃食。当你失去了一个孩子之后，就很难保持对烹饪的热情了。"

她的说辞既做作又可笑。事情已经过去三十二年，在放着羊排和烂糊蔬菜的餐桌上，乔伊还是每说两句话便要提一次艾莉森的早夭。

乔伊起身去洗手间。（"自打我有了艾莉森之后，膀胱都不如从前了，为了这个只活了三年的小生命，我得付出这样的代价。"）"我的天哪，"我不禁慨叹，"她一直都这样吗？"

克莱尔点点头："每次我回到家，不管是伤到了自己，还是和男朋友分手，她总会说，你还是等到没了一个孩子时再说吧，那会儿你才知道什么是活受罪。所以我才不会经常抱怨。"

即便是像克莱尔一般头脑冷静的人，也会有自己的极限。在我们清理盘子的时候，她很显然是快要忍到了极限。

"你还好吗？"我问。

"本可以更好。我很快就要中场休息了。"

"所以你感觉并不好？"

"我不能留你和她单独待着。"

"你当然可以。"

克莱尔找了借口上楼去了。乔伊带我来到客厅，坐到沙发上，手指了指扶手椅。

"要我帮你泡杯茶吗？"我问。

"我还好。你要喝杯白兰地吗？我留了一些做饭用。"

我努力想象着乔伊往火焰冰激凌上浇白兰地的画面。

她好像要站起身，口里说道："就在餐厅橱柜里，你最好也给我来一杯。"

我倒了两杯酒，把瓶子也一起拿了过来。我们聊了两个小时，谈了她在医院的工作、克莱尔担任地产经纪的亡父，还有她自己想要在这所房子里住到死的想法。她不肯谈起克莱尔，也没再说起艾莉森，除了说到留住房子的时候。

又喝了两杯之后，她的脸上浮出了笑容。看起来她对艾莉森的所有痛苦和迷恋都是为克莱尔一个人准备的。

她终于站了起来，考虑到她喝了不少，整个过程还算稳当。我们还没有谈过睡房的安排。

"还有一间卧室没人住是吧？"我问。

"我的上帝啊，不行，你不能睡在那儿，"乔伊说，"不过你应该上去看看。"

我跟着她上楼，心里已经猜到，她要我看的应该是中间的那个卧室，但门后的诡异程度超出了我的想象：褪色的墙纸上印着波特兔的图案，一张小小的单人床，上面铺满了衣服、几个看起来软乎乎的玩具和娃娃，还有一个大箱子，就是1958年一间普通儿童卧室的模样。有沙发可睡足以让我心满意足。

乔伊把艾莉森卧室的门关上："我对克莱尔来说不算是个合格的妈妈。你们两个人想过要孩子的事吗？"

"目前还没有。"

"我希望你们好好想想。克莱尔一直想要孩子。"

就在我琢磨她的话时，她又继续道："你不需要睡沙发。"

可能是怕我误解了她的意思，她倒头就睡在放满了泰迪熊、洋娃娃和小女孩衣物的单人床上，她补充了一句："你可以去克莱尔的房间睡，别让她知道是我让你去的。"

周日早上，我们离开诺里奇的路上，克莱尔一直没有说话，我则在思考她对于成为母亲的担忧。对于她不想要孩子的决定，我毫无意见，因为这跟我的情况正合适，尽管有安杰利娜的保证在先，但乔伊的话听起来又是那么可信。

我把旗子升了起来："和你妈妈见面让我想起了你不想要孩子的话。"

"是吗，现在你该知道为什么了吧。"

"并不是，你现在也出落得很好。"

"真高兴你能这么想，但——"

"即便你有一个那样的妈妈，你也挺了过来。如果我们有了孩子，他们的起点肯定会比你更好。"

"亚当，我不知道你说这话是什么意思。我记得我已经清楚表达了我的态度，就在……"

"第三次约会的时候。我们现在已经有了很大进展。"

克莱尔在开车，眼睛盯在路上："你是说你想要孩子？现在？就在——"

"你只是天平的一半，"我说，"另一半还有我。我会尽我所能，让我们过得更好。"

"还有你？我能把这当成你的承诺吗？"

"克莱尔，你知道我爱你，只要你愿意，我会一直在你身边。"

"但你真的想要孩子？和我？"

"只有和你。"

克莱尔沉默地开了大约十分钟的路程，接着把车停在路边。

"你还好吗？"我问。

"我还好。我只是在想，如果我们要定下来，我也该去见见你的家人。"

四小时后，我们停在了我妈妈家门口。"亚当，我真的不确定是不是该这样。"

"我们一路走了那么远，你现在也该见见她。"

"你明白我在说什么。"

"我会在你身边，我们会彼此照顾，这才是爱。你是爱我的，对吧？"

"我以为你早就明白这一点的。"

接下来的几周，克莱尔多次提起这个话题又放下，似乎是对于这个将要影响她下半生的决定感到既没谱又没自信。但我看得清楚，她是想要孩子的，我也是。虽然我们两人谁也没有清楚地说出来，但成为母亲可以让克莱尔展现出她一贯不愿拿出来示人的一面。我也想更多地见到她的那一面。

如果我们真的决定迈出这一步，我无疑就是这一切的背后推手，但如果没有安杰利娜对我的鼓励和信任，我肯定做不到。尽管那时候，她的话没有给我带来这么大的影响，我只顾一心挽救我们的感情，但现在，她的话仿佛成了我的信心之源，让我自信能跨越这糟糕的开局。

克莱尔担任人力资源经理的朋友曼迪也在想方设法地怀上孩子。她的丈夫兰德尔也是一个从事网络工作的家伙。虽说曼迪有点急性子，但一来二去，我们的关系不错，甚至成了密友。

在他们的帮助下，克莱尔和我在成为家长的问题上取得了巨大的进步。我们设想中的未来不再只有夫妻两人，现在还有了孩子，孩子成了我们情感生活的核心。

但即便如此，克莱尔也没能怀孕。医疗介入对她来说还是难以接受的事情，因为她不想接受那么多的测试。我们之间也因此从未有哪个时刻，让我们清楚地意识到我们没办法生养孩子。我自己去做了一些测试，结果清晰明了，我什么问题都没有，但从某种意义上来说，这也算是个遗憾。因为如果我这一方有任何改进空间的话，我一定愿意去尝试。在经历了一番灵魂探寻之后，我决定不把这件事告诉克莱尔，这只会给她徒增压力，让她想要去做点什么，或是把生养不成的过错全都算到自己头上。

还有一个因素我们尚未考虑在内，我们已经达成一致，等到克莱尔怀孕便会结婚。时光飞逝，一件事不成，也拖累了另外一件。

从这个过程中的某一刻开始，我不再弹钢琴了。我想我已经过了弹琴的年纪。有太多人喜欢玩音乐，十几岁就加入了乐队，但除非你能以此为生，大部分人都会在成年的路上——或是在成为父母的路上——放弃这项爱好。

我还在继续练琴，但换了新的习惯：戴着耳机，用电子键盘练习。

刚在一起的时候，我跟克莱尔讲过安杰利娜的事，但很粗略：在澳大利亚有一个姑娘，是个电视剧演员，我们是在酒吧相识，她在那里唱了首歌。还有，她和她的丈夫重归于好了。克莱尔问过几个问题，我一一回答，之后便不再提起。她更关心和我同居过的乔安娜，而不是那个生活在异地，和我有过三个月情缘的安杰利娜。

时间一年一年地过去，我和克莱尔的情感日趋冷淡，此时有关安杰利娜的回忆才逐渐浮出水面。我是否该把这一切告诉克莱尔？为了什么？每个人的心里都会有一些私人的想法，一旦说出来，就会引发争吵、嘲笑，或是彼此伤害。我把自己的心交给了克莱尔，偶尔的这些怀念时刻，还是让我自行处理吧。

早在这之前，我收到了安杰利娜的第二封信，我把信的内容翻译为：快来，救救我。我没有去，她嫁给了查理。

克莱尔成了我的人生伴侣，而安杰利娜则是我永远失去的爱人，那只是我的一段辛酸往事，为感伤的歌曲再添上一丝哀怨的回忆，这些都是活在过去的回忆，与现实无关。我忘掉了《霍乱时期的爱情》。

直到看到收件箱弹出的内容：想要在生活中来点危险的刺激吗？

第十六章

回到现实

8

　　周三，我坐在伦敦的桌前。这全要仰仗我智慧的经纪公司，为我谋得了这样一份合同，也改变了我的生活方式：雇主是一家大型石油公司，位于伦敦西区，支付每天的通勤费用，合同期六周，薪水丰厚，即刻上岗。每天我要从诺里奇坐很长一段时间火车到利物浦街，再换乘一小会儿地铁。

　　在蒂娜和澳大利亚同事对我的奚落中，我对咨询工作有了一些了解。结合我此后二十年的经验，其中最为重要的一点就是闭嘴，听着。适应这样的箴言于我并不容易，因为我总是无法遏制住想要证明自己物有所值的冲动。

　　在我倾听的第二天，我注意到，现在的这张桌子曾经属于一位现场工作人员，现在他的桌面上连放张全家福的地方都没有。我提出每周在家办公三天的建议，来减轻办公空间的压力。

　　奈杰尔拿回了自己的桌子，我也把省下来的交通费还给了雇主。

　　但每周三，我要来到伦敦的办公室，把安杰利娜安排到午休时间里。

　　我在正午时分给她发了第一条消息，她那边应该是晚上十一点。

　　　　这一切到底是因为什么？

　　　　什么因为什么？几秒后收到了回复。

我们本可以选择一些即时通信工具，但我们已是四十多岁，更适合电邮的节奏。

> 为了交流。我们有一阵子不见了。
> 感觉有点紧张。

天哪。紧张是她每次"性起"时才会用到的词。

> 紧张……
> 我没别的意思，只当是个普通的词。

普通的词。

> 1989 以来，你第一次感觉到紧张，字面意思上的紧张？
> 1989 年的我非常紧张。
> 我已经忘了……

我们还在以同样的方式进行着对话，看起来好像两个傻子。但这么多年过去了，我们之间也没有什么具体的事情可以拿来谈了。我吃着苹果，喝了一瓶水，回着邮件。我追问这一切原因的问题被绕了过去。但我成功地告诉她，我还有一份工作。

> 得走了。得让午休时间短一点：诺里奇往返伦敦的路程太长了。
> TTYL ×××.

又来？

待会儿再聊。你住哪儿?

答案显然是,与世隔绝。

周五是在家工作的日子,我仿佛受到了幽居病的侵袭,决定搭公交车去超市,买上一块杰米·奥利弗推荐的猪肩肉做晚餐。我没吃午餐来控制卡路里摄入。

克莱尔到家的时候,韦伯牌猪肉散发出迷人的香味,土豆还在炉子里,我打开了一瓶里奥哈葡萄酒。我没想让这一切变成某种诱惑,但她是这么解读的。

我们最终来到了她的床上,这曾经是我们共同的床。回到现实世界的感觉真好,提醒着我拥有的一切。完事之后,我起身去厕所,克莱尔说道:"嘿,快过来。"轻拍着我的肚皮。

"你看上去好像精修了胡子,"她说,"留下来。"

当晚,我留在了伴侣的身边。生活没有变得更简单,只是变好,没有更简单。

周六早上,我们起得很晚。我煮了咖啡,克莱尔去了健身房,我去慢跑。我们一起在咖啡馆吃了午饭,之后她还有些工作要做,我上了会儿网,煮了意面当晚饭,重新打开一瓶红酒,接着到了就寝时间。我看着克莱尔,她看着我,我们亲吻——回到各自的床上。

我无法解释这一切。我知道,如果我跟着她回到她的床上,她一定不会拒绝我,而我也愿意这么做。但最终,我还是回到了自己的房间,做了一件我从未做过的事情。我点燃蜡烛,放到床头柜上。我关上灯,任由烛火跳动了几分钟时间,接着就把它吹灭了。

接下来的一周,我知道自己已经发生了一些变化,不仅仅是重新开始的锻炼计划。这种变化让我想要重新开始弹琴，开始唱歌。我仍然保持了每天练习的习惯，但也只是坐在椅子上，胡乱弹上几曲，当作摆脱网络世界的短暂休息，我的心不在那上面。也没有声音。唱歌需要另外一种力气，还有一种我几乎已经忘了的感情状态。

一天晚上，克莱尔抓到了我。"你刚刚在唱歌？"她问，"你已经很久没唱过了。"

"是有原因的。"

"你真该想一想是不是要做这种半年上班，半年休息的工作。我觉得工作对你是有好处的。"

"也许吧。我只是不想让工作控制了我的生活。"

"明白了。给我唱点什么吧。"

"我只是在练习。"

下一个周三，我回到了伦敦。这一天是躲不开的：我需要参加小组的每周会议，而安杰利娜的时间则要取决于查理的品酒安排。我花了不少时间来想，下一次该说点什么。

在"嘿，都格拉斯"和"TTYL×××"之间，我明白她不想说起她现在的生活，她更想回忆过去，即便那些回忆会让我们陷入调情的边缘。

你还记得我们在假都铎约会时你穿的那条裙子吗？

哪一条？

蓝色的，中间开衩，美艳照人的那条。

你信不信，那裙子我还留着，但我恐怕没有那么多勇气再把它穿出来。我知道你为什么还记得那条裙子。

为什么？

在出租车上，你整个人都扑到了我身上。那条裙子可没有什么保护作用，幸好司机没把我俩赶下去。

你自己穿了那么一条裙子，就该知道我会有那种反应。

我知道但不代表我应该收到那种反应。

我就是这个意思。我记得你当时并不在意。

对话继续。都是无害的玩笑。

第十七章

徒步旅行

8

我开始适应新的生活节奏，至少算是把我生活中的碎片重新拼凑成向好发展的形态。

合同被无限期延长，让我得以规划往返伦敦的行程，保证每周三个晚上参加酒吧小测。

我和克莱尔的关系也逐渐好了起来。每周五我们会一起吃晚餐，开瓶酒，晚上睡到她的房里。我们从未真正讨论过这样的安排，但就这么延续了下来。我没有把克莱尔看作安杰利娜的替代品。我根本想象不出安杰利娜如今的样子，也不知道她的声音有没有改变。我的感觉好像重新活了过来，其他的一切都是水到渠成。

我的慢跑和节食计划也在有条不紊地进行。我开始弹些真正的音乐，开始唱歌，一般都会超过二十分钟的规定时间。我的嗓子又回来了。

和安杰利娜的交流成为新生活中最为固定的环节：每周一次，在我的座位上和她在线调情十五分钟，从中午开始。后来时间有所推迟，英国冬去春来，南北半球的国家都开始调整时间。我对于今天的安杰利娜一无所知，除了一点——她在性事上的癖好丝毫未变。

最近被抓包了？

在你梦里。

是你的梦里吧。

也许吧。

我们正在申请房屋贷款，银行经理出去了几分钟……

别轻举妄动。

有时，我会重新翻看过往的邮件，她每周盘踞在我脑子里的时间肯定已经超过了十五分钟，但我任由想象带着我走向更远。至于安杰利娜的动机：我猜她只是喜欢这种"危险的刺激"，作为长期婚姻生活的调剂。至于刺激的对象，她选择了我——保持了安全距离，拥有共同的过去，还因为时间久远而没有任何感情瓜葛的人。

克莱尔提醒我她会和徒步俱乐部一起到湖区待上三天，我竟感到有些紧张，因为很快到来的独处时间。我繁忙的生活过得不错，我不需要任何未经安排的空余时间。和克莱尔一起上路似乎是个不错的选择。

"我猜配偶是不能获邀参加这次喝酒大会的吧？"周一早上我反问克莱尔，她给我端来了早餐咖啡。

"每个人都可以来。但这次是定点越野，我们的起点跟终点不是一个地方，所以你不能以给大家烤肉为名落在后面。"

克莱尔在暗示十年前的某次假日出行。仍然没有造人成功的曼迪和兰德尔搬去了硅谷，说那边天气更好，薪水更多，也更有意思，还撺掇我们也搬过去。我若是同意的话，克莱尔可能早就去了。

他们搬走之后，我们有了一个新的传统，轮流在英美两地过节（用兰德尔的话说，在美国更像是放假，因为英国已不再是他的家）。曼迪喜欢徒步，也带上克莱尔一起。每个人都各得其所，兰德尔和我可以一整天都沉浸在周边的美景中，喝喝酒，为妻子们准备烤肉。如果徒步的路线格外出名，或是看起来可以走完，我俩也会加入她们。

曼迪和兰德尔还在为怀孕而努力。和克莱尔坚决反对医疗介入的态度正相反，他们两人尝试了所有的手段，去了加州所有好的诊所，终于在四年后，生下一对英美混血的双胞胎。

我们都很羡慕，但体外受精和孩子的出生给他们的感情带来了沉重一击，其破坏性比生不出孩子还要巨大。兰德尔一次不容原谅的过失成了压垮他们婚姻的最后一根稻草，在经历了一场难堪的争夺抚养权的闹剧之后，曼迪带着孩子回了英国。

他们离婚之后，我们自然也要选边站队：这一次，我们选择了和曼迪同仇敌忾。倒不是因为克莱尔的坚持，只是她除了工作之外也没有多少社交生活，曼迪算是她最亲密的朋友。而她又回了英国，从实际操作的层面看也更容易。兰德尔和我写过一阵邮件，但最终也断了联系。曼迪现在住在利物浦，克莱尔加入了她的徒步俱乐部。

"我能走。"我说。我的常规跑步距离已经达到了六英里。

我在伦敦的户外用品商店买了一套不错的徒步装备。距离我上次使用帆布背包，运动科技的发展已经有了不小的进步：我新买的背包不贴后背，内部自带雨披。我接受了售货员的建议选了一双蓝色的戈尔特斯面料的徒步鞋（他说服了我，皮靴已经是中世纪的东西了，或者说是中年人的东西），即便穿到滑板公园里也毫不过时。还有一件轻型夹克，搭配蓝色而不是卡其色的裤子，外加一条防水外罩长裤，组成一整套时尚的徒步装备。

我们周五请了假，开车过去的时间宽松有余。我能感觉到克莱尔对于和我同行尚存疑虑，但也没起什么冲突。不管睡觉的地点如何安排，我们仍然是一对夫妻。

开车行驶大约一个小时，她按下了音响开关，暂停了埃尔顿·约翰的

《天际线白鸽》[1]。

"如果你不介意让我打断一下你飞向遥远岛屿的白日梦,"她说,"我想给你讲一下现实生活中的变化。遥远的岛屿可能会是我们未来生活的一部分。"

"看来你们的交易快谈成了。"

"似乎要我来投下最后决定性的一票。VJ想要拿了钱就走,蒂姆觉得我们的业绩还能再涨,但如果我们都决定要卖掉公司,她也不会反对。"

"你觉得他们是故意这么做的?让你们分开投票,最后让你做决定?"

她笑了起来:"你可能说得没错。"

"所以呢?"我接着问,"你想怎么办?"

"我想做一些真的对产品有好处的事。我不知道你注意到了没有,过去四年里,它就像我的宝宝一样。"

"我注意到了。"

"我知道这对你来说有点难,但我们很快就要做到了。他们愿意把产品的经销权带到美国。全美子女抚养费管理系统,虽然现在只是在部分州使用,但未来可能是掌管五十个州的联邦政府,还有华盛顿特区和整个加拿大。"

"你不能自己营销它吗?就在这里?"

"如果是面对政府客户就不行,你必须得有正式的办公地点。办公室、销售代表、联络人,对方能提供所有这些东西。但他们的团队里不需要一个真正了解这款产品却只能在外地办公的人,这人说的就是我。很可能的情况是,如果我不做好去美国的准备,帮他们做好初期的工作,销售也不会有什么进展。"

她转过身看着我。

"要去多久?"我问,眼睛瞥向窗外英格兰宜人的碧绿草地。

"一年,也许更久。这就是我想和你说的。"

"兰德尔和曼迪搬去美国的时候,我们聊过这个问题。"

---

[1] 原文为 *Skyline Pigeon*。

"那是长久的搬迁，这次只是暂时的。你也在海外工作过。"

"在我二十几岁的时候。"

"我很在乎这件事，因为它对我来说真的很重要。"

"我也很在乎你，但现在结果还没敲定，我们先等一等，定下来再说吧。"

克莱尔沉默了一会儿，重新打开了音响开关。

我们聚在恩纳代尔布里奇的一家小酒馆里，那儿也是我们徒步之旅的起点。我们在酒吧喝酒的时候，另一对和我们年纪相仿的夫妻也来到了酒馆。克莱尔介绍他们给我认识。凯特和利兹都是徒步俱乐部的成员，今晚和我们共进晚餐。

"大项目怎么样了？"凯特问克莱尔。克莱尔大约和她每六周见一次面，所以她也知道公司收购的事情。

"很痛苦，"克莱尔回答，"没人能保证还会不会继续下去。"

"如果他们不买，总会有人买的，"我说，"那是个非常不错的产品。"

如果真的有新买家出现，我希望他们能有自己的专家团队，不需要克莱尔搬过去。

在车里，我们没怎么说话，只有一个简单的原因：我不想搬到美国去。我不想离开我的朋友、我的妈妈和现有的工作圈，或者我就是不想离开英格兰，离开我的家。但我也开始意识到，如果克莱尔必须要走，她一定会走，不管有没有我相随。

她的工作占据了她的生活，工作于她的重要性要比我高得多。如果她想把生意做到全美，这样的情况肯定会继续。我不愿意离开的想法也同样清楚地传递给了克莱尔：让我待在英格兰要比和她在一起重要得多。如果收购成功，我们的关系一定会悄无声息地走向终点。那太令人感伤了，我甚至从未设想过一个人生活，当然我也没想过怎样才能避免这一切的发生。

我们走进同一个酒店房间，躺到同一张床上，床上整齐地铺着干净的床单，有着在自家烘干机里永远达不到的那种清爽纹理。又是一个周五晚上，但我能感觉到克莱尔没有心情延续我们每周五的传统。

第二天早上，我们见到了同组的另外十几个队友。雨下了一整晚，丝毫没有要停下来的意思。我站在门外，好像是乔治男孩的歌迷误入了 AC/DC 的演出现场。包括克莱尔在内的其他人都穿着短裤、厚重的皮靴、格纹法兰绒衬衣，还有油布夹克：就是那种老派徒步者的装扮。而我则背着套了防雨罩的帆布包，高科技面料的装备让我全身干爽。我不由得心生庆幸，幸好没有买碳纤维的徒步杖。

徒步的人群里大部分是女士，她们让我感觉宾至如归，即便心里也觉得我的装扮有点古怪，但嘴上什么都没说。倒是曼迪吓了我一跳，她变了很多。不过十年的光景——确切说是十一年，她提醒了我——她已经成了一个……中年人。

克莱尔在我眼里从未像个中年人，虽然她已经五十二岁了。或许是因为她勤于锻炼，或许是因为没有孩子，或者是因为她的变化细小而缓慢，我眼中的她仍然停留在我们初见时那般。我们都老到了可以抱孙子的年纪，而我却没有觉察到。多年前，我爸爸说他还觉得自己只有二十五岁时，我还感觉过一阵恶心。

曼迪不光胖了，脸上也爬满了皱纹：她从外貌到性格都有种上了岁数的感觉。她的生活并不轻松，从外表就能看出来。

徒步比我想象中难多了。北部今年的雨水很多，小溪——或者用英国人的说法"小涧流水"——都涨水成了小河。我尚且跟得上队伍，因为队伍里还有些更为年长的成员，但他们的经验更足，迈步也更扎实。我承担起了协助、搀扶的工作，这是我在岔路口上和凯特商量好的。我竟意外地十分享受其中。

我站在平地上，伸出手，接过同伴的手，帮助他们跳过最后一块石头。轮到克莱尔了，她就在我们双手接触的瞬间突然失去了平衡。幸好我抓住了她，帮她稳住阵脚，拉她过来，匆匆拥抱了彼此。那是一个美妙的时刻，但如果我们的关系足够稳固，这一刻或许就不会显得那么特殊。

我们不是克里斯·伯宁顿[1]，也不是在攀爬艾格北峰[2]。我找到机会和曼迪聊了聊，发现彼此并没有什么话好讲。我们之间彬彬有礼，却显得有点尴尬。还在工作吗？谁来照顾孩子？当然，如果你是个男人我也会这么问。

这一天接近尾声，我再次和她攀谈起来，伸出脚趾在隐喻的河水里探了探。

"还和兰德尔有联系吗？"

"我别无选择。法律规定，他有权和我的孩子们说话。"

哎哟。从生理上来讲，"我的孩子们"这样的说法没有问题，毕竟还是兰德尔的精子不够活跃。但这也给我们的对话定下了基调，还把她惹哭了。

"你知道所谓的'悲伤五步模型'吧。伊丽莎白·库伯勒-罗斯提出来的，DABDA 模型。否认、愤怒、讨价还价、沮丧，到接受。离婚就像死了一次一样，所以这个模型也适用。我研究过这个模型，真是去他的吧，我才不会到最后就接受一切的。我永远也不会接受他的行为，而且我也不想为此沮丧沉沦。你明白我在做什么，对吧？我在逆向走完这五步。"

"显然你也不会没完没了地讨价还价。"

"我根本就不会去讨价还价。我花了五分钟否定，然后愤怒，再然后就发现这是我唯一想要保持的阶段。"

"所以你还是很愤怒？"

"你看不出来？"

我们终于抵达了住处，办理入住，把我们湿透的装备挂到烘干房。我真

---

[1] 克里斯·伯宁顿（Chris Bonington），英国著名登山家，第一个登顶艾格北峰的英国人。

[2] 艾格北峰（the North Face of the Eiger），世界上最危险、最难征服的山峰之一。知名户外品牌"北面"（the North Face）的名称即源于此。

是累坏了，直接栽倒在床上，克莱尔去洗澡。在同一个酒店房间里的亲密程度和在三间卧室的房子里完全不一样。此时，克莱尔正裸着身子在屋里走着，整理衣物，在家里的时候，从浴室到卧室，她都会围上一条浴巾。怎样才能把现在的风光延续到我们的居家生活里呢？

晚餐算是个大事件，我们把小木桌拼到一起，组成一张大桌。旅店的氛围很不错——天花板矮矮的，屋子里线条柔和，壁炉里燃着炉火。窗外仍在大雨瓢泼。

我们见到了俱乐部的另外一半成员，他们的路线方向与我们正相反。按照规定，我们交换了车钥匙，确保每一队人在徒步临近尾声，来到预先约定的还车地点前，都能有车可开。这真是聪明的安排，我们不禁开始讨论谁是制定了这个规定的聪明人。

雷看起来刚过六十，也可能六十五岁左右。矮个子，满脸胡子，有点像花园小矮人。

他敲了敲苹果酒杯："晚上好，女士们、先生们，欢迎你们。首先，请允许我进行一些礼节性的流程。"

雷先道了歉，欢迎了新来的徒步者，展示了第二天的天气（雨），重申了车辆交换的规则，分摊了账单，介绍了厕所的情况，然后回到自己在主桌的座位上。

饭后洗盘子的时候，他再度起身，拿出了一架六角风琴。他一定是背了一整天，这对钢琴手来说是不太现实的事情。

他弹了几首民歌曲子，平心而论，他弹得还不错。他自己弹得投入，观众也热情，但克莱尔不包括在内。

"我的业余表演就到这儿了，"他鞠了个躬，收获了一轮掌声，"现在我要把聚光灯让给阿曼达，约翰娜的女王。"

那里也有一架钢琴。曼迪是位出色的琴手，只要有一沓曲谱放到眼前。她的反应也跟我预料的一样："哦，别这么说，亚当比我好多了。"

曼迪坐在我的旁边。后来我意识到，雷一定是把我误认成她的新伴侣了。

克莱尔坐在另一侧，轻轻捏了捏我的手："对不起，你不想弹也没关系。"

我冲雷摇了摇头，当然这只是礼节性的做法。

我唱了一曲《漫步孟菲斯》[1]，感觉太棒了。我已经忘了自己是有多喜欢表演。开头的第一句，"穿上蓝丝绒舞鞋"博得了满堂彩，欢笑声和掌声穿插在一起——他们已经注意到了我的装备，毕竟外面下着暴雨。歌词也让我很有共鸣。钢琴手问歌手，他是不是个基督徒。今晚我是，这些都是超出了我日常生活的部分。和我的爱人在一起，感受辛苦锻炼后的光芒，桌上还有一大杯上好的麦芽酒陪着我。我到底错失了多少生活中的精彩？是什么拖住了我？

我又唱了一首混合了迪伦和斯普林斯的《漫步雨中》[2]，因为其中描述脚疼的句子收获了更多掌声。

接下来又是一个熟悉的场景。一个人起了身，忸怩地走到钢琴旁，点了首歌。一般都会是个男人，点的都是对他有着重要感情意义的歌曲。

有一次，我受邀参加了一次团建活动，尽管我不是一位正式员工，但也为团队的混乱秩序出了力。这可能是我最后一次参加活动的机会了，团队一旦出现了问题，炒掉一位合同工总好过开除正式员工。晚餐之后，我们围到钢琴前，给了我这份合同的老板让我来一首鲍勃·泽格的《逆风》[3]。

那一刻，我们忘记了承诺和时限，在头脑里和旧爱（不是现在的伴侣）逆着风奔跑。他的眼里噙满了泪，可能我的也是。在这份爱消散之前，我又把合同续了两期。

同一天，在世界上的某个角落，若是有人点了《黛莉拉》或者《我为玛丽亚做了一切》，钢琴手怕是要考虑该不该报警了。

---

[1] 原文为 *Walking in Memphis*。
[2] 原文为 *Walk Out in the Rain*。
[3] 原文为 *Against the Wind*，表演者鲍勃·泽格（Bob Seger），电影《阿甘正传》插曲。

128

风琴手雷会点什么歌呢？大部分时候，和爱情相关的歌曲被点得最频繁：没有回应的爱，失去的爱，有时还会有正在经历的爱——《你是如此美丽》。同样还有关于愤怒、孤独、疏离的歌曲：乔恩·沃伊特行走纽约要伴随着《人人都在说》[1]。还有那首纯粹的自我之歌：雷应该会选的《我的路》[2]。

"你知道吉尔伯特和沙利文吗？"

这下好了，跟我预想的完全不一样。我知道那出轻歌剧的名字，但实在是技术有限。我乱弹了两个和弦，找准调子，唱了起来：

　　我是现代派的少将，我是最好的例子。

唱这么多够了吗？恐怕不够。

"是吉尔伯特·欧沙利文。"

"《就这样再次孤独》[3]。"这不是第一次有人点这首歌。我可以感受到他的痛苦、他的风琴，还有每月一次的社交圈。他想通过这首歌传递出那些无法说出口的绝望和孤独。

我弹起了引子的部分，他突然让我停住，重新清楚地讲了一遍他想听什么。

还没有人点过那首歌，但我听过。歌词并不为人所熟知。历史上可能有一段时间，叔叔和侄女之爱被看作无伤大雅，只要双方清楚地知道彼此年龄的差异和婚姻情况，但这段时间已经过去了。我怀疑风琴手雷是想要借此坦白他对小女孩的兴趣，但一切为时已晚：这段引子弹得顺畅，让我不想停下来。

我也不需要去苛责他。对于一首歌，人们只能听到自己关注的部分，其他的一概不理。比如《漫步雨中》讲的不是徒步。《走在阳光中》的副歌部

[1] 原文为 Everybody's Talking。
[2] 原文为 My Way。
[3] 原文为 Alone Again, Naturally。

分让我想起和安杰利娜飞驰在大洋路上的美妙时光。那首歌里的几句歌词唱道：要等待爱人去记录，快回来。这些内容在过去从未引起过我的注意。

对于自己选择的歌，雷可能也没有多想，只是喜欢歌里罗曼蒂克的旋律。我唱着，他的目光从我的身上移开，望向观众，克莱尔。

克莱尔，那是个名字，也是整首歌的第一个词。很快我就明白了他的用意，但我还是继续唱了下去。雷故意选了这首歌，送给我的爱人，根本没有顾及我们之间的关系。

我弹着那首歌，一些不合时宜的部分都用"嗒嗒嗒"糊弄过去，让它听起来像首得体的情歌，好像是我自己献给她的一样。雷的风琴声不时插进来，和钢琴形成完美的交响。到了乐器独奏的部分，钢琴从 A 调转到 B 小调，雷也稳稳地跟上来，一个拍子都没有漏掉。在谢过我之后，他在克莱尔旁边的空位坐下——我的位子——听我演唱《晚安，艾琳》[1]。我一边唱一边偷偷观察他俩在做什么。我觉得她并没有告诉他，他现在的行为愚蠢到家了。

我想让克莱尔主动提起这件事，因为我一直在表演。

回到楼上，她有点尴尬地赞美了我的表演。

"你还好吧？我知道你不喜欢表演，但你今晚似乎感觉很自在。无论如何，我都要谢谢你，你太棒了，我喜欢你的表演。"

很长时间以来，我们都未曾对彼此说出这样的话，甚至连暗示的话都没说过。接着她继续道："我不知道最近在你身上发生了什么改变，但请坚持下去。"

尽管我已经在雨中上坡、下坡地跋涉了十二英里，还喝了不少小麦酒，我们还是补上了周五晚上的固定节目。

我们睡着之前，她给了我一个不像答案的答案，仿佛是在回应我内心的疑虑。

"别担心雷，他是个可爱的家伙。"

---

[1] 原文为 *Goodnight Irene*。

第十八章

迈尔斯布里格斯思维模型

$\heartsuit$

　　只需徒步两天的安排让我松了口气。我发现徒步牵动的肌肉和慢跑完全不同，第二天的难度要比头一天大得多。酒精让我的头晕晕的，前一晚的大雨成就了我和克莱尔的美事，但我还是和曼迪走到了一起。

　　"你跟克莱尔现在怎么样？"她问道。

　　"还不赖，其实可以说是非常好。"

　　"昨晚看起来确实如此，真是让我放心不少。我印象里，你们两个人多少有些问题。克莱尔在工作上要面对不少压力，她需要有人能给她点支持。"

　　"我们两人都算竭尽全力了。雷是怎么回事？"

　　"你注意到了。他一开始还挺有意思，是个好人。他两年前失去了妻子。你没什么好担心的，只要你还在照顾克莱尔的话。"

　　我本想给她点压力，让她向我保证我绝对没有担心恐惧的必要。不过是一个不相关的男人对我迷人的伴侣表达了兴趣，而我的伴侣不过是觉得没有得到另一半的支持。但最后，话题显然又转回到了我的头上。

　　曼迪没来由地又说起了她的离婚闹剧——长篇大论地讲起了她的抚养权争夺战。用我简单的思维来看，他们俩的问题就在于想要生活在两个不同的国家。而她的故事里面充斥着对我曾经视为"最好朋友"的人冗长而无聊的抱怨。

"你知道的，作为你们的朋友，你们两人我都喜欢。看到你们闹成这样，我真是挺难过的。如果你把所有的好事情都累加起来——

"你是个 T 吧？迈尔斯布里格斯思维模型里的 T 型，我说得没错吧？"

我们不会一直参加团建活动，弹琴唱歌。

"INTP。"我答道。我只记得那是个性格测试，但这几个字母代表了什么我一概不知。

I 代表内向，肯定是这样——对热爱表演，又渴望与陌生人培养亲密关系的我来说，算是个惊喜。

我们也要允许不确定的事情存在。P 代表直觉，而不是 J，判断。原因很直观："P 型人通常无法意识到 J 型人希望中止对话，做个决定，J 型人认为，哪怕这个决定是错误的，也比什么决定都不做要好。"主持人结束了发言。就是这样吗？仅仅一个字母的差别就改变了我人生的轨迹？

"没错，"曼迪接着说，"你是 T 型人，所以你做出决定都是基于冷冰冰的铁证，你和克莱尔都一样。我是 F 型，感觉。我的决定都是基于价值观。"

我现在想起来了："还有情感。"哈。这样听起来就没那么高级了。

"随便吧。兰德尔的行为违反了我的价值观。"

我等她说完。

"我们去见了婚姻咨询师，他让我们根据四个维度来评估我们的婚姻。"

"看来他很了解他的受众。"

"什么意思？"

"模型、表格，这些就是你们的语言。建一个二乘二的矩阵，对吧？"

"当然不是。如果我想表达矩阵的意思，我就会说是两个正交维度。而且他对任何人都用着同一套说辞。他所谓的四个维度是指情感、现实、智力和体力——就是指性方面。你觉得在这方面他给了我几分？"

"那个治疗师？"

"是的，治疗师。我得跟治疗师睡了，他才能给我评分。"

"哈哈。难道有人能通过跟我上床来判断她的床技如何？"

"当然不是，"曼迪否定了先前的说法，"是兰德尔。我们两个要互相打分。"

"总分多少——七分？像李克特量表那样？还是满意度？既不算满意，也不算不满意？"

"总分十分。你猜他怎么说的？我猜你们俩一起烧烤的时候也讨论过这种问题吧，他怎么跟你说的？"

女人们永远也不会相信，男人们并不会花很多时间来讨论他们的伴侣，而真的说起来的时候，通常都是些负面的评价。在我和兰德尔一块喝啤酒、腌肋排的时候，我们从未问过对方："你的女人在床上怎么样？"我只把安杰利娜的故事告诉过兰德尔，但我从来没有讲过我们的性爱旅程，尽管这是其中重要的环节，更不要提床笫间的细节了。

我对旧金山巨人队的了解都要比曼迪的床上表现要多得多。我喜欢这样的状态，我也试着表明了这样的态度，同时也在小心不要显得太过心不在焉。但她完全忽略了我。

"我不是说我跟别人比有什么特别之处，我也只是个普通人。我是说，我不觉得大多数女人都希望——"

"暂停，信息太多了。他到底给你打了几分？"

"七分。他竟然只给了我七分。"

"总比零分好，也比六分强。我觉得是个不错的分数，也有进步的空间。"

她的微笑消失了："你知道吗，在 NPS 上，七分的没人会推荐。"

"NPS 是什么？"

"净推荐值。计算客户会不会推荐你的指数。"

"好吧。"

"关键是，我得一直照顾一对双胞胎，两个孩子总是轮流醒着。我根本没有时间做爱，他竟然抓着这点不放。"

"我猜是不是因为你们根本就不再做爱了……"

"这就是问题，对不对？但他给我的打分是基于我们停下来之前的情况。什么都说不通了。我真想问问他给她能打多少分。"

"她？"

"就是她。"

"你是说……"

"当然就是那个人，除非你还知道更多的人。"

兰德尔摊牌之后，情况显然是越发恶化了。如果他当时在英格兰，就可以跟我一吐为快，而不需要在咨询师面前坦白那一次的酒后乱性。而我可能会跟他讲讲我父亲的一张唱片，那是兰尼·布鲁斯[1]1960年的表演录音——是一套三唱片的黑胶碟。我总会时不时地拿出来听，来终结母亲的恶言恶语。有一个固定节目我至今都还记得，讲的是有一个男人被送上了救护车，他经历了一场严重的车祸，死伤者众，他也丢了一只脚。他在车上对护士动手动脚，护士实在搞不懂，怎么在这种时候他还能想着床事。"我就是想要。"他说，一脸可怜相。

可能这样解释兰德尔发生一夜情的原因，要比咨询师的说法更可靠。兰尼·布鲁斯也给了十二岁的我一个影响深远的建议：永远别坦白。哪怕你被老婆抓了个现行，也要否定一切。这样做（用他的意思来说）才是社会契约。

自那以后，事情就变了。兰德尔的咨询师帮助他下定决心，要把这一切都和曼迪坦白，告诉她自己的行为纯属一时冲动，毫无意义，还有十分深切的歉意。他们的婚姻也会因此在开放、互信的基础上得以延续，过去的也就成了历史。可一旦出现了不忠的问题，每个人都会变成迈尔斯布里格斯思维模型里的F型人格，感觉对方违背了自己的价值观。

"你给他打了几分？"我又问道。

---

[1]兰尼·布鲁斯（Lenny Bruce），美国喜剧演员、社会批评家、讽刺作家。其风格开放、尖锐，喜剧作品中经常涉及性、政治、宗教等内容。

134

　　"你觉得呢？他做了这一切，又不肯坦白——他妈的都不敢坦白——还要让我和她比较谁在床上的表现更好？我在情感上给他打了零分，其他的也都是零分。如果你们俩的关系都维持不下去，其他的都不重要了。"

　　话说完了，曼迪走到了前头。大雨再度袭来，我穿着带帽子的夹克，陷入思绪里。如果要评估我现在的生活，我会打几分？

　　现实维度上，我会给出九分，扣掉的一分是因为要往返伦敦。这也不算坏事，对我们两方来说都是大好事。不如还是十分吧。我和克莱尔把家事安排得井井有条，没有孩子可能在其他维度上算是缺陷，但在这里不是。

　　智力：工作让我保持机敏，酒吧小测也是种休闲的脑力锻炼。克莱尔是一位聪明、理智、偏向实用主义的伴侣，移居海外的问题就是个好例子。从表面上来看，她没有和我争论，平静地接受了我需要时间想一想的要求。这是最理想的处理办法了，再来一个十分。

　　性事：比过去几年都要好，即便有些时候我们需要些外部的刺激，但那又何妨？不过是幻想——任何一位性爱咨询师都会同意，适当的幻想可以为长期伴侣的平淡生活加点料，意义深远，或许安杰利娜和查理也需要这个。

　　情感：克莱尔和我之间存在一种牵绊，但大部分时候可以归到"现实"里面。我无法否认，随着时间的流逝和怀孕未果，我们的情感有些淡了。这肯定会发生在任何人身上，但对我们来说，考虑到克莱尔的生活背景，这样的情况会更难熬。我的生活里充斥着音乐，但音乐里也隐藏着过去的回忆，再度死灰复燃的回忆。如果幻想与现实之前的那堵墙塌了——如果我真的和今天的安杰利娜走到一起——我就会处在和兰德尔、曼迪一样的位置上，关系不再，其他的一切都没了意义。

第十九章

与安杰利娜通话

8

隔开幻想与现实的墙上出现第一道裂缝，就在周日晚上，我们回到家后的一小时，我查收电邮，看到一封安杰利娜的邮件，发件日期是前一天。此前她的所有邮件（除了那条发自手机邮箱的"近来可好？"）都是周三晚上发出来的。

你有 Skype（网络电话）吗？

我回道：

有，但上班时不能用。

我以为不会再有下文了，但第二天早上，又收到了一条回复。

不一定非得是上班时间。我这周都是自己待着。你的用户名是什么？我的是"唯一的－安杰利娜－布朗"。

收到了。不管你是推动男女平权的布朗干事，还是报纸上的专栏作家布朗女士，又或者是全世界所有家姓布朗之人中的哪一个，这个所谓"唯一的"安杰利娜·布朗就是前演员，《莫宁顿警署》主演，安杰利娜·布朗。我回信过去。

> 我的账号是"九－英寸－钢琴手"。
> 我希望你也别在上班的时候用。
> 九英寸是我的手掌长度。
> 我肯定也是在说那个。说真的，人们因为不够长还被炒了呢。
> 理当如此。
> 骗到你了吧？我说的是蜜蜂夹板。
> 是你那边上午晚些时候，还是现在？
> 在伦敦工作。明天在家。暂定你那边晚上十点，怎么样？

> 完美。×××

诺里奇时间周二晚上一点，我登录了Skype。我的位置显示在荷兰，因为账号是几年前去海牙出差时注册的。我也懒得上传头像。

安杰利娜上传了用户头像——是一张优雅的职业照。说她一点没变根本就不可能，但从照片里还是能一眼认出她。我只有她的两张照片，一张是在雅辛塔寄给我的剪报上，她和理查德在一起，图像早已泛黄。另外一张是她在钢琴旁演唱的照片，山克西拍的，在我跳上返乡航班的那个12月早上，也是他当作礼物送给了我。他们都曾是我那么熟悉的人，可是我们都没有再联系。

现在，我再一次看到了她的容颜。她有点老了，但魅力丝毫不减。我看着这个即将与我对话的活生生的人，她不再是我的幻想，活在我遥远的记忆里。她把长发剪短了，脸颊上也少了年轻时的饱满（希望饱满是个合适的词），但也绝非骨瘦如柴，反倒让她的眼睛显得更大了。

Skype 的照片让邮件背后的人影立体起来，添了血肉，逐渐变成一个真实存在的人，一个我认识了二十年的人。

我出门慢跑——现在我已经能跑上八英里了——洗了澡，仔细看着我自己。我本不想让自己的头像出现在 Skype 上，但如果要遵循"给我看你的照片，就给你看我的"的原则，我就得学会接受自己。那就是自己的脸，我提醒着自己，那就是一张四十九岁数据库工程师的脸。至少我还不用戴着老花镜才能看清屏幕。不过，我还是可以简单地提升一下自己的外貌。

剪子。推子。

我的下巴看起来有些羸弱，当你剃掉已经习惯了的络腮胡子时，都会有这样的感觉。但也有积极的一面，我的脸看上去干净清爽，像个职业工程师，比之前年轻了不少。我的鼻梁挺拔，肤色透亮，眼神清澈，头发浓密，黑发间偶尔夹着几根白发。

墨尔本时间晚上十点四十分，我决定放弃等待安杰利娜来电，主动按下了语音通话按钮。没开视频。一步一步来吧。

她接通了电话，没有打开摄像头。短暂的停顿之后，她的声音从扬声器里传出来，比电话里更清楚。她本可以和我在同一个房间里的。

"你会弹帕蒂·史密斯的《因为这一夜》吗？"

她的声音似乎低沉了些，但就是她的声音没错。好一会儿我才反应过来，她是在重复和我说过的第一句话。而我带着英国口音的回复也促使她伪造了"带个英国佬"的主题派对，还有……

"还有布鲁斯·斯普林斯汀，"我说，"他们两人一起写的歌。"

"噢，上帝啊，"她感叹道，"你的声音真是……一点都没变。"

"你也是。"

我希望时间能慢下来，慢下来，就停在这一刻。多年后的重逢，这珍贵的一刻无法再来。这是邮件往来后的重要一步，一种截然不同的体验。她或

138

许也有同样的感觉，因为扬声器的那头静了下来。

我转身，背对电脑，打开键盘开关，拔掉了耳机。我从未想过要这样做，但这似乎成了我唯一该做的事情，但我弹起的却不是《因为这一夜》。

我选择了范·莫里森的《棕色眼睛的女孩》，我们在酒吧初见那一夜，她向钢琴走来时，我正在演奏的歌曲。我唱起了第一句："我们去了哪里，大雨袭来，我们发生了什么。"回忆的洪流涌向我——有她，有递给我啤酒的山克西，还有坐在琴边的，我自己。这一刻，我们似乎和早先邮件里调情的两个人相隔了一百万英里。

我的歌声断断续续，我得静下来整理我的心情。当我再次开口的时候，我能听到声音里的颤抖。

我唱完了这首歌，总觉得她已经把电话挂断了。她没有，她也最先开了口。

"我的天哪——真是让我一下子就回到了过去。你还记得我们开车去阿迪斯角那次吗？我们沿着海边漫步，还带着野餐篮子。"

"接着就下雨了。"

"这首歌让我想起了那一天。我们两个蜷缩在一起，躲在一块大石头下面……"

我们又接着聊了一个半小时，回忆着我们做过的事情，那些多年来我不曾想起的事情。我们提起了一件又一件的事情，却不曾说起我们的感受。一段段故事的背后藏着回忆的潮水和感情的激荡，只有一件事情和当下相关，或者说是和我离开澳大利亚以后的日子相关。

"你没有孩子？"她问。

"试过了，但不行。"

"对不起。当你在邮件里说'没有孩子'的时候，我以为……"

"不要道歉。如果没有你圣诞节的那一番话，我可能都不一定会去努力要孩子，所以我得要感谢你才对。"

"除了——"

"不。谢谢你。试过才更好。"

说出口的那一刻我才意识到，这一切都是真的。我一直都知道，克莱尔和我的努力造人牺牲了我们之间的关系。但如果我从未决定去试试，也鼓励克莱尔一起，我们之间的关系肯定会经历另外一种磨难。我们肯定都不敢直面我们的恐惧。

最后，她问我："还记得酒吧的那个晚上吗？山克西送给我们一瓶香槟的那晚？"

告诉她我爱她的那晚，也是她告诉我她爱我的那晚。

我答："好像昨天一样。"

一阵漫长的沉默之后，是一句："我们那时候多年轻啊。"

接着是大约一分钟的沉默，似乎是时候挂断了。我按向那个红色的按钮，却发现她早已下线。

第二十章

矛盾的选择

8

第二天，我回到伦敦，安杰利娜的邮件已经躺在收件箱里，我趁着午休时分打开它。

我昨晚喝了几杯。希望我听起来没有醉醺醺的。

我回过去：

正好可以解释泳池清洁工的故事。
我给你讲了那次的事？他很可爱。

紧接着：

你还保留着你的口音，真好。
还有同样的效果吗？

什么效果？

还是跟上周一样的善意玩笑，但感觉已经不一样了。通过这些词句，我看得到这个女人，听得到她的声音。精灵挣脱了瓶子。

不论此前如何，现在的我已经意识到自己正在出轨，就是现在，和一个有血有肉的女人。斯图尔特曾暗示我要对自己做个测试，我和安杰利娜的交往似乎从一开始就符合出轨的情形：对于我们的事情，我一直讳莫如深，好像我们偷偷在酒店里租了房间一样。

肯定会有一些人，可以自如地欺骗他们的伴侣，但我肯定不是其中一个。我必须要做出个选择：选择有违道德，且毫无发展前景的短暂欢愉，还是一段二十年的感情，二十年的人生，共同的房子、朋友，清晨送到床边的咖啡（我还通过最近的旅行活动判断出，这段人生在四大重要维度中有三项表现优异）。

我花了一点时间整理我的思路，比预计时间长了很多。我们的邮件往来似乎有着特别的魔力，让我不愿意放弃。但只要我想，我在任何时候都能终止这段关系——只是不在这一周。

解决办法来得有点突然。尽管最近的工作堆积如山，影响了我的研究进程，但这并没有影响我成为酒吧小测中的明星。

我们和酒吧冠军队的表现不相伯仲，其间，客座主持人提了不少与摇滚乐相关的问题，我一下子撑起了整支队伍。过去两周，希拉的表现一直不太理想，但那个晚上，她好像突然开了窍。

我们的队伍一轮一轮地向前挺进，还赢下了关于酒瓶大小的挑战赛：波尔多产的耶罗波安酒和香槟耶罗波安的瓶子大小不同。

最后一道题，比分持平。轮到你了，亚当。

鲍勃·迪伦曾至少一次，在两首不同的歌里写下了同一个女人的名字。这个名字是什么？

我不知道。鲍勃·迪伦在 20 世纪 70 年代以后的歌，我没听过几首，而这位高产的歌手至今仍发片不断。这道题目的设计，说明答案很可能不止一个，也许还包括是他写的，却不是他演唱的歌曲。我在记忆里搜索着，大家都围拢在桌边讨论。他曾以第一任妻子萨拉为名写过歌，她是他的最爱。

"《低地里眼神忧郁的女士》[1] 也是送给她的。"斯图尔特补充道。

"问题里说到了'名字'。她的名字可不在歌里。"

我们又迅速排除掉一连串名字：拉莫娜、乔安娜、路易丝、玛吉、露西、内莉、德卢斯的露丝、珍妮、罗茜、黑兹尔、奥费莉娅、克劳德特、玛丽、《飓风》里的帕蒂·瓦伦丁、瓦莱丽和薇薇恩（T. S. 艾略特的两位妻子）、玛丽 – 简、珍女皇、安妮女皇、莉莉、罗斯玛丽、辛德瑞拉……都不是重复出现过的。

"安杰利娜。"我冒出来一句。

《再见，安杰利娜》[2] 完成于 20 世纪 60 年代，很优美的一首歌，没那么浪漫，除了名字以外。是迪伦写给琼·贝兹的。

我们有麻烦了。"萨拉"似乎是最显而易见的选择，势必要被排除掉，也肯定不会是奥费莉娅、黑兹尔，或是克劳德特。该我做决定了。我猜在这些歌里，至少有一首是写给其他人的，还有一些怀旧的情绪在里面。

没有人知道这个名字于我的意义，所以我也没有收获任何嘲笑或讽刺。答案竟真的是"安杰利娜"——录制于 1981 年的同名歌曲，以安杰利娜为主题，发行于 1991 年。

至于我说迪伦本人没有录制过《再见，安杰利娜》的说法是错的：迪伦的版本收录于同一张甄选集。细节决定成败。我们得了分。

---

[1] 原文为 *Sad-Eyed Lady of the Lowlands*。

[2] 原文为 *Farewell Angelina*。

前冠军队选择了"罗斯玛丽"。但根据迪伦官方网站的记录，《莉莉，罗斯玛丽与红心杰克》里的"罗斯玛丽"和《前往阿卡普尔科》里"罗斯－玛丽"的拼写方法不同。

我们最终大获全胜，奖品则是酒水免单，这对我来说有点麻烦，因为我已经承诺克莱尔要回家吃晚饭。自打湖区徒步之后，我和克莱尔一直在一起吃晚饭，哪怕是有人需要晚归的日子也等对方一起。但我也要分享胜利成果，吞下一品托的冠军酒，十五分钟应该不算什么。

时间过了三十分钟，驻唱乐队的音乐声越来越大，我喊着告诉大家"必须得走了"，和希拉一起出了门。希拉挽着我，亲吻我道晚安，突然哭了起来。她的婚姻结束了。我又抱了她一会儿，再一次亲吻了她的额头。我松开希拉，克莱尔的车随即停到了我们旁边。

我上了车，一句话都没说。

每次争吵，克莱尔——逻辑清晰，讲求实用，对人类行为有着极佳判断力——总能赢过我，但我也很享受偶尔反败为胜的时刻。我家厨房里一扇厨柜门的合页坏了，想要关好就需要借力旁边的厨柜，再加上一套上——下——上的复杂关门流程。克莱尔一直在催我修好它，但最终还是放弃了，告诉我她会联系一个维修工。就在那一刻，我骄傲地告诉她，柜门已经可以正常开合，早在几周前就已经修好。这就是我的隐喻一刻——你们这小信的人哪 [1]。还记得那扇合页吗？

我在等着克莱尔开咬，这样我就能给出无辜的解释。未来的某一天，我就能反问她，还记得我和希拉的情事吗？我们会笑成一团，至少，我们中有一个人会笑出声。

克莱尔沉默异常。起初，我以为她认定我俩之间没有任何风流韵事。沉默继续，我意识到她还在思考，把零星碎片拼到一起，想着如何应对。

---

[1] 原文为"Ye of little faith"，出自马太福音 8：26。

144

如果我选择向克莱尔摊牌，告诉她有关安杰利娜的事情，现在就是个时机。比起克莱尔脑子里想象的我和希拉，现实差了不少：每周三次混杂了一连串谎言的秘密联系。

事实若丝毫不加掩饰，则为：

> 最近和二十年前在澳大利亚的女朋友恢复了联系。我们发了几封邮件，进行了一次 Skype 通话。我知道这样做不对，也已经决定不再继续下去了。我本该早点告诉你，但还是选择了此刻向你坦白。对不起。但跟你想象的相去甚远。

克莱尔大概不太想知道我的感受如何……怎么说，这也算是不太好的一点。我们应该多进行一些这方面的交流。

"克莱尔……"

"亚当，如果你想向我保证，你们两人之间什么事情都没有，那就直接说出来。如果你想说别的，就等到回家再说，我现在不想谈。"

我本该直截了当地否定她的说法，但这又有些虚伪。确实发生了一些事情，现在也该澄清一些事实了，只等克莱尔做好准备。

克莱尔停好车，泡了杯茶，坐到餐桌旁。我打开一瓶啤酒，只为手里抓着点什么，坐到她的对面。

"我猜你是在和别人约会，对吗？"

在车上，她已经给了我机会，现在也不是在等一个答案。而且，她似乎并没有认出希拉。

"那么，好吧。"她继续道，"你也知道，我一直在考虑移居美国的事。我猜如果我真的去了，你也不会跟我一起过去，这也就意味着我们作为夫妻状态的终结。我们都应该很清楚这一点，但我还是想要再清楚地说一遍。"

我点了点头。现在已经不仅仅是希拉，或者安杰利娜的问题了。

"我们一直把这件事拖着，让生意决定我们关系的走向。我说得对吗——没有言不符实吧？"

"没有，"我说，"你在考虑要不要卖掉公司的时候，也没有想过我们的关系吧？我说得对吗？"

她想了一会儿，回答道："你说得不对。你这样想是因为我们从未正式讨论过这件事。或许几个月前你还可以这么说，但我不懂的是，最近一段时间为什么发生了这么多的变化。我以为是工作的缘故，但你已经告诉我真正的原因了。"

她盯着我："你在听吗？"

"你是说我们结束了？"我问。

她没这么说，但我们的对话正是向着那个方向发展着，我能感受到她的意思。

"我认为做出选择的人是你。"她说。

"看来你已经决定好了。"

"我认为是我们已经决定好了，但如果你想更体面……"她叹了口气，"这都无所谓了。"

她说得没错，这些都无所谓了。我们之间更深层的矛盾已经暴露出来，此刻，无论是希拉还是安杰利娜都无法解决这些问题。尽管克莱尔在竭力控制，但我知道，她已经耗尽了力气。我们把晚餐放回到冰箱里。

我回到屋子，一片黑暗中，我躺在床上。我们话已说开，但只要我们还能足够关心彼此，一切就还没有坏到不可救药的地步。只需要克莱尔说上一句："你比生意重要多了，就让我们留在英国吧。"或者让我说上一句："我要和你去美国。"但如果克莱尔不愿意为了我们的感情而做出同等的付出，我又为何要牺牲一切呢？

我没有开灯，却点了根蜡烛。我打开电脑，下载了迪伦的那首制胜歌曲。

我听过很多歌曲，所以我才能在小测中一击制敌，因为我不仅知道它们的名字，还有这个中的感情（怎么弹）。可以说很少有我没听过的歌曲。

这就意味着，我在情感上是一个十分被动的人。跳动的烛火包围了整个房间，年轻的安杰利娜的歌声像这烛火一样驱走了黑暗，把我带回到二十二年前的迈尔音乐广场。尽管过去几周的我一直在控制酒精摄入量，但我还是又额外喝了一品脱啤酒。和我生活了二十年的伴侣即将和我分手，部分原因就是和这首歌同名的女人。

就是这样了。

我的大脑可能已经变得过于伤感，这或许是多年来浸淫流行音乐的结果。人们总说听摇滚乐会坏了脑子，这说法可能没错。如果色情片可以改变大脑的结构，那音乐怎么不能？几个月——甚至几年里——我都躲在屋子里，不停地播放着我的歌单。有很多都是三四分钟长的爱的赞美歌：经历的爱，失去的爱，永怀的爱。蜡烛在燃烧，烛光跳跃在风里、雨里，燃尽的蜡烛。

我的大脑里和爱相关的部分都被洗脑得彻彻底底。

我戴上耳机。迪伦的前奏响起，胡乱的几下敲击钢琴的声音。他接着唱了起来，还是那熟悉的嗓音，却比平时多了几分深情。好像这一切都在他的骨子里，他要抓住机会，深陷在回忆里，他要上路，全都裹挟在激情和意象里边。

第二段即将结束的时候，我深深地陷入了一种无为之感。我或许可以说感动、震撼、超越，但都无法准确地表达我此刻的感觉，无为是最好的词语。二十年来，我做了什么？现在，我又该做什么？

我给安杰利娜写了邮件，告诉她，我和克莱尔的感情结束了。

第二十一章

离开克莱尔

作为数据库设计师，我的日常工作完全取决于目标决策；作为钢琴手，我清楚音乐的能量和局限。而作为迈尔斯布里格斯思维模型里 T 型理性人格的拥有者，我必须得讲清楚，自己离开一段二十二年的感情绝不是因为一首歌。

没错，我第一次听到《再见，安杰利娜》这首歌的时候，情感上经历了绝妙的深度体验，但你也不需要立刻就下载下来，期待别人都和你有一样的反应。一次，我曾让一群同事和朋友各自写下最喜欢的歌曲，我把这些歌整理到一起，自制了一盒录音带。那是一盘毫无趣味的音乐合辑，并不是因为我的音乐品位更好，而是我没法像他们一样和这些歌产生联系，更不用说引起共鸣了。

在迪伦庞大的作品库中，《美国词曲作者》杂志把《再见，安杰利娜》排到了第 28 位，所以我至少可以把它看作歌手的原创杰作之一。只可惜这首歌被收录在 1981 年发行的一张平庸专辑里，迪伦自此巡演不停，却从未现场表演过这首歌曲。我曾安慰自己，这首歌的情感太过私人不适合表演，但我头脑里的答案正相反。维基百科里是这么说的："这首歌曲悦耳动听。"

晨光让我清醒，烛火散去，我重新戴上理性的帽子。音乐无法替我做出决定，却把我带到了某种境地，就像曼迪的心理医生说的那样，让我能充分进入情感的维度。

我的情感生活里只有安杰利娜，这样的情况已经持续了一阵子，起点当然是那次 Skype 通话，但她也可能一直存在于我的脑海里，和我一起聆听每首歌曲。我选择继续这样的关系无疑会让我和克莱尔都感到失望。我本有可能去挽救我们的关系，但我的能力不够了。

或许我本就不该回复安杰利娜的邮件。我应该坚守自己的决定，不去对她问东问西，让她清楚地意识到我已经迈过了彼此间的界限。我追求的不是她这个人，而是她代表的一切。四十九岁的我，想要重新开始我的人生，那段只停留在歌里的人生。

我搬了出来，带着一个旅行包，在伦敦工作了半日，搭火车回了曼彻斯特。谁留谁走，毫无疑问——房子是克莱尔妈妈留给她的。我们在一起这么久，我或许也有了一定的法律权益，但我不打算争取了。钢琴可以等，埃尔维斯还得再坚持一会儿才能吃到晚饭。

根据合同要求，我和雇主若有一方要解除合同，必须提前两周发出通知。我告诉他们，我要离职了。我不会从妈妈远在曼彻斯特城外的家中通勤到伦敦，一周两天也不行。但这些都不重要了。

离开家之前，我字体潦草地给克莱尔留了一张字条。

> 亲爱的克莱尔：
>
> 对不起。我和希拉之间什么事情也没有——希拉就是你上次看到和我在一起的女士，她和查德分手了——但你说的也没错。一段时间以来，我们渐行渐远，我只希望你能留在英国。但昨晚，我们似乎终于提起了那件不可避免的事情。
>
> 你一直忙于工作，我却一直停滞不前。你一定认为我不愿意搬到美国去，就是对你的不支持。也差不多吧。你值得拥有更多，至少比我付出的要多。

我踟蹰着，是不是应该再说点什么。我不想毫无来由地伤害克莱尔，也不想让她过分自责。她应该知道发生了什么，让她弄明白看到的一切。

　　还有一件事。几个月前，我和一位旧相识恢复了联系。随之而来的，还有我当时没有处理好的一大堆问题。所以，即便我已经这把年纪了，也还需要把我们之间的一切都处理清楚。

　　谢谢你为我和我们所付出的一切。我们有过太多快乐的时光，我会永远记得。也祝你的并购生意一切顺利。

　　希望我们还能做成朋友，常联系——需要帮助就给我打电话。等公司并购的事情结束了，咱们再谈一些具体的问题，那时大家的压力都会小些。

爱你的

亚当

我又读了一遍字条，才发现缺失的部分在哪里。朋友，我写了，但我却丝毫没有提及我们的爱、过去和现在，除了在最后告别的段落。我上一次告诉她我爱她是什么时候？写下"我爱你"的字眼让我感到别扭，那不是我的真情实感，她也一定读得出来。我甚至都无法写下"我曾爱过你"。

我把字条和钥匙留在钢琴上，那是我们交换信息的地方。那里已经摆上了一件东西，不是字条，而是一张名片，上面印着调琴师的名字。

我弹了一个升 F 调，和弦穿过我的身体。键盘状况还好，但一架好的原声钢琴有着它独特的秉性，而这一架已经不尽人意地怪叫了许久。我坐在琴凳上，弹起《再见，安杰利娜》开篇的两个乐句。旋律简单，但歌词我却怎么也记不起了。

火车是流行歌曲里常见的意象，但在早上九点半开往利物浦街的车厢里，还有下午六点半挤满了上班族，往返于曼彻斯特的通勤火车上，根本不会有任何罗曼蒂克的故事发生。在开往我妈妈家的列车上，我终于想明白自己做了什么，一种巨大的空虚感吞没了我。

我抛弃了我最好的朋友、我的家庭、我的生活，伤害了我的克莱尔——克莱尔，一定是在她工作的间隙，趁着我在伦敦办公或是去探望母亲的时候，找了调琴师过来，这件事本该由我轻松地完成，不管是在合同间歇期或是在家办公的时候都可以。也许我只是想找个借口，不为她演奏罢了。她尝试过，希望一切都能变得更好，而我让她失望了。到底为了什么？只为了一场毫无根基的浪漫白日梦吗？

安杰利娜是我的幻想，只有在每周一次的幼稚闲聊时才会出现，她或许只想填补上快乐婚姻中一个空虚的小洞。而我却空有一片向往之情，毫无实际的打算。我不知道明天要干什么，下周要干什么，或者在我突然荒芜下来的余生中要干点什么。

第二十二章

前往法国

一如往常，我的妈妈很高兴能见到我。但这样的感觉似乎不完全是双向的。

现代（此处我所说的现代，是指 1900 年以后的时代）咨询办法通常基于倾听和偶尔的解读和建议，给予患者足够长的时间，理解自己的问题所在，并想出解决办法。我的妈妈仍然沿用了老派的观察建议法，不断重复，直到病人不战而退。在我妈妈这儿，啰唆的闲言碎语中间还经常夹杂着剃刀般锋利的真知灼见。

"你从来就没忘掉过那个结了婚的澳大利亚女人，对吗？"

"土豆味道不错。这么焦黄的颜色是怎么弄的？"

"凯莉，她就叫这个名字，对吧？"

这样的误解完全来自 20 世纪 90 年代的无理偏见。那会儿，人们认为凯莉是最典型的澳大利亚名字，我也一直懒得纠正她。少了安杰利娜的名字，竟让她的话听起来没那么聒噪了。

她根本不等我回答："她给你带来了极大的伤害。她应该以自己为耻，找了一个那么年轻的男孩，一个天真的游客。"

"妈，我那时已经二十六岁了，还比她大。"

"她结婚了。我妈妈嫁给我爸爸的时候，就知道他要上战场。这么跟你说吧，那些美国大兵全都在觊觎她，她年轻的时候可是个美人。你看过她的照片吧？"

"没有。"我在撒谎。

"你当然看过。"

"我不记得了，妈妈——都是老皇历了。"

妈妈起身去拿了影集。每当她说到婚姻典范的时候，都会提起她的父母，因为她和我父亲的关系不太好。我的父亲是个自大狂，任性时像个孩子。他平时穿着考究，爱好各种音乐，还是个不折不扣的花花公子。他几乎认识曼彻斯特音乐圈里的每个人——比吉斯、冬青树乐队、早期的史密斯——还有一箩筐的故事。我敢打赌，不管他是怎么跟妈妈说的，他一定去看了自由贸易厅里那个"犹大"歌手的演出。

在我十几岁的时候，我就知道他是个四处鬼混的家伙。他也喝酒，是我继承下来的另外一个习惯。我成功地避开了让他患上肺癌的香烟，但这得感谢我的妈妈。我的爸爸到死也不过像是我生命中的一个边缘过客。

在和他的接触中，有三个决定性的时刻，都与钢琴有关。说起和父亲接触时的决定性瞬间，也实在很难和别的东西联系起来。

当我还是个孩子的时候，学乐器还沿袭着老旧、痛苦的"经典"路子。有一次练习的时候，他走了过来。

"没什么意思，对吧？"他说。

"是你逼着我学的。"

"说一首你喜欢的歌，《泰迪熊的午餐》？"

"爸爸！我都七岁了。"

"这是首好歌，几岁都一样，那你挑一首吧。"

"樱桃可乐那首歌。"那时候广播里总是在循环播放着那首歌。

他摇了摇头："没听过。"

"你听过的。"我随便哼哼了几句。

"你想学《罗拉》[1]？那可比《泰迪熊的午餐》难多了。"

我点点头。

"你妈肯定不会感激我的。"爸爸用右手按了按琴键，弹了副歌部分开头的几个音，"轮到你了。"

"我不会。"

"想从哪儿开始都行，随便弹。"

我自然弹了个升 A 调。在我家，降 B 调有一个另外的名字，有时候就叫作"亚当"。妈妈和爸爸也有各自命名的音调，尽管我妈对此毫无兴趣。

在弗雷迪·夏普的葬礼上，我演奏了一曲《我不后悔》[2]，那是他生前要求的，升 F 调的歌曲。闹哄哄的，手指连续砸在黑键上。他肯定以为会播放录音室版本，而不是被他抛弃的儿子在现场演奏，这情景多讽刺啊。我唱的还是最初的法文版本——"不，我一点都不后悔"——恐怕就更没有几个人能听懂了。当晚，我便决定前往澳大利亚。

爸爸唱了句"罗"，接着是"拉"："按第二个键。"

"我不知道该按哪个。"

"小家伙，你只需要从这八十八个选择里挑一个。差不了多少的，随便来一个。"

我按了两三个琴键，才重新找回 A 调，接着是第三个键。我迅速找到了后面的琴键，容易多了，让我也得到了成就感的满足。

"如果你愿意的话，你完全可以这么练，不用去上什么课。等你练好了，我再教你左手该怎么弹。从随便哪个键开始。"

"我不是非得去上课？"

"还能给你妈妈和我省下几个钱。但你想要有所得，就得先付出。"

---

[1] 原文为 *Lola*。
[2] 原文为 *No Regrets*。

“我就知道没有白得的好事。”

“你每天都得练习，二十分钟，这样就行了。如果你手边没有钢琴，可以唱出来。”

“要练多久？”

“跟你说过了，二十分钟。有时候，你会遇上点困难，感觉像下雨的周末一样难熬；有时候你可能会感觉时光飞逝，还想再多练一会儿。在这种时候停下来，可就真是个呆子了。”

“我是说这种练习什么时候可以结束？”

“永远不会结束，永远。但你可以不去上课，这就是我给你的交易条件。”

这样的交易保证了我的练习量，给了我一副好耳朵，但从未教会我如何识谱。如果你看不懂曲谱上的附点，就可以放弃成为职业钢琴师的念头了。

几天后，爸爸给我买了《罗拉》的单曲唱片，那是我的第一张唱片。

我花了两三个月时间学会了用十一个琴键演奏——和演唱——奇想乐队献给性别模糊主义的赞歌。我的妈妈每天都要听她七岁的儿子演唱二十分钟，甚至更长的时间，有关在苏荷区的酒吧被一个声音好似男人的女人搭讪的故事。她什么都没说，至少没跟我说。

当我学会了右手的动作之后，父亲开始教我左手的和弦——只在一开始的时候，每句的开头，就像我二十年后，为安杰利娜伴奏《早上的天使》时一样。

“感觉不错吧？”

确实如此。我听到的是简单的和谐之声，音符与和弦的碰撞直抵我们的内心，当你独自演奏的时候，这种感觉尤甚。我的爸爸用词精准，不仅仅是听起来不错，那感觉更是美上天。

“所以你才要玩音乐，”他说，“就是要记住这种感觉。”

我记住了。有些音乐人失去了对音乐的爱，特别是流行音乐，或许只是音乐失去了感动他们的力量。他们就像听过所有笑话的喜剧演员，或是知道了所有变化技巧的魔术师。音乐从未失去过感动我的力量，尽管我不再演奏，转而倾听。

和父亲相处中的第三个决定性的瞬间发生在我二十五岁的时候，在他加入天堂合唱团之前的几个月。我在伦敦一家酒吧里演奏——确切说来是在苏荷区。他走到钢琴旁，我看了他一会儿，才认出眼前的人是谁。他瘦了不少，脸色发灰，衣着仍然一丝不苟。

他冲我笑了笑，好像不认识我那样说道："能给我表演一首《钟爱一生》[1]吗？"

这首歌我再熟悉不过了，这是他最喜欢的歌，应该能让他想起和妈妈的快乐时光吧。我演奏了这首歌，却没唱出来，专心致志地想把它弹好。我一直十分敬重父亲的音乐才能。

一曲结束，父亲说："再弹一遍开头的几个小节。"

在"一生"这个词上应该是个增五度的调子，如果加上第七音，便可组成一个四音符的七度和弦。一般的钢琴或吉他教程就会直接把它写作一个 G 大调。但主旋律音符是 B 调，三度音，配合几个与之相对的上升音，给整首歌加上了点叛逆的味道。在如此喧闹的酒吧里，恐怕只有歌手本人才能注意到这一小小的细节。

我又弹了一次，还是七度和弦。父亲看着我，说道："真棒啊，小伙子，你听进去了。你弹得很好。我之前都是假装的。"

他往我的小费罐里塞了张二十的票子，对我说："你一定会好起来的。"接着他走开了，站到我的身后："你还记得《罗拉》吗？"

我便唱起了《罗拉》。结束的时候，他已经离开了。这是我最后一次见到他。

这一天，我离开了相伴二十年的伴侣，辞掉了工作，搬进了母亲的家。这注定是艰难的一天。

克莱尔给我的手机留了言：我不是要你离开。很对不起，我误会了你和

---

[1] 原文为 *For Once in My Life*，原唱为美国爵士歌手史蒂夫·旺达（Stevie Wonder）。

希拉的关系，也没给你机会解释，等你准备好了就给我打个电话。你的行为让人感动，但什么也改变不了。

安杰利娜也回复了我，丝毫没有提到我信息中的唐突——就这么把离开克莱尔的事情告诉了她。我感觉怎么样？我有地方住吗？如果我们最近的联系导致了我和克莱尔分手，她便会发誓我们之间根本什么都没有。她从未想过要介入我和克莱尔之间，也如她所愿，我并不想打扰她的婚姻。

我发出了一条简短而正式的回复，感谢她对我的关心，并向她保证，自己的行为和她无关。一段时间以来，我和克莱尔一直在考虑是否该分开，我也从未有过任何幻想，要与她再续前缘。

妈妈上床睡觉之后，我不得不重新审视了我的想法。是安杰利娜的一封邮件，澳大利亚时间早上七点刚过时发出的。

收件人：bee.flat@zznet.co.uk

抄送：charles.acheson@mandapatners.com.au

> 嘿，亚当：
>
> 不知道你的工作和生活安排如何，但查理和我周五会出发前往我们在法国（勃艮第）的住所，周六抵达。我们会在那儿待上一周，接着去米兰诺。我们这么多年没见了，真希望能见到你。你可以来待上一周，想再多待一阵子也没问题。你可以直接到里昂或是马孔，我们去接你。周日早上以后都行。
>
> 希望你能过来。
>
> 衷心的祝福
>
> 安杰利娜

米兰诺，而不是米兰。查理·艾奇逊，而不是查理·布朗。他会怎么想？

他都知道些什么？肯定不是全部，因为他没在第二封邮件的抄送名单里。

> 都格拉斯请一定要来。我想见你。

> > 爱你的
> > 安杰

　　我没有回复便睡了，但早上我必须得做出决定。有一些实际的工作问题牵绊着我：我在伦敦的工作还有两周才能结束。无论我是否接受了安杰利娜的邀请，我都得时不时在办公室里露个脸。我搭公交去车站，登上最早一班前往伦敦的快车。墨尔本时间下午过半，我用手机回复了安杰利娜的邮件：

> 法国有宽带吗？

　　我知道这答案显而易见，但仍然决定，如果安杰利娜给了我肯定的回复，我就过去。

> 那可是法国，不是阿尔巴尼亚。你真的要来吗？
> 期待你过来。×××

　　我趁着伦敦的午餐时段，预订了欧洲之星的车票到巴黎，还有法国TGV高铁到马孔的车票，周六晚上要在巴黎留宿一晚。我也可以在一天之内完成旅程，但我已经很久没去过巴黎了。我把抵达时间回复给安杰利娜，抄送给查理。
　　我当即收到了回复——查理的回复。

> 信息收到，谢谢。时间没问题。你的手机号多少？我的列在下面。会在TGV马孔站接你。你应该还能认出我的妻子……有问

题，就打电话给我。有什么想吃的吗？期待见到你。查理。

我要和这个家伙生活一周。他知道我是安杰利娜曾经的恋人吗？我不会接受任何理所当然的假定。克莱尔知道安杰利娜，但更像是一个概念中的人物。我从未分享过与她的记忆，我甚至都不敢肯定，克莱尔是否还记得安杰利娜的名字。

我把电话号码用短信发给查理，迅速在网上搜索了他的名字，结果出现了两个来自澳大利亚的查尔斯·艾奇逊。"总监——并购合伙人公司"看起来比"全黑队传奇触地得分手"好多了。

周四深夜，在我妈妈的坚持下，我又给安杰利娜发了一封邮件：需要我带点什么吗？没有回复——他们应该都在飞机上吧。

我妈妈也认为，我不该再跟澳大利亚的朋友们联系。偶然的联系却影响深远，不再联系"可以让你们想想别的"。

但克莱尔的短信让一切变得更加扑朔迷离。

> 希拉来过了，整个人显得焦虑不安，觉得都是她的错。我跟她解释过了，但你还是应该联系她一下。注意安全。我们要找机会谈谈，你准备好了就给我打电话。埃尔维斯想你了。爱你的，克莱尔。

前一天，我把我和克莱尔的情况发短信告诉了斯图尔特，一定是他告诉了希拉。我从未想过她会把自己的经历套用到克莱尔的身上——或者，准确说来，是想象自己直接抓住了查德偷情的把柄。拥抱不过是个拥抱，除非你在找借口解释伴侣的行为变化。而"我在安慰一位婚姻失败的朋友"是一个绝佳的解释，除非你早就怀疑有事发生。

我给希拉发了短信：

我和克莱尔分开了。你也知道，我们两个各自忙自己的事情也有一段时间了，这跟你绝对一点关系都没有。我很好。周二绝杀他们。披头士的第一首单曲是《我的邦尼》[1]。

接着，我给克莱尔发了短信，告诉她我已经和希拉联系过了，接下来的一周左右，我会和澳大利亚来的朋友在法国待上一阵。短信的末尾，我写上了"爱你的，亚当"。要是我的妈妈一直在监视我们的短信往来，她一定会疑惑——大为疑惑——这两个人之间到底出了什么问题。

周五早上，我为她做好采买，收拾好行李，搭火车去伦敦。我在客户那里待了半天，入住了位于西区的酒店。周日还有安杰利娜，更不用说查理，似乎都近在咫尺。有太多的不确定，但我真正想要的到底是什么？

很长时间以前，有一次我问克莱尔，请她以项目经理的角度帮我分析，为什么客户花了大价钱雇我提出咨询建议，却又对我的忠告置之不理。

"你得明白他的出发点是什么，"她说，"想一想拒绝你的建议对他有什么好处。把所有的可能都列出来。"

"原因太多了，可能他不想丢面子，可能他想开除我，或者根本就认为我是错的……"

"把它们都写下来，我再告诉你是因为哪一条。"

最终，我列下了六个选项，费了很大力气才没把那些搞笑的选项也加上，虽然我很想那么做。

克莱尔却根本没看那个列表："把它们按 a 到 f 编号。你的答案是 g：以上皆有。人类是很复杂的，他们不会单纯追求某一件事，有时甚至会同时追求几件互相矛盾的事情。这样一件不成，他们还能转换目标。"

我为法国之行也做了一个目标列表，其中包括现状核实，作为我未来生活

---

[1] 原文为 *My Bonnie*。

方向的判断基础，还有重建旧日友谊。如果我愿意对自己再诚实一点，我希望是她的婚姻出现了不可救药的危机，促使她重新联系我。如果真的是这样，一天前被我排除的无稽幻想或许真的能成为现实：上天也许给了我第二次机会。

以上皆有。

动身前往法国的早上，大雨倾盆。我放弃了拦一辆出租车的念头，搭了地铁。那是我在英格兰度过的第四十九个夏天。简而言之，如果 1989 年的誓言成真，此时的我应该正在墨尔本的电车上，看过澳式橄榄球赛，回到安杰利娜充满爱意的臂弯里，身边还有三个孩子。我无法想象这样的场景，时间过去太久了。

在圣潘克拉斯车站有一架奥古斯特·福斯特牌的立式钢琴，被漆成了蓝绿色。钢琴破旧不堪，我一度以为那只是车站的装饰，直到我看到一位二十几岁、东欧面孔的男子弹唱了一曲精彩的《即兴布鲁斯》[1]。一曲终了，他在五六位围观旅客的掌声中捡起背包，离开了。

距离我上次在曼彻斯特车站听到一位女孩演唱《如你》过去了不足四个月，我曾以为我不会再有走上去弹一曲的冲动。但就在今天，我径直走到琴边，坐到琴凳上，大声奏响《钟爱一生》的前奏。

我扯着嗓子唱出来，心中的感情奔涌而出，人群围了过来，可能是因为我的音量，也可能是因为我的热情。

先前的歌手再次出现。他对我笑了笑，竖起大拇指，接着从背包里翻出一支口琴、一个调音器，那才是史蒂夫·旺达真正会用的家伙。我朝他点点头，他表演了一段独奏，和我一样全情投入。我们两人就这样征服了周六早上湿漉漉的圣潘克拉斯车站。

我沉浸在音乐的狂喜之中，那里有无边的自由和无限的可能。不仅如

---

[1] 原文为 *C Jam Blues*。

此，我还感受到了一种改变，这种改变或许早已发生，现在才真正浮出水面。我感受到了油然而生的自信和强烈的自我肯定。距离我最后一次见到安杰利娜已经过去了二十二年，我更成熟了，也更睿智。如果上天真的给了我第二次机会，让我拥有心中所想，我一定要抓住它。

第二部分

The Second Part

第二十三章

与安杰利娜重逢

8

等车的间隙，我来到 WHSmith 书店，一个约莫四十岁的金发女士凑了过来。她身材瘦削，穿着黑色牛仔裤和高跟鞋。

"不好意思，我只想告诉您，您演奏得太棒了。我今天本来没什么精神，但您的表演真是让我高兴极了。谢谢您。"

她的脸上挂着微笑，接着聊了起来。

"这是我的荣幸，也谢谢您。"

"去巴黎？"

"只待一晚，要去马孔附近看朋友。"

"您了解巴黎吗？"

"没那么了解，只是过去转车。"

"我就是巴黎人，来伦敦通勤。"

"那路上小心。感谢您特意来告诉我喜欢我的表演，让我觉得一切都值了。"

她似乎踌躇了一会儿，最终走开了。

火车上，我让自己沉浸在和安杰利娜在巴黎北站偶遇的幻想里，这让我更清楚地意识到自己想要什么。我需要的不是萍水相逢，甚至不是新的爱人，我不需要全新的爱人。

在巴黎，我独自吃了一顿法国版的麦当劳。我也想过要去克利翁酒店的佛爷吧吃上一顿，但一个人独享豪华美食也是索然无味。嘴里嚼着鸡肉汉堡，我不禁疑惑，我们——克莱尔和我为什么没多做做这样的事情。两个小时的火车上，我们可以看看书、听听音乐，重新认识法兰西，花销不过我一两日的工资（来自我热爱的工作）。

我们上一次说走就走的周末旅行要追溯回十四年前，在圣路易斯岛上的一个小旅店。当时的我们一直在租房子住，终于决定要在伦敦买下属于自己的公寓。那时候，我还没有开始做合同工，两人也有了点存款。我们开始接受不会有孩子的现实，感情也过了罗曼蒂克的阶段。房子成了我们新的关注点。

接着，和我在澳大利亚合作过的一个家伙给我介绍了一个赚钱的项目。据说一位数学家整理出了一套通过彩票赚个盆满钵满的投资法——绝杀大乐透。我们只需要把所有的数字都买到，再交上一大笔入门费。

这个计划听起来很靠谱，不违法，其中的逻辑性更是让我这个技术员倍感认同。我也投了些钱，我们直接买入了一批美国州级彩票，赚了一笔，除去管理费，我们把盈余也放进了投资款，准备再次出击。

我又买了一些，但最终还是失掉了运气。组织方可能从中动了手脚，据说有不少投资者想要起诉他们，但这也让我陷入失掉一半购房存款的困境。

此前我一直瞒着克莱尔，从未跟她提起所谓的投资方案和我们的冒险活动。晚餐时分，我向她坦白了一切，天知道她当时会有怎样的感觉：我打破了她的信任，也打碎了她的梦。但她却只是站了起来，走了出去，连门都不曾甩上。

一个小时后，她回来了，衣服被雨水浇透了。她的沉着冷静也没能提醒她要带上雨伞。

"我们该去趟巴黎，"她说，"因为房子，我们除了兰德尔和曼迪家以外，哪里都没去过。现在房子没了，也就没什么好顾忌了。"

我一时语塞。克莱尔就是这样的人，她会把错误忘掉，原谅你，向前看，但这给我带来的不仅仅是解脱。我活该被她责骂，让她对我喊上一通，但克莱尔一句骂我的话也没讲。

我们在佛爷吧吃完饭，克莱尔——那个不喜欢美食美酒的克莱尔——算错了汇率，点了一瓶价值三百镑的勃艮第葡萄酒，我突然懂了，我的孤注一掷只会带来两种结果：如果我赢了钱，我们能立刻买下房子；如果我输了，我们的关系就完了。我把一切都丢给了彩票做决定，而克莱尔重新控制住了局面。

一年后，克莱尔的妈妈死了，把诺里奇的房子留给了她。

我差点在里昂车站误了火车，因为忘记把手表向前拨一小时。开往马孔的两小时里，我一直在琢磨该穿些什么。等我选好灰T恤、西装夹克和牛仔裤，冲到洗手间换衣服时，列车已经缓缓进站。

站台上挤满了要上车的乘客。我一下子认出了她的香水味，那是我在二十步外也能分辨出的味道。我前面的男人走开了，她出现在我的面前。

她确实变了。她的嘴唇不再那么丰腴，颧骨突了出来。她人更瘦了，也更添几分优雅。她的头发还是原来的深棕色，短了些——就好像我在她Skype头像里看到的样子。她戴着墨镜，穿一件印有抽象图案的白色上衣、短夹克，浅蓝色的裤子搭配高跟鞋。她的中指和食指上套着戒指，上面镶着大大的宝石，手指似乎比过去更为瘦长。

我们相对站着，一动没动，默默地打量着对方，谁也没有说话。人群散开了，火车出站，站台上只剩我俩。有两件事我知道，清清楚楚地知道。第一，不管付出多大代价，也不管未来会发生什么，我都做了一个正确的决定，再次出现在她的面前。我仿佛回到了山克西的酒吧，演奏《我希望我没有爱上你》的那个晚上。我看着她在那里等我，手里握着杯堕落天使，想要掩盖掉自己的紧张。

第二，尽管没有任何事情可以证明（除了我俩之间无声的言语），我知道她和我有着同样的感觉——尽管这出乎她的意料。

"说点什么吧。"她开了口。

我沉默了一会儿："你真漂亮，还是那么漂亮。"

这听起来蠢极了，就好像当初我为她献唱，却被蒂娜误会的场景一样蠢。

她的脸上扬起了大大的微笑，在我的两侧脸颊上各吻了一下。她的手搭在我的肩膀上，我的手轻轻搂住她的背。突然，两人抱在了一起，好像是为了挽回在1989年墨尔本机场犯下的错误——该跑向我的人是她，而不是雅辛塔。短短几秒钟，我把她拥在怀里，随即两人又同时松开了手，这不是尴尬的局促不安，只是心知肚明，我们必须得回到现实世界中来，在这里她有一位丈夫，现在正在车里等着。

她退后的时候，我才看清她脖子上戴的什么：我在1989年圣诞节送给她的小吊坠。我们的照片还在里面吗？

"你还好吗？我是说，你跟克莱尔到底怎么了？"她问道。我们正沿着长长的站台向出口走去。

"有一阵子了。我想我们还能做朋友，但从某些角度来说，这也是个问题。"

"那咱们恢复联系这件事呢？"

"不是因为这个。"

查理正在落客区等着，两手交叉搭在车顶，是辆雷诺牌的小轿车。他块头很大，差不多六英尺五英寸高，五十多岁，棕色的头发里夹着丝丝银发，胡子修得整齐，肌肉发达。

他和我握了手，带着澳大利亚人特有的友善劲。

"坐后排可以吗？我们开不了多久。"

他挤进驾驶位，一下子就让我想起了《超人总动员》里的超人爸爸——大块头的超级英雄开着一辆和身形极不相称的小车。我坐到了安杰利娜身后。

"对不起，车里味道不太好，"查理说，"这是我们管理员的车，他是个老烟枪，简直跟个烟囱一样。英格兰还在下雨吧？你还没告诉我喜欢吃什么呢。"

"客随主便，"我答道，"如果你们在考虑鞑靼牛排，我可能会吓到盘里的牛肉。"

"能吃内脏吗？"

"拿羊杂羊腰当早餐。"

我曾严格遵循我的健康饮食计划，每天早餐只吃麦片配酸奶，直到和克莱尔分手。我的妈妈还没打算摆脱英国的餐饮噩梦。

"哎呀，真恶心，"安杰利娜评论道，"我都要吐了。"

"是个好男人，"查理很满意，"咱们一定能吃好。"

很显然，他热衷于烹饪，也把我当成了欣赏他手艺的观众。我相信，你的形象在前女友的现任老公眼里，总会有更糟的可能。

我们在克吕尼的一家酒吧停下，找了个街边的位子坐下，安杰利娜坐在我旁边，查理在我对面。天气晴好，我点了一份尼斯沙拉，又和他们合点了一份薯条，排成两队的小朋友手拉手从我们的桌旁走过——这是我能回忆起来的所有事情了。这镇子据说古朴典雅，到处都是历史的痕迹。

查理看起来很放松，斜靠在椅背上，操着不太规范却自信满满的法语点了一小瓶红酒，给安杰利娜点了一份沙拉，又给自己点了一块牛排。他穿着深蓝色的运动夹克、蓝色的开领衬衫、纯色宽松长裤，手腕上套着一块设计简单，表盘却很大的金表。

他总给我一种似曾相识的感觉，虽然我在网上搜索他的信息时，并没有看到任何一张照片。也许他只是让我想起了某个同事，或是某个明星：彼得·乌斯蒂诺夫[1]，有那么一点像吧。

还有安杰利娜。我在努力把头脑里散落的小点串联起来——那个我曾经

---

[1] 彼得·乌斯蒂诺夫（Peter Ustinov），英国演员、导演，曾多次饰演大侦探波洛。

对她说过"我爱你"的年轻女人，眼前这个一边抿着红酒，一边讲述着修道院历史的成熟妇人，还有和我交换着调情邮件的虚拟形象。

她一直讲个不停。

"还挺热的，是吧？我不想喝太多。我们一回家，查理就会开瓶新酒。"

她吃了几口沙拉，到吧台要了杯苏打水，又借口去了洗手间。

查理脸上挂着微笑，好像在说：她不总是这样的，你我都很清楚。

这才是适合我的场景。闭嘴，好好听着——在我搞清楚情况之前，这便是最好的做法。

"红酒怎么样？"查理问。

"很好。"

"当地的便宜酒，佳美。"

他把最后一口搭配牛排的胡椒酱汁送到嘴里，就着红酒吞下去。他看着安杰利娜回到桌旁，不禁挑起了眉毛、努起了嘴唇。那是一种赞许的表情——在酒吧里，每次有漂亮的年轻姑娘经过，斯图尔特也会挂上同样的表情——也是我一直努力想要避开的表情。

斯图尔特或许会对安杰利娜点头致意，但查理是她的丈夫。我在站台上感受到的战栗正在演变为欲望，不是因为酒。

不管是出于婚姻礼仪还是政治正确，查理显然被妻子的美貌吸引。他和理查德不一样，尽管查理也是名律师，但这是他们二人唯一的共同点。单从外貌上看，两个人就南辕北辙：理查德总是衣着简洁，整齐优雅，查理则更加纯朴、和善。理查德的身上有种刻薄劲，或者说是那种寸步不离的占有欲和控制感。若是要他点菜，他肯定会换上优雅的巴黎口音，要么就给他找个懂英语的服务生。

从一段婚姻跳到另一段婚姻，安杰利娜可能是有点莽撞，但她倒也没有嫁给同样的男人两次。我还没来得及拿过账单，查理就已经在侍者的机器上按完了密码。

"你还没告诉我要吃什么，"查理边开车边说，"那我就等到有了头绪再说。"

村子很小，但基础设施很健全：邮局、理发店、一家大型药房（门口还有避孕套售卖机）、几家酒吧，还有一个游客中心——查理告诉我，中心周末不开门，这倒也符合法国服务业的传统。

他在一家小超市门口停住，跳下车，示意安杰利娜坐到驾驶位上。

"我走回家。"他说。

沿山路行驶差不多半英里有一座石头房子，距离村子里所谓的"商业中心"足够远了。我换到副驾驶的位子，和安杰利娜并排坐好。

"我们写邮件时，我在你的想象里是这样吗？"她问，"还是说你想的都是大胸脯和完美无瑕的皮肤？"

"我在想象兔子杰西卡。吃午餐的时候，在办公室里，你在哪儿？"

"床上。"

"那你在想象什么？一个留胡子的二十六岁男人？"

"湖区怎么样？"

她根本无须想象，只需要上上网就能搜索到我的照片，肯定是徒步俱乐部的人上传了照片。身材结实的户外运动爱好者，装备精良，还有一群朋友，这形象还不坏。

"跟踪狂。"我回答。

"酒鬼。你看起来醉醺醺的，我更喜欢拉手风琴的那个家伙。"她笑了起来，"我根本不用去幻想，我听到了你的口音。"

我又来了一段："布鲁斯·斯普林斯汀，还有帕蒂·史密斯，他们两人一起写的歌。歌里讲的是一对曾经的爱侣独自待在法国的乡间小屋里，女人的丈夫就在半英里外。"

"这没用。"

小屋离邻居很远，有一个车库、长条形的阳台，还有种满花草和果树的花园。车库和主建筑之间有一个院子，里面整齐地排列着蓝叶云杉、玫瑰花丛、一大片香草，院墙上爬满了紫藤。安杰利娜在邮件里提到过，这房子归他们自己所有。查理的律师工作——或许是安杰利娜现在的营生——看来收入不菲。也可能，他们只是躲过了彩票辛迪加。

至于房子的内部，我没机会看到了。刚踏进前门的瞬间，安杰利娜就把背包和太阳镜甩到了桌子上，两手环住我的脖子。我只有这么一会儿近距离观察她的时间，在妆容的遮盖下，她的眼角还是爬上了几丝细纹。很快，手指的触感取代了视线。

我猜两个人的预想都不过是一个深吻，但事态急速升级。我的手顺着她的身体滑下去，她也紧紧地贴住我。这样的场景能点燃一百次的激情幻想，但任何一场幻想里都不会有紧身牛仔裤和绑带鞋。

"我自己来。"她说着便俯下身，去解鞋上的扣子。

"没关系，我来解另外一只。"

"不用了，我自己来更快，扶住我就行。"

"坐到椅子上。"

"我知道怎么脱鞋子。"

接着是牛仔裤：安杰利娜坐在地板的中间，使劲往下拽着一条裤腿，我赶忙去帮她拉另外一条，却让她一个没坐稳，向后倒了过去，双腿举在空中，裤子褪到了膝盖上。最终，我还是不顾她的反对，攥紧两个裤脚就向后退，终于把她的裤子脱了下来——同时爆发出一阵大笑。

这笑声并非完全因为肢体上的失衡，而是一种熟悉感。我可以想象，二十二年前的我们也会做出同样的举动，安杰利娜也会保持同样的反应。不论理性期待什么，我都会支持她，永远不变。

她坐起来，上衣还穿在身上："你在笑什么？"

这句话好像成了断路开关，但为了这一刻，我们已经等了大半个下午，还有过去的三个月。这可能不是最顺畅的开始，但我们都不介意。我亲吻着她，几秒钟后便把她整个人抵在了房门上。

她的嘴唇从亲吻中移开，嗓子里含混地发出像是呻吟又像是尖叫的声音，紧张的情绪得以释放。作为回应，门的另一侧传来了剧烈的敲击声，是我俩的身体把门挤住了。

恐慌和荒唐交织在一起，安杰利娜重新躺倒在地板上，把牛仔裤重新拽上去；我也做着同样的动作，后背死死地倚住大门。我穿好衣服，转身后退一步——现在的我看起来还算体面，但内心完全慌了神，门还关着，但敲门声又起。

安杰利娜在我前头开了门，门外不是查理，而是看门人吉勒，他看到我们回来了。吉勒差不多六十五岁，个头不高，留着整齐的灰白胡子，脸上挂着一抹微笑，好像是对我们延迟开门的原因心知肚明。安杰利娜的鞋子还丢在一边，分开了几米远。

她介绍我们认识，接着是吉勒用法语慢悠悠地解释，他很抱歉打扰到我们，他想要检查一下，因为暖气前一晚已经打开，但一直不太热，天气预报说会转凉，要完全打开供热系统还有几件事要做，最好是提前做好准备，但我们有恒温器——安杰利娜能听懂恒温器是什么吗？——在天气真正转凉之前，温度可以设得低一点。

安杰利娜把吉勒送出门，我们之间的激情一刻早已过去。此刻的我们也不想再重温那一刻。

安杰利娜环顾四周："天哪，你还好吗？你觉得吉勒会不会……？"

"有可能，他会说什么吗？"

"我猜他不会。他也不想惹麻烦，对他没好处。等下次去超市，看看超市里的女人有没有用奇怪的眼神看我就知道了。"

她好像是在宽慰自己，但声音有些颤抖。

"你的房间在走廊尽头。我现在想去一下楼上，你自己可以吗？要是查理问起来，就说我在洗澡。"她深深吸了一口气，又吐出来，"噢，我的上帝啊。"

她拿好鞋子上了楼。

沿着走廊，走过厨房和厕所，是一间明亮又宽敞的卧室，里面放着一张双人床，简单的木制家具，包括一个塞满了当代小说和科普读物的书架。地面上铺着花砖，搭配现代派的小地毯。从格鲁吉亚式的窗口望出去，一侧是花园，一侧是小院。房间里还有一个盥洗盆，但没有淋浴。

我坐在床边，让自己镇定下来。一切如常，我们侥幸脱险。吉勒什么都没看到。

我们重聚的影响——还有激烈程度——远超安杰利娜的预期，还有我的。门后的激情不过是一次性的宣泄，是对彼此感情的鲁莽回应。若非如此，难道她想要发展一段风流韵事，只在这短短的一周？又或者我将目睹一场婚姻的消亡，在查理毫不知情的情况下？

还有查理——招待我的主人，为了我的晚饭采买，而我却脱掉了他老婆的衣服？

除了做好一个客人，客随主便之外，我没有什么可以做的。任何超越常规的举动都可能引起怀疑，这对安杰利娜的影响要比我更甚。

我快速用水拍了拍脸，喷上止汗剂，在镜子前面整了整仪容，又回到了客厅。终于有机会四下看看了。

两个沙发，一对扶手椅，餐桌配八张餐椅，边桌，壁炉，墙上是镶了框的菜单。有一套音响却没有电视。没有家庭合照，可能是为了方便出租。客厅的一角放着一架钢琴，我竟一直没有看到，可能是因为注意力都被其他的事情占据了吧。我还记得山克西说过，我在澳大利亚的最后一晚，安杰利娜演唱《我会坚强》的时候是自弹自唱的。

查理回来了，手里拎着两个塞得满满的购物袋。

"需要帮忙吗？"我问道。

"要是你方便，就帮我拆包吧。"他边说边向厨房走去，我跟上他。

"地方很漂亮。"我说。

这座小屋颇有点历史，洋溢着乡间的质朴魅力。房子方方正正的，看起来很结实。厨房里更是装备精良，完全是兰德尔和曼迪在加州痴迷于美食烹饪时会买的器具。

"我们之前有过计划，想把这地方改造成民宿，"查理回应道，"卧室都很大，但只有一个淋浴间在楼上，这样跟房客就得很'亲密'了。"

没错，我跟女主人的关系早已"亲密无间"。

傍晚六点半左右，我的东西逐一归位，网络连接设置好了，我的思绪似乎也整理好了。我从房间里出来，发现查理还在厨房里忙活着。

"你喝什么？"他问。

"不用麻烦。"

"啤酒？"

"非常好。"

"喝凉的怎么样？"

"怎样都行。"

查理打开两瓶喜力啤酒——欧洲人喜欢的二百五十毫升小瓶装。他举起酒瓶，两人的瓶子轻轻一敲，互相祝酒。我们有太多可以祝酒的由头，但没有多少符合我们共同的喜好。

"'桑特'[1]，祝你健康。"他说，接着就放下了酒瓶，用柠檬调味。

---

[1] 原文为法语 Santé，意思为祝你健康。

第二十四章

安杰利娜、查理和我

查理给我讲了房子近期的历史（六年前购入，厨房做过翻修）、维护情况（吉勒已经退休了，住在车库上面的小房子里），还有他在澳大利亚和全球的业务（让他忙个不停）。

他一边说，一边把柠檬汁倒进鸡尾酒摇壶里，从冰箱里取出君度甜酒和龙舌兰，缓缓倒进摇壶里，接着放冰块，在粉色柄脚的鸡尾酒杯边缘沾上一圈盐。他摇动摇壶，竖立放好，浮着泡沫的玛格丽特酒分毫不差地填满了整个酒杯。

"一分钟后回来。"他说着，消失在了楼上。他的啤酒还一口没动。

我回到房间，拿出一瓶上好的杜松子酒。那是我送给他们的礼物，既然来了法国，送红酒便没有必要了。

安杰利娜在餐前小吃的环节再度出现，白色的牛仔裤、白色的无袖上衣、银圈耳环，赤着脚，还有她二十几岁时不曾戴过的眼镜。我送她的吊坠被一条白色珐琅挂饰替换下来，上面点缀着棕色和红色的图案。香水也换过了，虽然只是细微的不同。

晚上的天气依旧炎热，我们坐在"马贡画廊"（即二层的长条形阳台）上。阳台有些窄，我们无法面对面坐下，只得坐成一排，眼望着起伏的绿色山丘、棕红的农田，还有星星点点的白色家畜。安杰利娜坐在当中，膝盖时不时地会撞到我的。周围一辆车都没有，只有一辆拖拉机拉着割晒干草的设备在缓缓前行，还有一位老妇人推着自行车。

查理打开一瓶香槟，递过来一盘龙虾饼配牛油果酱。这可比我在家里垫肚子用的薯片要好吃多了。

"不算是法国菜，"他说，"但我配了玛格丽特酒。"

他直看向安杰利娜，她的酒在加入我们之前就喝完了。龙虾饼之后是熟食拼盘，阳台外的天光也渐渐暗了下来。

"查理，你准备得也太夸张了。"安杰利娜评论道。盘子里的猪鼻子、猪耳朵她连碰都没碰，但味道着实不错。

香槟喝完了，查理又打开了一瓶红酒："我知道我是在冒险，要给一个英国人喝博若莱[1]，但这一瓶很特别。"

我一口吞掉了我的那份博若莱新酒，但味蕾粗糙如我也能尝出，查理的酒完全是在另外一个等级上。

"你是在开玩笑吧，这是博若莱？"我有些惊异。

查理微笑着帮我添上酒。恐怕我的胃里已经装不下任何主菜了，但他还是准备了一些轻食意面，搭配黑橄榄、意大利熏火腿、橄榄油、柠檬皮、院中新鲜采摘的百里香，旁边还有一小份蔬菜沙拉。

我们又聊了聊房子和它的历史。左右的窗子都是带栏杆的，也启发了我罗曼蒂克的"格鲁吉亚式"解读。每个房间都有独立的门锁。他们还找到了一些陈旧的录像、剪辑设备——在今天看来不算什么，但在当时可是值钱的物件。

依照安杰利娜的理论，前房主应该是个拍色情片的导演，而我的房间肯定就是一个片场，因为四面都有光线射进来，门还是磨砂玻璃的。这些事情跟我们现在和过去的生活都毫无联系，但足以引发一连串的遐想，特别是安

---

[1] 原文为 Beaujolais，法国勃艮第产区南面的一个红酒产区，以出产"新酒"著称。

杰利娜喜欢自我裸露的癖好。

　　酒精帮我融进了这个场景里，享受着主人的热情和轻松的对话。除此之外，我别无他法，除非让我和安杰利娜找到谈一谈的机会。但关于查理，一些事情似乎已经联系了起来。

　　"打过橄榄球吗？"我问他。

　　"你从哪儿看出我打橄榄球了？"

　　我们都笑了。我满脑子都是查尔斯·艾奇逊，还有他在对阵全黑队时传奇性的触地得分。以查理的身板，他完全做得到。

　　"真希望别碰上我们的球队。"我说。

　　"从没进过国家队，训练太苦了，更何况我也没那个天赋。"

　　"接着说啊，快告诉他。"安杰利娜插进来，她转向我，"你没听完这个故事就不许走，让他赶快讲完吧。"

　　"要不是你提起来，咱们一周都不会说起这件事。"查理回应道。

　　"嘿，"安杰利娜似乎提高了点声调，"别这么暴躁。那是个好故事，查理在对阵新西兰的比赛上曾经触地得分。"

　　这绝对是让人刮目相看的成绩，更令人震惊的是，他本可以加入国家队，参加更高级别的赛事，和全球最出色的球队对战。

　　查理却笑了起来："你也得结合现场的情况来判断。当时我效力于塔斯马尼亚队，主场迎战全黑队。当时他们派出的恐怕是五线队，每个人都轮流上场，除了那个送水的小孩。就这样，我们还输了差不多七十分，但他们的防守确实有点松懈，我捡了个漏，抱着没人看守的球摔进了得分线。"

　　"没错，"安杰利娜说，"你只是摔过了得分线。"

　　"当然我也挣脱了两个新西兰佬，都是小个子，"他补充道，"但我当时光顾着高兴了，没拿到附加分，非常不专业的表现。"

　　尽管仍能感觉有点懊恼，但很显然，他十分喜欢这个故事。或许就是那一刻成就了这个男人——一个抓住了机会的大个子，丝毫不为对手的名声所累，尽管放手一搏——却因惊异于自身成就而被击倒。

"简直太棒了，"我说，"真是个好故事。"

"跟我们讲讲徒步的事吧，"安杰利娜话锋一转，"亚当几周前去了湖区徒步。"

"不过是在雨中走了两天路。"我说得简单。

"那也比我们强，"她说，"自从走完塔州摇圣徒步道之后，我们就再也没去徒步过。跟亚当讲讲。"

他们一块讲了起来，就像一般的夫妻一样，总是在细节上吵个没完。同行的还有其他几个徒步者——用当地话说，是"丛林穿越者"——抬着一个生病的女孩。两个男人各自抬着担架前面的两个把手，查理则一个人抬着后面的两个把手。下雪了。

安杰利娜："那个女孩一直在干哕，接着我们就遇上了护林员——他背着一个巨大的背包，还带着咖啡和药箱。其中一个在前面抬担架的人有一个护士女朋友，她告诉查理，这个生病的女孩需要打针——"

查理："胃复安——得打这个，不然她就要吐出来了。"

安杰利娜："但护林员不让她打，非得有医嘱才行。"

查理："我们已经想好了对策。"

安杰利娜："查理就说自己是医生，签了所有的表格，当然落款是查理医生。"

查理："查尔斯医生。"

安杰利娜："然后把针剂给了护士，让她注射，就像，你这样——我掩护。"

查理："他们永远不会复核的。"

安杰利娜："你可是个律师，这就算是虚假陈述。"

诸如此类。这样的故事是在提醒我他们拥有共同的过往，还是在提醒他们自己？在这两个故事里，查理都是当之无愧的英雄。

我们喝完了红酒，吃完了奶酪，又喝了点苏岱甜白葡萄酒，安杰利娜却一口没喝。查理提醒我，在白葡萄酒里，安杰利娜只喝夏布利和香槟。这对我来说倒是新鲜事，我们一起喝过不知多少种酒精。

他又为她打开了一瓶红酒，往她的大酒杯里倒了一些。这仿佛是一种有关酒量多少的无声交流（我敢肯定，无声只能是因为我在现场），结果他把差不多三分之一瓶酒都倒进了她的杯子。

我从未设想过苏岱甜白和奶酪的搭配。实际上，我从未想起过苏岱甜白，但查理是对的，这酒和洛克福羊乳干酪简直是绝配。

"莱斯古堡酒庄出品，1983 年，"查理介绍说，"能有人分享真好。"

"你正在把我拖进红酒的泥沼，"我说，"千万别在我身上浪费好酒。"我抿了一口。"但要谢谢你。"

"你该感谢查理的前任。"安杰利娜说。

我在等着她说："跟亚当讲讲。"

"跟亚当讲讲。"

"今天的故事讲得够多了。"

"那就我来讲吧。没关系，我也能讲。"

"我来讲吧。你从来没离过婚吧，亚当？"查理问，"我跟安杰利娜在这一点上是一样的。"

"没有，"我答道，全然忘记自己正在面临着一场实打实的（只是在名义上不能如此称呼）"离婚"，"我的父母离婚了，这算吗？"

"场面难堪吗？对不起，我不该问的，但只是假设他们的离婚过程很难堪。绝大部分离婚案都不会让人好过，我们能做的只有尽量保持文明，不要把一切都交给律师去办。"

我点点头。他说得很对，我还有很长的路要走，而查理选择这种非对抗性的离婚方式肯定是有益无害的。

"我们俩都是律师。她决定搬到意大利去，根本没有问过我的意思。我把我们共有的东西分成了两堆：代表房子的卡片、两辆车、红酒、房贷，还有其他一些零七八碎的东西。就跟《大富翁》的规则一样。我说：'你选一堆喜欢的吧。'我跟我姐姐小时候经常这样：蛋糕我来切，你选择喜欢的那块。"

"好办法，"我说，"如果对方愿意合作的话。"我妈妈肯定不会喜欢这种恶作剧般的解决办法。

"她同意了，把其中的一堆拿了过去。红酒在那堆里，完全是个意外。接着她便抽出了女儿的照片，放在了最上面。"

"真糟糕。"

"显然这不应该出现在我们的交易范围之内，我们只想把财产分配好。想要保持体面的第一条准则就是：别把孩子牵扯进来。"

显然下一步就是对话。三个多小时里，他们一句有关孩子的话都没说。

"你做了什么呢？"

"我把代表红酒珍藏的瓶子拿了回来，放在我这一堆，告诉她：'如果你愿意的话，我们就达成了共识。'就这样，我拿回了酒，她带走了女儿，我只有在这边的时候才能见到她。"

"上帝啊。"

他会给兰德尔和曼迪怎样的建议？双胞胎每人领走一个，然后开启新生活？

"在你开口说我'用女儿换了酒'之前，请想一想，还会有别的结果吗？没有，至少不会有更好的结果。埃洛伊丝铁了心要去意大利的。"

埃洛伊丝。

我曾经见过查理。那时的他身形更瘦，一头棕发，为了让妻子成为墨尔本杯观赛包厢里的明星，不惜买上一大沓赌签。埃洛伊丝·迪塔，离婚律师：如果有苦，就找迪塔。查理实在算不得欺负弱小了。

我看了看安杰利娜的反应，她似乎没有注意到我还记得这件小事，有一首歌和埃洛伊丝同名。在安杰利娜的头脑里，埃洛伊丝的名字大概只能让她想起巴里·瑞安 1968 年的金曲，而不是赛马场上的一天。

我强迫自己把注意力集中到查理的总结发言上。

"格蕾丝注定会和我们中的一方分开。但我们可能为此要打上好几年，结果也不会有什么改变，天知道这还会给我们带来多少心理上和经济上的损失。用我的法子，一切都处理得很快，安杰利娜和我也能尽快让生活步入正轨。"他看了看安杰利娜，"故事就是这样了。"

查理喝干了杯中酒，安杰利娜也喝完了一杯。

"我们还有的是时间，"查理说着，指了指打开的瓶子，"对不起，让你感觉无聊了，都是些陈芝麻烂谷子的事，还有我没心没肺的实用主义。该轮到你了，不过你恐怕已经累了。"

我早已感受到了酒精的效力，便站起身，安杰利娜拥抱了我，亲吻了我的脸颊："睡个好觉。"

夜晚的房子里充斥着死一般的沉静，我听到了脚步声，接着是走廊灯光熄灭的声音。透过磨砂玻璃，我影影绰绰地看见了一个人影。房门打开，是安杰利娜站在那儿，身穿透明的红色睡衣，下摆很短，但也不至于衣不蔽体。她手里拿着两只白兰地酒杯和一瓶酒。如果她认为这样的场景就是一个中年男子的性幻想的话，就真可谓正中靶心。

我坐起来，倚在床头板上，不知该说些什么。时间刚过午夜，安杰利娜迟疑了一下（我猜是在试探我的反应），走向我，在杯子里倒上酒，把酒瓶放在床边的小柜上。这正是我需要的——更多的酒。但干邑白兰地——更不用说她的服装，这件她二十岁时不会穿，一个普通的四十岁已婚妇人更不会穿的睡衣——似乎更是为了增加戏剧性的效果。

这种经过细心编排的表演和下午的激情澎湃完全不同，但在这二度点燃激情前的短暂瞬间，我的思绪一下子回到了 1989 年的酒吧，她演唱《因为这一夜》的那个夜晚。这就是我深爱的女人，站在床边，不惜冒险，等待着我的应允——还有我下一步的行动。

我的心犹豫不决。我多想把她一把拉过来，继续我们未完成的一切，欲望之火就快要将我吞没。好像有些总统，哪怕冒着被弹劾的风险也不愿放弃风流一夜——场景必然没有现在这般火辣。

但还有查理。如果他把我视作威胁，这么做无异于将我玩弄于股掌之间。第二天早上，我一定会恨死自己。更为实际的一点，如果他还没有睡着，或是醒来发现妻子不在身边，接下来的后果简直可怕到让人不敢想象。

"查理睡了，"她似乎是在回应我没有问出口的问题，"他在倒时差。"

"你知道自己在干什么吗？"

"我当然知道。你见到圣彼得的时候，他早已把一切都了然于心，他会为你打开天堂的大门的，我保证。"

"我记得十诫里有一条就是针对这样的行为。"

"我不想在这儿咬文嚼字，但我在想世俗中的圣彼得。"

"好吧。"

她俯下身，亲吻着我，轻轻地说："放松。"

我没办法放松，但这样的场景让我不由得把手伸进了她上衣的下面，而她的话似乎更有道理了。突然传来嘎吱一声，可能是从楼上传下来的。我们僵住了，接着，安杰利娜站了起来。她一定意识到了，谨慎才是所有不忠行为里的重要一环，特别是经历了早些时候的惊魂一刻之后。

她又在我的嘴唇上吻了好几次。

"晚安，都格拉斯。"

今晚的我注定无法得到任何答案。

第二十五章

被撞见的激情

8

醒来的时候，丝丝晨光顺着窗口透进来，查理敲响了我的门。

"兄弟，要茶还是咖啡？"

"谢谢，我想先洗个澡。"

"我能进来吗？"

为什么不能？所有人都能进来。"当然，我还在床上。"

查理推开门，身上穿着松松垮垮的长裤，上衣散在外边。我竟感到了一丝快慰，如果没有强大的自制力，我可能已经和他的妻子发生了关系。他快速地讲解了浴室的使用方法——热水足够普通人洗澡的，但一定要抓紧在"公主"之前进去，否则她会把所有热水用光。

再一次和安杰利娜共用一间浴室的感觉有点奇怪，但又彼此亲近。我控制不住自己——偷偷扫过柜子，没有任何惊喜。他们把房子交给别人代管，所以这算是一个公用的橱柜，盥洗台上还沾着几根头发。我捡起一根头发，在指尖搓着。前一天的我在门后和安杰利娜享受了激情一刻，昨晚的我亲吻了她近乎赤裸的身体，而此刻的我又对这一小根毛发迷恋不已。我得小心别用太多热水。

等我回到厨房，查理已经开始摆弄咖啡机了。

"必须得从墨尔本带咖啡豆过来，"他说，"当地的豆子都糟透了。"

184

他调制了一杯颇具星巴克风格的饮品，盖着厚厚的奶泡，还有星星点点的肉桂粉和巧克力粉，上楼去了。

"有时间在村子里转转吗？"他回到厨房，问道。

拒绝自有拒绝的好处。安杰利娜似乎并不满足于我们的线上交往，前一晚的到访或许就是推进关系的重要一刻，还有早先查理在商店的时候。两次的失之交臂不禁让我遐想联翩，如果我不去散步还会发生什么？

但我也想自己做出决定，而查理是其中的重要一环。我必须得知道他和安杰利娜之间到底发生了什么。我是正在弥补曾经的失败，将她从支离破碎的婚姻中拯救出来，还是成为她婚姻破裂的原因？

沐浴在清晨的阳光里，沿着狭窄的下山小路漫步，途经水泥制成的小沟，新鲜修剪过的草坪，干草捆成一团一团的，散落在草地上，还有几只毛驴不时从石墙后面探出头来。这里的小村落不如英国般整齐：几座垮掉的房子，黑莓的藤蔓缠绕在石墙上，粉色、紫色、绿色的百叶窗闹哄哄地挤在一片宁静里。

查理跟我讲了不少当地租户的故事。这些人经常会惹怒当地人，闯进他们的院子，把玻璃瓶扔到一般的废弃物桶里。更可气的是，这些瓶子竟然来自波尔多。

法国乡间的周一早上，只有超市还开着门。查理买了牛角包、一根法棍、一小盒生蚝，当然还操着他那小学生般的法语。我在学校时，曾经参与过一个交换项目，法语自然是强上一些。但柜台后面的中年女士，仔细打量了我半晌才去接待查理，似乎也能听懂他在说些什么。

"她是吉勒的女朋友。"我们出了门，查理才告诉我。

上山路让查理气喘吁吁。他抱着一大堆东西，似乎一件也不想舍弃。他买了五个"纯天然黄油"牛角包，每一个都有女士的六码鞋子那么大，三个人吃。

"除了下雨天，我都会走路去村子，"他说，"有时下雨天也会走着去，总要保持身材啊。"他说着笑了起来。

一上午我都在房间里搭建数据库，网络速度很不错，我倚在枕头上，腿上放着电脑。安杰利娜来看过我几次，吵着要给我准备咖啡，接着就能听到查理做咖啡的声音。

我微笑地看着她端了咖啡进来。"干吗？"她问道。

我把答案留给她。

"你觉得我就是个女王，还要让查理做咖啡。"

"既然你说到这儿了……"

"两件事：第一，我在度假；第二，查理喜欢做这些。你去碰一下咖啡机试试，就明白了。如果他想向你展示，我每件事情都要别人帮我做好……"她耸了耸肩膀。

"他平时不去买东西？"

她笑了："只负责买吃的。"

接着，声音从门口传过来："我不想继续了，但是……我是说昨天晚上，你可以相信我。我是说，如果你想那样的话，你不会伤害任何人的。"

"如果你能解释一下就最好了，这样我也好做出决定。"

"我知道。"

"一个问题，简单的问题。你和查理是不是有矛盾？婚姻出了问题吗？"

她犹豫了一下才回答："我们是有些问题，我也不知道未来会怎么样，但我也不想开展新的关系。"

我只想有人能陪在我身边，就让我们试试吧。不确立关系，不爱上彼此，没人会受伤。

中午时分，我来到客厅，发现查理和安杰利娜都在做着和我一样的事情——往电脑里敲东西。

"你在忙什么？"我问安杰利娜。

"只是处理些工作。"

在经历了最近四个月的交流，当了一晚她的房客之后，贸然询问"你在干什么"似乎有点奇怪。

"现在，我正在写文章，我为一家报纸的专栏撰稿——主要是女性相关的问题。我是一名人权律师，过去三年，我一直是推动男女机会平等的干事。"

这就对了。在网上，你能看到查尔斯·艾奇逊在对阵新西兰队的比赛中触地得分。安杰利娜·布朗是推进男女机会平等的干事，而我却只希望大象城堡区 [1] 的酒吧能把我们上周的大胜张贴出来。

午餐是轻度熏烤的三文鱼鸡蛋卷。饭后，我们回到客厅。我坐在一张皮制扶手椅上工作，他俩在餐桌旁，坐成直角的方向。我时不时看向安杰利娜，她赏心悦目的美貌成了我的干扰：她穿着蓝色的牛仔裤、宽松的针织上衣，赤着脚。有几次，她注意到了我的目光，并用微笑回应我。

她的职业出乎意料地增加了我对她的欣赏。我喜欢这种感觉：我曾经认识的这个美丽、成功的女人仍然保持了她的美丽和成就——仍然渴望着我。

差不多六点钟的时候，传奇运动员、咖啡师兼临时医生收起了电脑，去了厨房，我也已经完成了工作。查理刚一离开，安杰利娜就凑了过来，俯下身子亲吻了我。要度过这样的一周，真是太难了。

查理的声音从厨房里传过来："柠檬呢？"

"做了玛格丽特呀，"安杰利娜叫着回答，"不记得了？"

"我以为还有两个。"

"我可没碰那些东西。"

---

[1] 原文为 the Elephant and Castle，南伦敦的一处地名。

"没事，我出去弄点。"

这将是我最后一次拒绝的机会。安杰利娜的亲吻丝毫不利于我做出理性的判断，但我的直觉告诉我，要相信她。她根本没有给我任何拒绝的理由。

十五秒钟，把外面的门关好；五秒钟，跑回我的卧室。

我轻轻地吻着安杰利娜，她的嘴唇、脖子，向下到她的身体。我的动作轻柔和缓，午后的阳光灌满了整间屋子。

很久以前，我听着比利·霍利迪的《夏日时光》[1]——不止一次，而是很多次——都深信她的演唱是对这首歌曲最好的诠释：整首歌的曲调慵懒、简单却优雅十足，而迪小姐略显克制的唱法更加深了歌曲的感情。

几年后，我又听到了詹尼斯·乔普林的现场演唱版本。那是粗粝、原始的布鲁斯音乐，充斥着尖叫，和原曲相去甚远，但毫无疑问，就是同一首歌曲。我对比利·霍利迪版本实在太熟悉了，但乔普林的诠释显然更有力量，让我大开眼界，也让我注意到了原曲中不为人知的小细节。在听过这两个版本之后，我对歌曲有截然不同的认识。倘若只听过一个版本，便不会产生如此深刻的感触。

和安杰利娜的亲密接触也给了我同样熟悉又陌生的感觉。她的身体有了变化，我的也是。她更瘦了，更柔软了，更结实了，同时又少了几分拘谨。

我把她放回到床上，两个人身上都挂满了汗水。分开之后，我才开始注意到周遭的变化，有一种声响——气泡的声音混合着嘶嘶的响动——从身后传来。我转过头，门口站着的正是查理。

他在那儿站了多久？我立刻体会到了一种从孩提时起就不曾有过的感受：我办了一件愚蠢透顶的事情，我要为此付出代价。我甚至觉得，他完全有机会杀了我。

他的身上系着一条围裙，上面写着"欢迎来到我的厨房，现在滚吧"。

---

[1] 原文为 *Summertime*。

但他的手里却没有拿着菜刀，而是一瓶打开的香槟，还有三只酒杯。

他显然是在享受自己的优势，他倒了杯酒，慢慢走过来，递给我。我没有选择，只能接过来。他又倒了杯酒递给他的妻子，她已经从床上站了起来，捡起衣服，重新坐到了我的身后。

安杰利娜清了清嗓子，徒劳地想要夺回主动权："你说要出去弄点柠檬的。"

"我去了，柠檬树也没多远。"

查理给自己倒了杯香槟。

"德拉皮耶老藤香槟，2002年的玫瑰酒，"他微笑着说道，"虽说是'老藤'，但这名字里S的写法是错的，历史上土地登记时就错了。本该是C，煤渣的意思，你或许听说过这个典故。这酒尝起来有着特别的樱桃味，还有点辣味，产量很小，但我们认识那儿的酿酒师。"

这简直就是《低俗小说》里芝士汉堡的场景再现。等他讲完香槟，就要来杀我了。

"好了，"他继续道，"晚饭七点开始，有贝隆生蚝配鲜榨柠檬汁，接着是鹅肝、珍珠鸡配野蘑菇。"他又看了看安杰利娜。"还有甜点，法式传统苹果挞。"

他喝了口香槟，环视着整个房间。

"现在你们可以专心于美食和美酒了。"

他转身离开了房间，门没有关。

安杰利娜看着我，我看着安杰利娜。两人手里拿着酒杯。我手里的酒因为颤抖而洒掉了一半。

她的眼中是否还有一丝伤感，就像近四分之一个世纪前在楼上的卧室里一样？如果那丝伤感真的还在，也很快消失了。

她站起身，把衣服弄成一团拿在手里，接着用酒杯轻轻地碰了碰我的。

"七点见。"她说。

第二十六章

晚餐交谈

8

我坐在床上，竭力让自己冷静下来，想一想到底发生了什么。一个笑话突然出现在脑子里。

一个英国人、一个澳大利亚人和一个法国人在讨论什么叫作"冷静"。英国人讲了一个故事，说一个男人把老婆和她的法国情人堵在了床上。"把自己收拾得体面点，我在会客室等你们。"他说。这就意味着，对英国人来说，这样才叫"冷静"。

澳大利亚人也讲了一个类似的故事，但这位来自澳大利亚的丈夫还多加了一句："先把你们没干完的事干完。""这，"他评论道，"才是真正的冷静。"

"啊，"法国人开腔了，"我要讲的故事也差不多，当那个澳大利亚的丈夫说'先把你们没干完的事干完'，我们法国人一定会照做。我的朋友[1]，这才叫'冷静'。"

查理或许亲身践行了澳大利亚式的冷静，但那毕竟只是个笑话。在现实生活中——即便是一个可以立刻放弃女儿的监护权，只为争得红酒的家伙——这样的情形当前，也会抹了对方的脖子。没有人会在发现自己的伴侣和别人上床时，还能保持平静。他一定是已经知道了，或者是有所怀疑，直

---

[1] 原文为法语 mon ami。

到走进房门，眼前的一切证实了他的推论。

不管他看见了多少，但他进来的时机表明，他主动选择等待我们停下来才走进屋子。还有另外一件事，我敢肯定，安杰利娜一定知道柠檬树的事。她那句"相信我……不会伤害任何人"是否能适用于现在的场景？这是她期待的吗，甚至说，是她精心策划的吗？

至少，关于查理，有一件事我可以肯定——当然还有安杰利娜——他们已经准备好接纳"婚姻中的第三个人"（已故的戴安娜王妃如是说）。或许只有这一次，或许不是。

晚餐不出所料地美味至极。安杰利娜穿着一袭无袖短裙，浅蓝色的，手指上戴着一枚蓝宝石戒指，足有我中指最后一个关节那么大。

吉勒也加入了我们的花园晚餐，他坐在查理旁边，更显得矮小得可笑。晚餐准备了生蚝，全都去了壳，查理的拇指和食指上也因此留下了几道口子。吉勒的英语水平和查理、安杰利娜的法语水平差不多。我不想出什么风头，便悄悄告诉吉勒，自己能听懂他的话。他带我来到了房子另一侧的花园，找了个能说话的地方。

我需要点休息的时间。面对晚餐前的闹剧，安杰利娜似乎处变不惊。回想起来，这大概不是她一手策划的——她一开始的反应和我一样，我了解她——但她要比我更了解她的丈夫，也更能理解他的反应。查理也在玩他的游戏——到底想干什么？

吉勒告诉我，安杰利娜和查理让他住在车库上面的房子里，而他会负责帮忙照看房子、园艺，偶尔也会把车子借给他们用。他对他们的印象不错，但可以预见，也对他们6月吃生蚝，喝外区产的红酒颇有微词。

我问他在哪儿可以看到柠檬花 [1]。

---

[1] 原文为法语 citronnier。

"这儿太冷了，"他答道，"种不了柠檬树。"

吉勒回房子休息了，查理把我们带到阳台上品尝鹅肝。安杰利娜没有参与，查理专门为她做了一块尼斯比萨——四方的小饼上放着凤尾鱼和黑橄榄。

我们喝光了剩下的苏岱甜白，佐以鹅肝，真是经典的绝配。安杰利娜继续喝着红葡萄酒，查理在美食美酒的搭配上真是有一套。接下来就到了主菜环节。

"咱们把安吉的波尔多酒喝完，就能尝尝它的姊妹酒了。"查理说道，"跟我来。"他说着，把我带到了他的地下酒窖。

这本可以成为男人间的对话一刻——或者见证一场静谧的谋杀，尸体永远不会被找到——但他似乎满足于向我展示他珍藏的葡萄酒。他是在等着我问问题吗？我不想稀里糊涂地就去睡觉，但如果真的要开始对话，我还是希望能找个安杰利娜也在的场合。

查理选了一瓶酒，我们一块回到了餐厅。果树材的餐桌表面高低不平，泛着经年使用的亮光。桌子上摆着色彩斑斓的成套碗碟、银色的刀叉，还有大号的细脚酒杯。很显然，安杰利娜和查理夫妇属于衣食无忧的阶层，但两人身上却没有任何浮华的派头，除了安杰利娜对于红酒的过分讲究。

"让酒沉一会儿，"他边说，边把酒放到边桌上，又给我们每个人倒了一杯昨晚为安杰利娜打开的红酒，"玛歌产区的第二瓶酒。"他晃了晃杯子。"打开一天也不会对酒的品质有任何影响。"

我竟也感到了一阵轻松，平安无事地度过了一整天，到目前为止。

"那些你需要完成的工作，你做得还顺利吗？"我试着跟查理攀谈几句，"我知道你也是个律师。"

"曾经是，我们搬到洛杉矶的时候就不做了。"

这真是条新闻，没人能想到一个在欧洲拥有房产的有钱人，竟会在澳大利亚无所事事地待上二十年。

安杰利娜完成了一整套品酒的流程：转动杯子，闻，啜饮一口，抿上嘴唇吸一口气，吞进肚子。

"我们 1991 年搬到了洛杉矶，这样我就能在好莱坞碰碰运气，"她继续道，"顺便也在那边玩一玩。我猜你没去过优胜美地吧？"

感谢你们，兰德尔和曼迪，感谢你们。

"去过几次。"我答道，口气里还带着点无聊的意味。我大概能猜出来，她为什么要特别提起这一处景点。在我的印象里，优胜美地——还有大峡谷——都是清一色的高空悬崖，直上直下的，一眼都望不到头。"你怎么应付这么高的地方？"

"你还记得。"安杰利娜看了看查理——要不要你来讲这个故事？——继续说道，"我吓坏了。我们沿着一条步道向上走，还没什么问题，但我们到了观景台——"

"上瀑布。"查理补充了一句，我点点头。

"我根本不敢过去。当时差不多是早上十点，查理一定要我走到观景台上，否则就不让我下山。"

"你把我说得像个怪物一样。"查理抗议着。

"你就是个怪物。差不多到了午餐的时候，我告诉自己，坚持一下就好了，结果他让我在那儿待了两个小时。"

"三十分钟。"

"都一样，我恨死高的地方了。"

"但你学到了什么？"

安杰利娜冲着查理吐了吐舌头："你告诉他。"

"我跟安杰利娜说：'如果你从这里掉下去，结果跟从三层楼上掉下去一样，也不会死得更透了。'也就是说，反正人生中总会有失败，倒不如把目标定得高一点。这样即便做不到，也不会伤得更重。"

"洛杉矶的竞争确实很激烈，我开始觉得自己根本没办法成功。"她笑了起来，"我猜对了。"

"但你至少没有裹足不前。"查理说。

从表面上看，这又是一番有利于我的对话，让我充分了解现状，看清他们的感情基础。但如果他们的婚姻真的出了问题，这番话大概也是在提醒他们自己即将失去的美好回忆，或者他们只是想体面地埋葬掉这段回忆？

在他们的故事里并没有我的位置，我一点也不介意。

"你们在洛杉矶待了多久？"我问。

"十八个月。"查理回答。

"你不工作？"

他笑了："我们两人中间，总得有一个人付账单吧。安杰利娜在学表演，我为四大中的一家工作——那会儿还是六大。我是在澳大利亚拿到这份工作的，后来转到了洛杉矶。但只能做非常初级的工作，因为我没有美国律师执业证书。"

"那时候肯定很难吧。"我感叹道，查理点头回应着我。

"但他也没做多久初级工作，"安杰利娜接着说，"跟亚当讲讲。"

"讲什么？"

"好吧，"安杰利娜说，"如果讲错了，可别怨我。"

安杰利娜开始之后，查理便去了厨房查看晚餐的情况。说来也怪，我很喜欢听安杰利娜的故事，她是如何和另一个男人走到一起的。这仿佛是在提醒我错过了什么，但又像是在圣诞时分，她的家人跟我讲述她不为我所知的故事。讨厌查理真的太难了。

他曾参与一宗企业并购交易。谈判当天，电梯坏了，双方的顾问团队都被困在了同一层，距离双方的领导团队六十层楼开外。

"四十三层。"查理回来了，手里还拿着分餐勺。

"随便吧。查理当时就把公文包一扔，直接爬楼梯上去了。等到电梯恢复运转，交易也达成了。"

"我们只是达成了整体数字。"查理解释道。

"这个故事直接传到了 CEO 的耳朵里，"安杰利娜接着说，"他就成了传奇人物。"

"你怎么做到的？"我问。

"我那时候还没那么重。"

"我是说——"

"我明白你的意思，这不是什么复杂的事情。这些家伙都对彼此知根知底，双方也想达成交易。我只是趁着律师还没到，赶在他们还没紧张过头、弄得一团糟的时候把双方搞定。毕竟彼此都是半斤八两。"

穿着蓝裙子的律师微笑起来，即便她还想反驳，此刻也不存在。

"这就是我做的事情，"查理说，"我是个协调人，是个诚实的掮客，只想拿出一个让各方都满意的方案。价码虽然高，但总比让律师团打个头破血流来得划算。"

只剩一个留给安杰利娜的问题了，尽管我早已知道最终的答案。

"演戏的事呢？"

"我不够好。"

"如果赶不上好运气，再好的演技也没用，"我说，"所以我才没成为比利·乔尔，除了我没写出来《上城女孩》[1]以外。"

听了我的歌曲选择，查理咧嘴一笑，安杰利娜则晃了晃手里的空酒杯。

"我去试过这个角色，不是什么大角色，被我同班的一个女孩拿下了。那算是公平竞争：她没跟导演睡觉，但她比我漂亮，这比我苦学多少年斯坦尼斯拉夫斯基都管用。所以我就订了家很棒的餐厅，点了香槟，庆祝我们要

---

[1] 原文为 *Uptown Girl*，美国音乐人比利·乔尔（Billy Joel）发行于 1987 年的大热金曲。

回到澳大利亚组建家庭，而我自己即将成为一名律师。"

"就这样？"我说。

"就这样。"

查理又往安杰利娜的杯子里添了些红酒。"跟他讲讲女服务生的事。"他说。

"噢，那个给我们点单的侍者就是拿到角色的女孩，看来我也没错过什么。"

查理把主菜端过来，在盘子上切成小份，周围摆了三种蘑菇。

安杰利娜只吃了一小块去皮的珍珠鸡。她对红酒似乎没那么在意，直到整瓶都喝完了，查理才让她猜猜今晚喝的是什么。

"玛歌酒庄，"她说，"你说过我们要喝姊妹酒的。"

"是波尔多产区五大特级酒庄之一，"查理是说给我听的，"对不起，我是不是有点班门弄斧了？"

"完全没有，"我说，"我喜欢上上课。"

"是第一等级酒庄里最有女子气的。安吉，你猜是多少年的？"

又是安吉。雅辛塔就是这么叫她的，没有安杰那般矫揉造作。如果她在我的脑海里一直用着安吉的名字，就不会有那么多首歌能触发我回忆的按钮。但在背地里，谁知道人们会怎么称呼对方呢？她也曾唱过《叫我安杰》。

安吉在品评着红酒，像个专家一样摇晃着杯子："是瓶老酒，酒体浓重，绝对是很多年的窖藏，二十五年左右。"

查理把酒瓶递给安杰利娜。"哇。"她惊叹着，把瓶子递给我。玛歌酒庄顶级出品，1966。

"20世纪60年代三大保存品之一。"查理说道。

那也是安杰利娜出生的年份。

"你怎么找到的？"我问。

"我们结婚之后，我就开始在拍卖行买古董酒。我们每年生日都会喝一瓶。这是玛歌酒庄的最后一瓶。"

下一个生日尚未来临,酒已经喝干,这里面一定隐藏着某些信息。更何况根据以往经验,安杰利娜应该毫不费力地就喝出这是瓶古董酒,根本不需要晃动酒杯或是闻来闻去。

"完美地解决了生日礼物问题。"我说。

"倒希望如此,"查理说,"我犯了一个大错。在一起庆祝第一个生日的时候,我们还没结婚,我送了她一枚戒指。因为实在没什么想象力,第二年生日时,我又送了她一枚戒指。打那时候起,她就把这看成了生日传统。"

"我没有。"

"是啊。有一年,我给她买了别的礼物,她的脸立刻就拉下来了,没错吧?不过聪明如我,还是买了枚戒指藏在口袋里,以防万一。"

"别说了,"安杰利娜制止道,"你说得我好像……"

"只是在确保所有的事实都放在台面上了。"他离开去拿苹果挞。

我看着安杰利娜,笑了起来:"你被宠坏了。"

"没错,"她说,"他对我非常非常好。"

她的语气好像在暗示着某些事情的消亡,但他们两人的互动看起来没有任何不愉快之处。克莱尔一定会嫉妒的,大部分已婚的夫妇也会嫉妒的。天知道理查德对他产生了怎样的影响,一直在厨房里跑出跑进。

我们又喝了点苹果白兰地配甜点,不觉陷入了短暂的沉默。

"说说吧,"查理打破了僵局,他眼望着天花板,抛出了问题,"苹果挞怎么样?"

"非常好。"我说。

"跟你记忆中的一样好吗?"

"老实点。"安杰利娜回道。

"对不起,总记不住礼节,是我的错。"

我们又回到了沉默的边缘。

"查理。"我起了头，却不知该说些什么。

"亚当，"他说，"对不起，我是在戏弄她。但你也知道，这样的吸引力有多大。"

他招呼我俩站起来，从餐桌旁转移到沙发和椅子上，一道带上了白兰地酒杯。他和我坐在椅子上，安杰利娜坐在沙发的中间。

"心知肚明最让人难受，"他继续说了起来，"我不知道安吉跟你说了什么，她想做什么都是她的自由，至少在我看来是。"

从某种程度上来说，这番话让我嘘了一口气，但他怎么突然说起了这些？

"如果我们真的有问题，那也是在安吉和我之间，跟你没关系。我从不认为这是第三方的错。再来点白兰地吧，顺便告诉我，当然如果你愿意的话，你觉得她变了吗？"

"查理！够了。"安杰利娜似乎在半开玩笑。

诚实地简而言之：在我看重的方面，她一点都没变。我不会把这话告诉查理。

"如果我说我曾经和这个世界上最性感的女人约会，会不会显得有点出格？但我敢说你得到的更好。"

他们都喜欢这样的答案。

"我确实要感谢你，教会了她如何欣赏生命中的美好事物。"查理说，显然意不在指 1966 年的佳酿。

"算是低开高走吧。"我说。

他大笑了起来："咱们来个交易怎么样？如果你肯在钢琴上表演一段，我就绝口不问任何个人问题了。我猜钢琴是你俩缘分的开始吧。"

这交易不错。我还有很多问题想问，但直觉告诉我，此刻的查理已不想再多说什么。这就是规则——如果不喜欢，就别加入进来。他们是开放式的婚姻关系吗？他在帮她实现某种幻想吗？也许是他有什么身体上的缺陷？就体重来看，糖尿病和不举是很有可能的。这也就解释了为什么他们不愿把原因讲给我听，也解释了为什么安杰利娜对查理总是赞美不停。

    我在那架雅马哈钢琴上试弹了几个音，声音很不错。我想起了一首歌——是首杂耍表演时用到的歌曲，我爸爸曾经弹过。

> 我去见一位女士
> 我去过那里
> 她手里拿着鞋子和长袜
> 赤脚踩在地上
> 香槟查理是我的名字
> 香槟查理是我的名字
> 香槟查理是我的名字，哎呀
> 欺诈盗窃是我的把戏

我一遍一遍地唱着，他们也跟着唱了起来。歌曲终了，我们笑成一团。

"真是首好歌，"查理笑着说，"行了，两位——我得睡觉去了。"

"我也是，"我说，"谢谢你的酒，还有晚餐。"

我转身向房间走去，走了几步，回头看了一眼安杰利娜。查理快要走到楼梯的尽头了。安杰利娜站起来，关了灯，跟上了我。

第二十七章

我与安杰利娜的交谈

8

　　和安杰利娜一起，穿过走廊来到我房间的路上，我的心里五味杂陈，惊喜也是其中一个。我不知道查理所谓"她想做什么都是她的自由"的言论是否适用于当下这种情况——即便如此，安杰利娜是否需要他兑现这样的承诺也是未知数。

　　炽热的激情已退，消失的还有探索的恐惧和对所有这一切的讶异。除此之外，我从未成为过任何人不忠的对象。我从未在身体上背叛过克莱尔，甚至更早以前的，乔安娜。瞒着克莱尔和安杰利娜通邮件确实是条不可赦免的罪状，但和父亲比起来，我还没那么出格。他随处拈花惹草的恶习给我的母亲带来了无尽的痛苦。

　　我不得不承认，我的家族历史给了我很大的压力。特别是在我思考要不要在抵达安杰利娜的度假小屋当天，就和女主人在大门后面发生关系，第二天晚些时候，再把这一切重演一遍的时候。但真实的情况是，有关道德的压力似乎就没在我的头脑里出现过。一方面来说，这一切发生得太快了，让我根本无暇思考，另一方面，我们已经联系了好几个月，激情慢慢累积，实在也找不出比这更合理的接触方式了。还有一点，从某种意义上来说，我一直认为自己和安杰利娜保持着一种特殊的、永久性的关系。我去见一位女士，我去过那里。

夜晚的暑气尚未退去，我们躺在床上，安杰利娜把头枕在我的胸前，身子几乎躺在我的直角方向上。我的手指懒懒地穿过她的头发，抚过她的脸颊、肩膀、胸脯。"告诉我，"我说，"你为什么开始联系我？"

很长的沉默。"你真的想知道？"

我的手在她的腹部游走，抚摸着那道二十二年前没有的伤疤。"所以我才会问。"

"如果你不把手挪开，我就没办法告诉你了。"

我把手指放回到她的肚脐上。

"听起来可能会有点丢人，也有点肤浅。我四十五岁的时候问过我的妈妈，'他们说女人过了四十五岁就消失了。'我妈妈说，'那都是胡说八道，你根本不会消失，只是不再有男人注意你罢了。'"

安杰利娜笑了起来，我也笑了。

"你妈妈真是一点都没变。"

"其实不是。"她又顿了顿，一定是在想把她的妈妈引入卧室谈话能有什么好处，"不管怎么说，我只是想知道，你是不是还会注意到我。"

她的四十五岁生日和邮件之间隔了很长一段时间。现在，她马上就要四十六岁了。

"就这些？"

"我所谓的'注意'是广义的。"

"好了，现在你有答案了。"我说。

"你是个好人，还愿意和我调情，"她说，"但我想还是到此为止吧。"

"挺好的。"

"你真的还好吗——我是说，和克莱尔？你真的没有受到任何影响吗？真的对不起，一直以来都是我和查理说个没完，但我不想……不对，我不该找借口。我们就是两个以自我为中心的人。我们事情太多了，还没有来得及……"

"没关系。我可以告诉你，我们都精疲力竭了。"我本想把她缺席的二十二年人生讲给她听，在酒桌上，在餐桌上，或是在阳光下，但现在我改了主意，在我把事态控制下来之前，绝对不会说一个字。

"查理是怎么想的？"我问。

"怎么想我们？"

"难道是明天的红酒搭配？"

"他觉得没什么。"

"他嘴上这么说。需要我指出来吗？这种事情，大部分丈夫都接受不了。"

"他不属于'大部分丈夫'。我们之间有过些问题，有关……这种情形……但都解决了。你接受得了那种情况，对吧？"

所谓的"这种""那种"无疑都是在指性，但我还没有准备好，无法相信彼此之间只有性爱，从来都不是这样。安杰利娜已经说得很清楚了：她和查理之间的问题。更重要的是，我们之间存在着一种感觉，不管怎么解释——甚至不发一言——都无法否认的感觉。

激情过后，她还会在床上躺上差不多一分钟才离开。

"我还得刷牙什么的，真的得回查理那儿了。"她说。

周二一早，迎接我的是体内残余的肾上腺素和酒精。我知道解决宿醉的法子，但良药也过于苦口。但今天，我没有别的选择。过去的两天，我的生命里充满了阳光，我必须得保持最佳状态才能沐浴在这片珍贵的阳光里。

我穿着T恤衫和短裤，一路慢跑下山，接着是一段狭窄的上坡路。我需要跑步，除了和查理步行去村子的那次，我几乎一直没出过门。太阳升起来了，山谷里还笼罩着薄薄的雾气。我在教堂门口停下，教堂距离山顶还有一段距离，那是黄金地段，都保留起来做了墓地。教堂的门开着，我走进去，整个建筑高大雄伟，不似现代教堂般紧凑，对这个小村子来说，似乎也有点大得过头，完全是为了不会实现的未来而建。

到了山脚下，我慢下步子开始闲逛，不需要赶时间。我小的时候就学会了用钢琴演奏格里格[1]的《晨曲》。这段旋律在我的脑海中回响，陪着我走过主街上的商铺——除了面包房，全都关门大吉（这个时候就该如此）。在这个晴朗的早上，伴着《晨曲》的旋律，我开始整理我的思绪，想把自己骂醒。

我对现状绝非一清二楚，但咨询师的工作让我能很快适应这样的局面。只要能掌握到关键信息，其他的事情模糊点也不打紧。

我知道自己对安杰利娜的感觉。从车站开始——实际上，是从 Skype 通话的那一刻开始——所有的过去都卷土重来。我相信，她也有着同样的感受，尽管她一再坚持，我们之间"只有性"。我知道查理和安杰利娜的婚姻出了问题，我也知道他已经做好了准备同意安杰利娜和我在一起，至少暂时在一起。很显然，这也是安杰利娜想要的。

我不清楚的是查理的动机，但如果最终的结果是安杰利娜选择离开他，也就无所谓动机了。

再次见到查理的时候，我已经洗过澡，开始数据库的工作。我走进厨房，身穿宽大中式睡袍的他正在咖啡机上调制"安杰利娜特饮"。他稍稍撒了点巧克力粉和肉桂粉，把咖啡递给我。

"女王大人等着呢。"

我敲了敲门，里面睡着前一晚和我共度良宵的女人。

"亚当？"

听到她叫我亚当而不是都格拉斯，真是有点奇怪。"不然你还想让谁来

---

[1] 埃德瓦尔·格里格（Edvard Grieg），挪威作曲家，19 世纪下半叶挪威民族乐派代表人物。

敲你的门？"

他们的卧室和整栋房子朝向一致，和细长的阳台相连，窗外便是群山。查理一侧的床头桌上堆满了药片，足够开一家药铺了。而安杰利娜的床头放着电脑，昨晚的蓝裙子胡乱地堆在地板上。

早上的阳光洒在她的脸上，虽然未经梳洗却仍让人心神荡漾。她微笑着接过了咖啡："吻我。"

我屈身，轻轻地吻在她的唇上。

"下楼见。"她说。

查理和我一同去买了牛角包，他建议我们晚上到半小时车程之外的弗勒里吃晚餐（当然是在我同意的前提下）。另外的选择是一家米其林三星餐厅，距离更远，食物也更为厚重。

"还是得当心体重啊，"查理说，包里塞着五个六码大的牛角包，"今早看见你去跑步了。我也正在慢慢练，前一阵可吓坏我了。"

我等着他把话说完。

"有点胸口疼。医生一开始认为我是消化不良，所以他让我做点有氧运动，看看能不能确诊。我当时踩着动感单车，突然好像动不了了一样，接着就感觉不太对劲，越来越不舒服——我就跟他说：'我觉得不太舒服，不如先停下来吧。'但他告诉我：'只剩一分钟了。'他当时没有看我，眼睛一直盯着监视器，我就想，好吧，你是专家，你能在屏幕上监控我的情况，我肯定没问题，接下来我就倒地不起了，他给我叫了救护车。"

"上帝啊。"

"我差不多真就去见了上帝。他们直接在办公室的地板上给我做了心肺复苏。我的心脏停跳了两次。那些候诊室里的可怜蛋啊，眼睁睁地看着我走进了诊室，却被担架抬了出来。"

"心脏搭桥了？"

"只放了一对支架，但一直不太稳定。"

"多久之前的事？"

"几个月前。"他说着，我们进了大门。

第二十八章

安杰利娜的癖好

8

一整天，我们三人抱着电脑待在客厅。

晚上，查理开车带我们去了弗勒里的一家餐厅，显然是家颇有名气的餐厅。一位中年女士用英语回应着查理的法语问题。我们点了一份精品套餐，查理吃光了自己的那份之余，还吃掉了安杰利娜的半份，他的心脑血管一定压力不小。他的妻子肯定也高兴不起来，但她的反抗也只限于不时护住自己的盘子。

我聊起了维多利亚大道上的酒吧。那家小店很早就倒闭了，但吉姆希腊酒馆却欣欣向荣，尽管两家供应的食物差不了多少。查理和安杰利娜偶尔也会去吃上一次，不出所料，每一次都会让她想起我。我在查理的表情里看出了一丝恼怒，在他们共同外出的夜晚，我竟一直无形地存在着。

查理似乎对我的工作很感兴趣。他也曾为澳大利亚的一家 IT 咨询企业提供服务，帮助他们吞并小型企业。我跟他提了克莱尔的软件公司，他从没听说过这家公司——这不奇怪——他也没听说过买主的名字。

"这种事情一直都在发生，"他说，"小企业能创新，但没有资本和市场规模，所以就有人出钱买下它们，可以继续开发产品，创始人也能拿到一大张支票。人人都开心。"

"有没有什么建议给她？"

"雇我。说真的，你根本无法想象人们面对自己不擅长的事情时，压力值会有多大，但专业人士可能只要一两天就能搞定一切。"

我一直处在压力的接收端。

"好了，"他继续说道，"谈判时注意两件事。研究买主，明白他们想要什么，也得知道自己把'百特那'[1]定在哪儿。"还没等我提问，他就接着说了下去："'百特那'就是指'谈判协议最佳替代方案'。要是合约没谈拢，你就得选择替代方案——如果没有别的机会的话。原则就是：如果新的合约不能给你带来更好的生活，那就干脆别签。"

"这一点真是无懈可击。"

安杰利娜掏出电话，抱怨了一通。

查理挥了挥账单："就知道你会这么想。去拍卖行买过房子吗？还有人让我去帮他们拍卖。这些人就一句话，多少钱随便出，反正就是要买下这栋房子。我就会问，如果有人对别的谈判者做了同样的指示呢？还有——"

中年女士送了账单过来，查理看都没看，直接递了张卡过去，她接过来插进机器里。安杰利娜站起来要走，查理却示意她先坐下。他要把这堂课上完，在他的眼里，我或许就是市场里的新房子。

"我告诉他们，想象一下这房子已经卖出去了，或者他们在拍卖行输给了别人。我要求他们这么做。想一想这笔钱还能用来做什么？有些时候，我们会花上一个小时来设想、做计划，这样他们就有了自己的'百特那'。甚至有些卖家觉得替代方案更适合他们，就直接放弃了拍卖。"

"那么，"我说，"你更关注什么呢？新合同还是'百特那'？"

"你要做好各种准备，"他说，"拼尽全力，让两者都变得可行。"

以上皆有。

代班司机安杰利娜把我们送回了家，查理倒了一杯白兰地。我随便弹了

---

[1] 百特那（BATNA），音译，为 Best Alternative to a Negotiated Agreement 的缩写。

弹琴，送上了一段餐后小曲，便和安杰利娜一起回房了。

我们亲吻了很久。我有多久没有认真亲吻过一个女人了？哪怕是在每个周五的晚上，我和克莱尔几乎都没有吻过对方。

我陷入一片恍惚，躺在安杰利娜身边，所有的感官都集中精神，享受着前所未有的敏感。如果查理因为自己的心脏问题把我选为他的床上替代品，眼前的场景一定不是他设想的模样。

安杰利娜终于躺回到了枕头上。"我得喝杯水，"她说，一段古怪的沉默之后，"你要吗？"

"谢谢。"

安杰利娜起身去倒水，我突然意识到，如果是查理躺在这儿，去倒水的一定是他。

安杰利娜端了两杯水回来，斜倚着床头板坐下，蜷起膝盖。"不觉得有点奇怪吗？"她说，"昨天我跟你讲了我的职业，你却什么都没说。"

诚实说来，原因在于："我的注意力一直放在这个——和那个上。而就像你昨晚说的，这才是我来这儿的原因。"

我决定把想法说出来。

"大概是因为我还没搞懂机会平等委员会干事怎么和你周日晚上穿在身上的红裙子联系起来。"

"这跟你想的不一样，对吧？我是说这份工作，不是裙子。"

"我觉得你还是保守了。"

"好吧。你不知道我有没有这个能力做好这份工作，但你一定觉得我做这份工作总有点不对劲的地方。但这恰恰就是我工作的内容，让你不再有这样的想法。"

"说得好。"

"但你说的也对。那些掌权的人也很矛盾，指派一个女演员而不是公务员或者法律学者担任这个职位。人们记得你当过演员，工作的环境里充满了歧视和剥削，但我也挑明了他们的虚伪。"

"很公平。"

"所谓男女机会平等不仅仅适用于那些穿着正统，持有某种政治主张的女性。我想穿什么就穿什么。我不觉得你会因为穿了 T 恤、短裤就当不了数据库工程师。"

"没错，"我说，"但如果我是一个领导，我或许就会推崇能带动整个团队前进的价值观，而不是一味袒护我们想要招募或是保护的人。"

我突然感到一丝惊异，这个操着曼城口音的电脑工程师竟然在她的专业领域发表了不同的评论。在澳大利亚的时候，我们的想法总是互为补充。分开后的我们走上了不同的人生道路，此时此刻，也没有必要彼此妥协。

"取得执业资格，"我转移了话题，"要花多长时间？"

"律师吗？八年，还得实习。"

"我的天哪。"

"课要上五年，但我上完第一年后就转成了业余学习，得照顾孩子。"

我们的对话中一直没有提到过孩子。作为一个没有孩子的成年人，我很少主动问起这样的问题，查理和安杰利娜可能对此也比较敏感，两人也没有主动说起过。我只记得查理对于他的前妻把女儿卷入离婚谈判一事始终保持着谴责的态度。或许我们都彼此心照不宣，不想让孩子参与到我们的游戏里面。

"对我来说不像对有些人来说那么难，"她说，"我有查理，他一直收入可观，是我最大的支持者，他是个好人。我取得执业资格之后，做了不少公益法律援助项目，一分钱都没有。"

我笑了笑："我知道公益是什么意思。"

"对不起。可以说我为这个家没做多少贡献。"

"但你有名气。"我说，她也并没有付出多少代价。玛歌酒庄 1966 年的出产能让夫人满意吗？

她笑了起来："我估计墨尔本没人不认识我。"

"你跟理查德之间发生了什么？"

"他甩了我。"

"他什么？他甩了你？"

"我的家人也是这种反应。他们大概以为是我会先选择离开，也许这也是他们想要看到的。说来话长，理查德失业了十八个月。《莫宁顿警署》完结之后，是我的父母给我们钱花。"

"你的父母养着他，他还离开了你？"

"因为骄傲。我的父母很擅长这个，但他不行。他变得异常愤怒，对我，对他们，对整个世界。说实话，我能理解他的心情。"

我一直以为，是安杰利娜最终想清楚，选择了离开。而事实正相反，她死守着理查德，这个声名狼藉、不知感恩又怒火冲天的家伙。

"他后来怎么样了？"

"去了迪拜，照顾一个酋长。我就知道这么多了。"

"让你放弃一段婚姻很难吧？"我问。

她没有回答，把手放在双乳下面。"你觉得怎么样？像不像用过的茶包？我妹妹就是这么形容她自己的。"

"我告诉过你，你很美。你还需要确认多少次？"

"你应该明白的。我生过孩子，这对于女人的身体是致命的打击，你有没有感觉到不同呢？"

"都是些好的改变。这里下雪吗？"

"干吗问这个？6月不会下雪，4月下过。"

"所以才不适合柠檬生长。"

"什么？"

"柠檬树在哪儿？"

"为什么问这个？"

"根本就没有柠檬树，是查理编造出来的。他可能一直在花园里看着我们。"

她脸上的表情似乎更多的是愉悦而不是被人戳破真相的慌乱："他就是。"

"那你呢？你在这个计划里是什么角色？"

"别胡说！你不是真这么想的，对吧？你也在现场的。"

"但他知道你的幻想吗？被人抓住的幻想。"

"我们结婚快二十年了。"

"所以这是你在现实生活中第一次被抓住？"

她笑了："第二次。"

"接着说。"

"我们当时正在度假，查理把我绑在了床上。

然后，我就听见门闩一响，有人进了屋子。"

"查理当时还放了拉威尔的《波莱罗舞曲》，我听不清他们说什么。但那个人威胁要报警，查理告诉他这只是个游戏，他没有绑架我，也没有伤害我，说了一堆……"

"你想想就激动不已吧？"

"你想什么呢？那感觉可怕极了。"她顿了顿，嘴角上扬起一道微笑，"只在那时候。"

"旅行中的愉快回忆？"

"可以这么说吧。你知道吗，我曾经怀疑过屋子里是不是真的进来过其他人。我是说，我确实听到了声音，但查理……也可能是他提前录的音。还有音乐，总之有点迷糊。"

"他会费这么多事？"

问题还没说出口我就知道了答案。

"你现在跟查理怎么样了？"我问。

"我猜你已经看出来了，查理对我简直是溺爱。我想要什么，他都会给我，所以我想要你。"

"你们讨论过？"

"我说我想让你过来，他同意了。"

"过了二十年才问？"

"跟你说过了，"她说，"我要四十六岁了。"

"没别的了？查理什么都没说？"

安杰利娜坐直了身体："他跟你说了什么吗？"

"他说他犯了心脏病，可能现在不是最好的时机，但……"

安杰利娜安静了一会儿，说道："我猜我们都把它看作一次警钟，那也是一个重要的原因。"

她又倚回到床头板上，头枕在手上，表情平静。她一定有事瞒着我。

"发生了什么问题吗？床上的问题？在那次心脏病发之后？"

"我说过了，有些事情我不能说，可以吗？"

"不尽然吧，"我说，还有更大的问题亟待解决，"下一步我们要怎么办？"

"我不知道。"

太好了，我也不知道，也许我们三个人都不知道，尽管我们已经跳上了一列失控的火车，还在餐车里喝了白兰地。

我怀疑查理可能不这么看。但不论他的真实想法如何，他始终那么镇静，甚至让人觉得安心。我把安杰利娜拉到怀里，亲吻她，拥着她直到睡去。

我睁开眼，门开着。走廊里亮着灯，眼前是穿着睡袍的查理。他走到床边，抱起安杰利娜，又走了出去，剩下我房间的门敞开着。她开始反抗，查理还在向楼上走着，楼梯上一阵嘈杂。床边的闹钟刚刚过了凌晨三点。

"去你的！"是她的叫骂声，更多的是惊讶而不是愤怒。

我是否误解了安杰利娜？她是否只想让查理感到嫉妒，甚至是在他的默许之下？让我和另外一个男人在一起，证明你有多爱我，当你受不了的时候，就是爱的第二次证明。

如果真的是这样，我将毫无存在的必要。我也要重新想一想过去的三天，我和她，我和他们之间发生的一切。

212

早上醒来的时候，查理已经在厨房忙活着。我套上 T 恤和牛仔裤，想要躲开任何的不快。

他提高了声调，想要盖过咖啡机的吵嚷："对不起，昨晚吵到了你。"

他把安杰利娜的咖啡递给我："有些事情你必须要知道，这是专门为她做的。看看这奶泡的厚度，太厚了不好喝，太薄了也不行。她不喜欢顶端有斜度，越到边上越少，当然，也不喜欢让奶泡沾到嘴唇上。"

我不知道这是不是真的想让我这么做。

我把杯子还给他："我觉得你才够资格把咖啡端上去。"

我踩过了红线吗？也许吧。查理楼梯上到一半，转身对我说："等我下来了，咱们谈谈。"

第二十九章

我与查理的交谈（一）

8

去往小村的路上，查理先开了口。

"在这里感觉怎么样？"他问。

"食物和酒都很棒，"我答，"还有你们的陪伴。"

"床上没那么好？"

"你是她老公，不需要我来告诉你吧。"

"我就当是赞美了。你爱她吗？"

"当然，我爱她。"就这样，我向安杰利娜的丈夫坦承了我的感受，也是对我自己。否则我不知该如何定义我们在开始 Skype 对话最初几秒时内心的暗涌，以及在马孔的站台上，所有披上了彩色光晕的一切——让我变得坚强的情感，让我离开克莱尔的力量。

我不曾想过，向查理坦白这一切会带来怎样的后果。这些话必须说出口，我的心里甚至多了点轻松，即便对面的男人从未告诉过我他内心的感受。

"你在我身边阴魂不散地出现了两年，"他说，"你个浑蛋。"

"这两年我没那么痛苦，至少没觉得自己像个浑蛋。在这儿，我得到了你们的欢迎，虽然我知道，我早该被扔出去。"

查理眼望着农田，说道："这周过完，你就希望带着她一起离开吧，至少这么想过吧。某种程度上来说，过了这么久，考虑了又考虑的，你爱上了她。"

他又看向我："我想让她留在我身边，如果你想知道的话。但这件事不取决于你我，除非有人选择退出，或者做出拒绝她的选择。"

他认为我成功的可能性会更高，甚至高出了我自己的预期，也超过了前晚，当我觉得一切都结束了的时候。如果和我上床是为了激起查理的嫉妒，或是让他感激自己拥有的一切，安杰利娜的目的已经全部达到了。如果只是性事不谐，安杰利娜在查理的授意下委身于我，似乎也是保全二人婚姻免遭损害的文雅办法。或许查理虽然已经同意，却无法接受残酷的现实，所以才引发了凌晨三点的突然介入。

安杰利娜说过，她不想确定关系。1989 年，她说了同样的话。

"那我们就等等看吧，"查理接着说，"先享受这个假期吧，趁我们还陪在你的身边。"

我的脑子里又出现了那趟飞驰的列车。再多的美食、美酒和欢愉的时刻，也无法躲过最终的宿命。另一方面，这又是个虚构出柠檬树的男人，他不会是个相信宿命的人。

"再喝杯咖啡吧。"他提议。我们走进一家酒吧，好像置身于 20 世纪 40 年代的电影里：早上八点半，戴着贝雷帽的老头子们用小玻璃杯喝着白葡萄酒。

我们点了小杯的黑咖啡，查理对本地咖啡的评论果然没错。

"你为什么爱她？"查理问我，"她不是个好相处的人。你们在假日相见，盛装打扮，只为留个好印象。你也该知道，她要是在办公室过得不顺，整个人回了家也放松不下来，要么就一头扎到小报里。我有时会给她准备一些澳大利亚产的夏敦埃酒。"

"她好像比我刚认识她的时候更挑剔了些。"我说。

私底下，我把这一切都归因于查理，他太过娇惯她了。我猜她已经没办法再回到吉姆希腊酒馆里，用维吉麦罐子喝普通红酒了，同样，英国酒吧里的猪肉派和啤酒也配不上她的口味了。

"她其实是个异常顽强的人，"查理说，好像是在回应我，"我们带着孩子们一起去露营……"他顿了顿，"你知道我们有孩子的，对吧？"

"当然，"我说，"三个。"我只知道这些。"谁在照顾他们？"

"安杰利娜的侄女。"

当年在圣诞家宴上被她姐姐抱在怀里的婴孩，现在也有二十岁了吧。时间的确过去太久了。

"大部分时候，安杰利娜都会和孩子们聊聊天，"他接着说，"斯蒂芬妮快满十八岁了，萨曼莎十七岁，亚当十四岁。"

亚当，她给自己的孩子取名叫亚当。我内心的翻涌一定都挂在了脸上。

查理笑了起来："对不起，朋友，对不起——我骗你的。他的名字是道格，道格拉斯，我爸爸的名字。"

他的表情恢复了死一般的严肃。我的表情却很难再复原。

"也许叫他亚当反倒更好，"他说，"安杰利娜讨厌道格拉斯——讨厌这个名字，甚至是痛恨。她开始叫他的中间名，安东尼，是她爸爸的名字，就这么叫下来了。早晚有一天，他会告诉我们，人生过得一团糟都是因为自己的爸爸妈妈叫他不同的名字，这也是我们之间唯一争吵过的事情。我爸爸得了癌症，这事我实在气不过——要我叫他安东尼，还不如宰了我。她爸爸是个体面人，但太没种，如果他敢站出来，和他老婆对抗一次，这家人大概就不会过得这么糟糕了。"

我的注意力还在查理的家人身上："什么癌？"

"肝癌。这病太浑蛋了，三个月人就没了。"

"我爸得了肺癌。不过以他喝酒的架势，得了肝癌也不稀奇，反正结果都一样。"

"你们关系近吗？"

"他离开时，我只有十四岁，应该算不上真正的成年人，但我们都会弹钢琴。也许你理解不了，但钢琴把我们连在了一起。"

"完全能理解。"

这个喜欢自嘲的家伙，实在让人讨厌不起来。当他发现妻子和另外一个男人躺到了一起，他会开上一瓶酒，第二天再把她拖回到床上。但我们两人之间，有一点截然不同。

"你是有多喜欢在早餐的时候吃牛角面包？"我问。

"没多喜欢，更像是去村子的借口。安杰利娜早上只吃水果和麦片。"他一定是自己吃掉了四个。

"全套的英式早餐怎么样？"

"放马过来吧。"

走出酒吧的路上，我收到了一张当地出租车公司的小卡片。我没有任何出行的计划，但这却给了我一丝独立的感觉——还有一条逃跑的路线，如果我用得上。

"你觉得到时候会发生什么？"我问查理。我们沿着山路回去。

"周末的时候？"

"是啊。你看起来……异常地……冷静。"

"因为我相信她会选择留下，和我在一起。我不是说我们的关系无比完美，但我们毕竟有了孩子，还有房子——我们一起生活过。我一直都在支持她，想做什么我都支持。"

他停下来，在路边的樱桃树上摘下一把樱桃，扔到购物袋里。

"如果你觉得我们之间出现了问题，大概是因为我们遇到了某种极限。我们之间的关系，更像是我一直为安杰利娜从帽子里变小白兔。不只是在她生日的时候给她买枚戒指，而是旅行，一个接一个的惊喜。她四十岁生日的时候，我把她过去认识的人都叫到了一起——所有合作过的演员，每一个人——大家一块去了泰国。我当时也想邀请你同去，但她拒绝了。"

"所以，我今年就成了那只兔子？"

"还是叫小白兔吧。但你明白我的意思，因为我想不出更好的点子了。"

"她会为你做些什么？"

"感谢我做的一切。我不想无礼，但你什么都得不到，为什么还要弹琴呢？"

这个问题为我二十年的心理治疗提供了无数素材——或是被我妈妈用五秒钟的回答取代：你一直都是个爱卖弄的人。也许这一条也适用于查理，我示意他继续说下去。

"她也会为我做一些事情。我五十岁生日的时候，她租了间录音棚，和一个乐队一起，为我录了一首《因为这一夜》。你知道那歌吧？帕蒂·史密斯。"

我点点头，却没有纠正他歌曲作者的错误。

"我四十五岁的时候，她送给我一幅她的画像，作者还得过阿奇博尔德奖[1]。全裸的。现在就挂在我书房的墙上，正对着电脑。孩子们从来不会用我的电脑。"他笑了起来。

"我也有一间那样的房间，"我说，"有过。"

"你的猿人洞？"

"我们住在克莱尔妈妈的房子里，有一间布置成神龛一样的卧室，用来纪念克莱尔三岁就夭折了的姐姐。"

查理点点头。他边走边说，不免有些气喘吁吁。

"现在成了我的办公室，但克莱尔半步也不会踏进去，不会进去打扫，一步也不进去，什么理由都不行。"

"那谁来打扫？"

"我。在我把东西都扔出去之前，她都不愿意进到房子里面。那时候，"

---

[1] 阿奇博尔德奖（Archibald Prize），得名于澳大利亚新闻记者 J. F. 阿奇博尔德。该奖项设立于 1921 年，用于表彰优秀的肖像画艺术家。

我们还在努力要孩子……"

"真是对你的折磨。"

"我还会做噩梦。"

"你知道人们怎么说吗？"查理说，"谁必须去做困难的事？那些有能力去做的人。"

接下来的一两分钟，我们谁都没有说话。山路减缓，查理的呼吸才逐渐恢复了正常。

"依我看，如果她想离开，如果我想错了的话，最好现在就走。就这一次，一劳永逸，大家就都能往前看了。"

头一次，我在他的声音里听出了感情。

没有多少男人能和查理一般，为妻子做出"帽子变白兔"的把戏。有些人或许衣食无忧，但很少有人经得起这一周的放纵。但那又怎样？即便没有不断升级的生日惊喜和前度情人的到访，大部分婚姻也都能继续下去。但查理的纵容和安杰利娜对纵容的沉迷恰巧证明了这份渴望——这些欲壑难平的空洞——任由多少1966年的波尔多酒也无法注满。

乡间小屋就在眼前了，他突然说道："你是否想知道，为什么你夹在我们中间，我仍然感觉这么放松？因为你一直在这儿，你什么都不用做，就是在这儿。你真的来了反倒更好。继续下去吧，再糟糕都行，我们也好知道究竟能发生什么。"

第三十章

我与查理的交谈（二）

8

我需要的，厨房里都有，三个平底锅同时烹饪。鸡蛋、番茄、蘑菇、面包、煎羊肉、培根，还有血肠。查理在榨橙汁。

安杰利娜从楼上下来，拿着空的麦片碗和马克杯，早餐刚好完成。

"你在做什么？"她问，"在楼上都能闻到香味。"她的语气说明，培根的魅力已经对她失效了。

"亚当在做早饭，"查理回答，"饿了吗？"

安杰利娜看了看平底锅："圆的是什么？"

"伯丁诺阿，"查理说起了法语，听起来颇有滋味，"血肠。"

"恶心，恶心，恶心，恶心，恶心。太恶心了。"

查理简直要笑得背过气。

"浑蛋，"她骂着，好像我们故意选择这种食物来恶心她，她看着查理，"你知道这东西里面有多少胆固醇吗？"

"肯定不如三个抹了黄油的牛角包。"

我站他这一队。

"算了吧，"我说，"还有番茄和蘑菇呢。"

"我吃过早餐了。我得和孩子们 Skype 聊天了。"她说着走开了。

"呜呜呜。"查理声音很大，似乎故意让她听到。

早餐后，我待在客厅里。查理开着吉勒的雷诺车去了马孔的大卖场。出发前，他大叫着和安杰利娜道别，安杰利娜则留在楼上没有下来。

查理回来的时候，我仍深陷在数据库之中，那位女士也一直没有露面。同时，一封来自曼迪的邮件弹了出来。

> 如果你想做点什么，来挽救你和克莱尔的关系，最好要趁早，不要耽误了时机。克莱尔的弱项（或者说是开发程度最低的一项）是 S——压力之下，她很容易变成感觉型。另外，你也得知道，你是 F 型——压力之下，你很容易做出错误的决定，不管是在情感上还是物质上。

即便我没有与克莱尔复合的打算，这段信息也让我觉得不舒服，它在提醒着我，村子以外的世界正在发生变化。这所谓的"感觉"是否指在夜半的酒吧里听音乐，或是给风琴手雷的一个电话呢？

安杰利娜下来的时候，我和查理还在整理购物袋。"午饭吃什么？"她问。查理拍了拍肚子："我们刚吃完早午饭，非常不错，肚子也满意。"

"你们刚吃完早午饭，算了，我吃个苹果就好了。"她什么都没拿就走开了。

"经前综合征。"查理说道。

"我可听见了。"走廊里传来她的声音。

"就是让你听见的，快回来，你没拿苹果。"

我猜如果没有我在场，他或许会给她做个三明治吧，但骄傲不允许他在我面前做出这样的事情，这让他心神不宁。安杰利娜回到了楼上。

下午过半，我还在工作，查理走了过来："在干吗？"

"试着给一架 767 修好引擎，趁着飞机还在天上。"我说。

"不算什么难事。"

"没人在机上，所以不难。"

他笑了起来："有时间出趟门吗？"

我合上电脑："也是该休息了。我省下了午饭时间工作，今天的工时也该凑齐了。"

"去喝杯啤酒？"

"太好了。"

我们坐在法国的乡野，沉默地喝了会儿酒。风暴云越积越厚，我的头脑里酝酿着一些很难说出口的话。

"查理，"我还是开了口，"如果我越界了，请一定要提醒我，但——"

"想说什么就直说吧，我不会介意。"他又递了瓶喜力给我，"我的工作至少教会我一件事，手上的信息越多，结果越好，大部分时候都是这样的。人们总以为谈判想要取胜就不能太过咄咄逼人，但很多时候，如果你明确提出想要的东西，对方想办法满足你，整个案子就会简单很多。有时候你都意识不到会这么简单。"

他聊得兴起，我任由他说下去。

"就拿克莱尔举个例子，她想卖掉公司。我之前接过一个类似的案子，一家硅谷的企业想要买下一家咨询公司，对方的老板是一个很有魅力——又很自大——的男人。现在的焦点就在于要给他多少钱，让他留下来。这样他就会开始盘算，自己到底值多少钱。但实际上，他们根本不想留下他，他也不想留下来。我弄明白了他的心意，整个合并案完全翻了盘。"

"是他们告诉你的？他们相信你？"

这个问题毫无必要。毕竟几个小时前，我曾向同一个男人坦承，自己爱上了他的妻子。

"大部分时候吧。"他顿了顿，"要是现在我手底下有本《圣经》，我肯定不会承认，有好几次我趁着去厕所的时候把 iPod 留在了谈判室里，开着录音功能。但我只有为了达成双方都满意的结果时才会用上这些录音。"他啜了口啤酒，"你也说说吧，怎么解决我们的问题？"

"我还在想。如果你早上跟我说的话，跟现实结果正相反该怎么办……我是说，你们家里还有孩子，对吧？我也很愿意跟你谈一谈……怎样才是最好的办法，对咱们每个人都好的办法。"

话已出口，和我预想的完全不一样，但可能也没有更好的表述方法了吧。我做好准备迎接查理的嘲讽和反击，但他只是简单地回道："谢谢，我记下了。"接着就笑了起来。"我们都在努力做到最好。就像在很多并购案里面，协议怎么签早就该是板上钉钉的事了，但双方就是意识不到。我们的工作就是帮助每个人看清形势，把事办成。"接着，他又说，"如果你愿意的话，可以多跟我讲讲克莱尔的事。"

"我们只是分开了——几天之前。"

"所以这就成了你过来的借口——你需要人说说话，趴在老朋友肩膀上哭一场。别担心，我不会被这些表面功夫唬住。但你跟克莱尔确实已经分手了？"

"是的。"

"你们两个都能接受这样的结果？"

"说实话，我根本没工夫去想这些。"

这话说得不好，语气里只有冷漠和麻木。我又补充了一句："我们的关系越来越平淡，已经很长时间了，我们都有这种感觉。"

"你是不是说过，你们没孩子？"

"我们试过了。她是个好人，至少能忍受我。我们曾经是同事。没有不好的回忆，没有吵过架，一直都向前看。"

"所以呢？"

"是我付出得不够。我没有付出过真心，没有送过花，也没有戒指，更没有古董做生日礼物。"

"因为你不想放弃曾经爱过的人，对吧？"

我没有回答。他是对的吗？我对安杰利娜无法割舍的感情是否成了我和克莱尔一切问题的源头？也有可能是查理，他在把失去安杰利娜的恐惧投射在我的身上。

"可怜的浑蛋。"他又一次把我定义为"可怜的浑蛋"，很显然是把我的沉默当成了默认。

"这如果是真的，可怜的就是克莱尔了。"我说。

"她那么爱你，为了让你高兴，宁可选择离开你。"

这或许是真的，但我们分开的原因正相反：我们都把个人利益放在了感情关系之前。

"我倒是想谈谈我自己的一些看法，"两瓶啤酒下肚的查理继续说道，"如果说世界上有两种人，给予者和接受者，我猜克莱尔是个给予者。"

"那我就是个接受者了。"

"就从这点说起，这也不是坏事，因为给予者和接受者需要彼此。我们中的有些人更擅长付出真实的感情，而非接受，所以我们得感谢那些接受感情的人。每当我给予安吉某些东西，她脸上的表情会让我异常兴奋，那是她从接受的过程中得到的喜悦。"

或许在他准备玫瑰香槟的时候，想象的就是这种令他放松的表情，而不是盘算着怎么杀了她，再杀了她的情夫。

查理的分享被接受者的出现打断了。

"对不起，我刚才脾气不好，我在赶一篇稿子。要我给你倒点酒还是别的什么吗？"

"你坐下吧，我给你弄杯玛格丽特。"查理回答。

"别弄得太烈，稿子还没写完。"

查理去了厨房，几分钟后，拿回了一杯玛格丽特和两瓶啤酒。"想不想听个笑话？关于一个法国人、一个澳大利亚人，还有一只贵宾犬？"他问。

"别，别讲笑话——我讨厌笑话。"安杰利娜拒绝得干脆。

但她还是留了下来，查理开始讲笑话——口音、细节一点都不少。我笑个不停，查理的目光一直停留在安杰利娜身上。他什么都没说，就成功提起了那个话题。

"我有一个问题，"她说，"这个故事里一共有几个人？"幸好这问题直接提给了查理，否则我一定会直接说出"三个"。

查理顿了顿，点点头："有道理，我还有一个更好的。"

"可以了，"安杰利娜打断了他，"你们俩一边喝啤酒一边讲笑话，实在有点古怪。"

"再讲一个，"查理不死心，"有一个新西兰人……"

"千万别告诉我这笑话里还有羊的事。"安杰利娜说。

"当然有羊，否则我就得给他安排只狗了。话说这个新西兰佬正在接受采访……"

查理讲了更长的版本，模仿了新西兰人的口音，听起来跟澳大利亚口音如出一辙。

"……还有那些棚子，都是我搭的。但他们会叫我搭棚工默里吗？不会。还有那些木桩，他们会叫我打桩人默里吗？不会。"

我接过话头，把笑话讲完："你干了一只羊……"

安杰利娜起身走了。

没了听众，我们把话题转回到给予者和接受者上。

"我觉得你把这一切都太简单化了，"我说，"我负责做饭——之前负责，我跟克莱尔收入差不多……"

"但取悦她不是你生活中的主要动力，对吧？"

"也不是她的。"我说。

"我不了解她，"他说，"但你可能会收到惊喜。"

查理是对的，他不了解克莱尔。她肯定会第一个跳出来承认，软件宝宝才是她生活的全部——并不是我们的关系——至少在过去的四年里面。更重要的是，我怀疑他对于安杰利娜的定义是否准确，她是否为了让查理舒服才选择成为接受者？

安杰利娜再次出现，让我们再讲一个笑话，难以置信。

"安吉看来还有点事要做，晚餐定在八点，"查理说，"我负责烹饪，她负责娱乐。"

"那我该做点什么？"我问。

"取决于她想让你做什么。"

第三十一章

表演时间

我回到房间，距离晚餐还有两个小时。我打开电脑，想要再工作一会
儿，但很快改了主意。我不会在三杯啤酒下肚之后到访客户的办公室，即便
正在远程办公，也应该遵循同样的原则。喝酒不开工，想象中的大手拍了拍
我的肩膀，真是个有原则的好员工。接着，我登录克莱尔的电邮账号。

曼迪的信息引起了我的警觉，对克莱尔收件箱的匆匆一瞥证实了我的怀
疑：雷·厄普顿，大概就是风琴手雷吧，这个花园小矮子。但最初的发件人
竟是克莱尔：

请我喝一杯的邀请过期了吗？

厄普顿先生当即回复：

可否赏光让我请你吃晚餐？

接着，一分钟后：

也许你想留在伦敦，在晚餐之后。

浑蛋。我在谷歌上搜索"雷·厄普顿",希望最匹配的结果就是"臭名昭著的恋童癖",然而弹出的却是:"兼职教授雷·厄普顿:创业精神与小企业项目讲师,克兰菲尔德。"照片对得上,简历里也提到他是一支当代民谣乐队的成员,在20世纪80年代发行过专辑,反响颇为不错。克莱尔可以找到更好的。

楼上传来淋浴的水声,查理专心地准备着餐前马天尼,用上了我带过来的杜松子酒。风暴云逼近,我们坐在客厅里,眼看着天光一点点被黑暗笼罩,气温尚可。

"我稍微研究了一下克莱尔的求婚对象。"他突然说。

我有点迷糊,好一会儿才明白过来,他是指她公司的潜在买主。

"他们还不错,但她得明白他们的策略。他们对于策略多少有些保留,但总的来说,他们是想挖掘出一两件明星产品:像亚马逊或是脸书。他们会买下一大堆公司,让这些公司各自发展,最后可能只会剩下一两家。"

"他们怎么知道谁会成为下一个明星?为什么不直接留下基础更好的——"

"他们的办法是这样的,他们会把主要的管理团队留下来,如果这些公司在接下来几年能够达成极高的业绩,管理团队就能得到大笔奖金。没什么损失,领头的人都会拼命工作,但他们也得承担风险。大部分都会失败,但也有凤毛麟角能成功的,也许有吧。"

我们关于公司并购的讨论被安杰利娜打断了,她沿着楼梯隆重登场,却也小心翼翼:她身穿一条亮黑色的贴身短裙,从上至下点缀着一排扣子,光着两条长腿,一双绑带高跟鞋。红唇。手里拿着马天尼。似乎不太符合居家晚餐的着装要求,更何况是在乡间农舍里的晚餐。这似乎也不符合安杰利娜日常的衣着风格,除非她想要刻意扮演某个角色。

我在她的眼神里发现了一丝——不只是一丝——紧张,就好像她出现在我卧室的那晚一样,还有同样极致的红色诱惑。很显然,这才是娱乐掌门人该有的样子。

我们的晚餐很棒，佐餐的红酒无疑也是佳酿。食物放在盘子上，酒装在大酒瓶里。查理主导了这场对话，至少发表了一篇有关情色艺术的演说。他坚持认为艺术家必须找到情色与色情的界限，知道什么可为，什么不可为。这让我想起了两天前，他把我们抓了个现行之后，对于玫瑰香槟的解说，他的话似乎也是在有意无意地评论他妻子的服装。如果安杰利娜在掌控全局，那她的管理方法还真的有点不同。

直到甜品上桌，查理才开始直言不讳起来。有些事情就要发生了。"这是她最喜欢的场面。焦点的中心，两个男人。"

"别说了。"安杰利娜打断他。

"她想要的就是被人抓住，"他接着说，"她喜欢有人看着她。"

"在幻想里。"安杰利娜解释着。

"她告诉我了。"我说，没问题——现在你们想让我怎样都可以。

"表演时间到了。"查理宣布。

"别逼我。"安杰利娜说。

这应该不是一个精心设计过的桥段。安杰利娜箭在弦上，查理异乎寻常地冷静。我不知道等待着我的会是什么。

或许我的生活一直被精心保护着。我的音乐事业发展有限，还不足以吸引追星族，数据库行业更是跟纵情酒色搭不上边。我所有的性经历都是严格地发生在一对一的环境里。对于三人行——如果没有什么特别安排的话，这就该是我们下一步的发展方向了吧——我只能想到两个足球运动员和一个倒霉的粉丝，一并醉倒在酒店的房间里。事后良心作祟，不免有些后悔，特别是当一夜春宵的故事出现在《每日电讯报》上之后。

我的礼貌退出即可把一切终结，但安杰利娜也有同样的选择机会。好奇心——又或者是强制感——让我留了下来。

查理站起来，倒了两杯酒，递给我一杯。

"我的呢？"安杰利娜问道。

"你喝得够多了。"查理回答。

安杰利娜抓过酒瓶，给自己倒了一大杯酒。查理微笑着，关了灯。西沉的太阳为屋子里填满了光亮。

安杰利娜走到橱柜旁，打开 CD 播放器，我则随着查理的指引，坐到了沙发上——在屋子的另一端。《因为这一夜》的前奏响彻房间。安杰利娜走到我们和壁炉间的空地上，身后传来她经过录音室修饰过的歌声，对比我们初次在酒吧相识的夜晚，多了点俗气之感。

她面对着我们，似乎有点尴尬。她喝了口酒，把杯子重重地放到橱柜上。这样的阵势表明，她内心的演员之魂即将复活。她转过身的一刻，仿佛切断了和我们的联系，她的全部身心都奉献给了表演。

安杰利娜如此投入，她究竟是为了谁？我越来越糊涂，兴致已然阑珊，安杰利娜应该也意不在此了吧。那么查理呢？我感觉不到他有任何享受的情绪，除非他追求的是精神上的满足。

还是那句话，我本可以就此离开，但安杰利娜显然想要把她和查理设计好的一切都完成，而我也想知道他们到底想要做什么，为什么要这么做。我不想中途退出，我也不想抛下安杰利娜不管。

她舞蹈着，旋转着，距离是短暂的，反而让她靠得更近。此刻，她就是当下的缩影，她把我们连在一起，激情达到顶峰。她渴望着我，我也渴望着她。

一条闪电划破黑暗，几乎就在同时，耳边爆发出一声惊雷。电路被切断了，音乐断了几秒，很快又恢复。音乐声再起，还是她的声音又从头开始播放。如果上帝或者雷神想要阻止我们的罪恶，那他还得再加把劲才行。几秒钟后，大雨倾盆而至，嘈杂的雨涌进耳朵。

第三十二章

我的表白

我们都起晚了。我终于挣扎着来到厨房，冒着让查理震怒的风险，打开了咖啡机。

我轻叩他们的房门。

"谁？"安杰利娜问着却笑出了声，"快进来。"

看着她和另一个男人躺在一起，这感觉真是古怪。

我绕到床的另一侧，把查理的加浓咖啡放到床头桌上。他似乎还没睡醒。安杰利娜半坐起身喝着咖啡，微笑地看着我，送给我一个飞吻。

"谢谢你的咖啡。"查理嚅嚅着向我道谢。我走出了屋子。

又开始下雨了，淅淅沥沥的，气温降了不少。一整个上午，我们分散在客厅各处，各自对着电脑。

这是第一个没有牛角包的早上，对我来说却不算什么损失。

安杰利娜弄了点水果，又从冰箱里找了点熟食当午餐。虽然换了厨师，但我也没说什么。下午过半，查理开了一瓶勃艮第酒。我把工作放到一边，挪到一把扶手椅上，看着壁炉里的火光，听着窗外的雨声。

有一段时间，我们都睡着了。安杰利娜起来的声音弄醒了我。"我要上楼了。"她说。查理也跟了上去。

看来我的任务已经结束了。不管他们之间有过怎样的矛盾，查理都用他最习惯的方法摆平了，当然还有他令人难以置信的大度。不管安杰利娜是否感激他的这份礼物，她都一定已经清楚地接收到查理的信息：我会为你做到任何事情。

所有的一切，在一瞬间就走到了终点。我走出屋子，坐在院子里，眼前只有蓝叶云杉。大雨又起，我回了屋子。我不想工作，便偷偷溜上楼，关上了他们卧室的房门，弹了会儿钢琴。

夕阳西沉，安杰利娜和查理重新回到了客厅。

"你刚刚在弹什么？"安杰利娜问我。

"肖邦。《离别曲》[1]，我会弹的为数不多的古典钢琴曲之一。没有歌词。

"很好听。谢谢你。"她又转向查理，"我饿了。"

"我不想做饭。"他答。

这话如果出自他人之口，根本就是无伤大雅的事情，但这是查理。安杰利娜沉静了一会儿才再度开口。

"我们去村子里吧。"

餐馆已经关门了，但他们还可以为三位客人供应红酒焖鸡，如果我们不介意和餐厅员工一起用餐的话。餐厅的老板是一对夫妻，比我们年轻些，孩子们正穿着睡衣来向他们道晚安。

晚餐中有一段时间，查理几乎被忘在了一边。我和安杰利娜聊着墨尔本的故事，他一直没开口。他摆弄着手里的酒杯，看着我们回忆往昔，好像一对老夫老妻。我注意到他看着我们的眼神，准备换一个话题，他却突然站了起来。

"我要给纽约打个电话，赶在周末结束营业之前。咱们回家再见。"

---

[1] 原文为 *Tristesse*。

232

我们都没有提醒他今天还是周四，不是周五。安杰利娜也站了起来，想跟他一道去，他却朝我们挥了挥手，示意她坐下来。

"有一些账单要对，至少要十五分钟。"

在半明半暗的天色里，我和安杰利娜往家走去。

"查理还好吗？"我问。

"不知道，现在有点复杂。"

"能跟我讲讲吗？"

"你和查理之间到底发生了什么？"她反问我。

我暂时没有回答，换了个话题："兔子不太够。"

"你也跟查理聊过。不管你和克莱尔的关系出了什么问题，跟我们的情况是不一样的，也跟你和我之间的情况不一样。"

"昨晚——"

"我们在说查理。"

"我问你——"

"这对我来说很重要，对现在的你我来说也很重要。你几乎从没跟我讲过你们俩的事，只是说过你们想要孩子。"

"过去是这么计划的，现在也没有什么新的计划。我想我们都选择了放手，各自成长，完成各自的目标。"

"你们两个分手，是不是因为我开始联系你？"

我本想立即回答她"当然不是"，就像当初她写邮件问我时我的快速答复一样，但她又强调了一遍这个问题的重要性。

"我必须得知道。"

"为什么？"

"因为……我要负部分责任。我以为你是个安全的选择——的确如此——对我们两个来说都安全。"

"这里没有你的责任。是你提醒了我，还有很多美好的事情在等着我，都会好过我和克莱尔之间逝去的感情。我觉得，即便到了这把年纪，我也要试着去拥抱这些美好。"

"你是说你和我，在墨尔本的日子？"

"曾经在墨尔本的日子。"

"所以你才会过来？在二十年后？"

"二十二年，如果仔细算算的话。"

"你要知道，出现这种情况的概率实在微乎其微……我真的不敢相信，这么久了你还在想着我。我一度都不敢确定，你是否真的那么在乎我。现在，你告诉我，你挂念了我二十……二年。"

"我当然在乎你。我告诉过你，我爱你，我是认真的，现在也是。"

我们走出村子，踏上回家的崎岖窄路。安杰利娜停了下来，转过身看着我，我也看着她。

她的眼神在告诉我"我也爱你"，但只有那么一瞬，接着她便移开了目光。

"亚当，你疯了。我们这是在偷情。我也爱过你，但已经……二十二年了。"

"我也有自己的生活，我过得也不错。我也爱过克莱尔，我们有过很多幸福的回忆。但每次我一听到悲伤的歌曲，脑子里想的就都是你。"

这都是真的，但这些话我竟从未大声地承认过，或许是因为这听起来太可悲了吧，就像现在的我一样。

安杰利娜继续向前走着："天哪，我觉得太……"

"受宠若惊？"

"感动，罪过。我把你叫过来，你却怀着这样的想法……不只是这样。"

"你应该感到厌烦吧。1989 年的时候，我没有做出任何承诺，但你真正想要的就是我的承诺吧。"

"当然，我当然想要你的承诺。还记得我给你写的信吗？我告诉你，我糟透了，但我还说了……你知道我说了什么。"

234

她捏了捏我的手又握住。我们再没说一句话，沉默地走回了家。

查理的事情看来已经办妥了，甚至还有时间打开一瓶梅子甜酒，给三只杯子都添满。他脸上恍惚的表情已经不见踪影。

"该你来负责娱乐了。"他说。

"我看还是弹琴吧。"

"挺不错啊。我猜你们两人过去在菲茨罗伊经常合作吧。"

"并不是，只合作过几次。"

我走到钢琴旁边，坐好，开始演奏《棕色眼睛的女孩》，就是我们相遇那晚我在弹奏的歌曲。唱到一半，安杰利娜走了过来，站在我旁边，和我一起唱起了"沙啦啦啦"。她没有碰我，我们也没有交换任何眼神，只是老实地唱着毫无特殊含意的歌词。但我们之间的感情已经变了，就好像理查德走进廉价的中餐馆那晚，让安杰利娜开始思考是否该离开他的那一刻一样。

一曲终了，安杰利娜把手搭到我的肩上，问我："你会弹帕蒂·史密斯的《因为这一夜》吗？"我回答："还有布鲁斯·斯普林斯汀。"她又说："真好。"我弹起了第一段旋律，她唱起了第一句歌词，一切戛然而止。

"接着我们还唱了《一体两面》，还记得吗？"我问。

"我当然记得。"

她当然记得，但查理为什么要让我们回顾这些特别的瞬间？就是他要求我们合唱的。

安杰利娜唱出了琼妮·米切尔的第一句歌词，那是有关天使秀发的描述——这是我一开始并没有注意到的，我也没理由会注意到这些——我配合着奏响了钢琴。

整整一周，我和查理之间保持着相对的平等，气势的天平甚至还偏向他那一边。他随时可以插进来，他也这么做了，不管什么时候，哪怕是在凌晨三点也可闯入猿人洞，手里还要带上一瓶香槟。在这段三人行的故事里，我可能更为积极，但查理才是决定全局的人，他坐在扶手椅上观察着一切，手里只差一根燃着的雪茄。

现在不一样了，没有什么可以切断我们之间的联系。安杰利娜就站在我的身边，我们触碰着对方，她在唱着旧日的朋友、变幻的世界，还有生活的幻想。

"你还记得我们走的时候，你弹了什么吗？"第二首歌结束，她又提出了一个问题。

我用音乐回应——《你会失去那个女孩》，查理笑出了声。

"你从没跟我讲过这段。"他边笑边说。

"我要是讲了，你现在就不会觉得这么好笑了。"她答道。

"你会弹《安吉》[1]吗？"他问。

这样的要求毫无惊喜可言。那是滚石乐队的一首歌，描述了梦想化为乌有，彼此该说再见的伤感时刻。我弹了几个乐段，安杰利娜按住了我的右手。

"可以了。"

"怎么了？"查理问道。

"别在今晚，可以吗？我们正高兴呢。"

"不过是首歌而已，"他说，"别为了这点小事生气。"

"对不起，"安杰利娜说，对象是我，"没什么大不了的，弹点别的吧。"

"再来一首。"

"你选一首吧。"安杰利娜说。

我知道我想弹什么，但我不确定能否记下全部的歌词。我在欧洲之星的列车上听过几遍。

我想起了弗雷迪·夏普。我的爸爸曾经跟我说过黑键弹得更响，我唱起

---

[1] 原文为 *Angie*。

了《再见，安杰利娜》，脑子里都是他的声音，还有鲍勃·迪伦的。

　　我大概是忘了唱有关巨人谷、蜂蜜和牛奶的歌词，但我丝毫没有落下有关冲动、迷失和复仇的部分。我也不曾忘记，就是这首歌把我送到了她的门口。

　　安杰利娜靠在我的身上，听我唱完了最后一段歌词。这首歌仿佛天启一般，述说无物又描绘万物，真实地记录着我此刻的心情：白马、天使、不具名的骑士，告诉我你渴求的，就能变成你的。

　　我使劲敲击着钢琴，实实在在地把它当成了一台打击乐器。我把整个灵魂融化进最后的乐段，这灵魂，只和我身旁的女人同在。

　　噢，安杰利娜。

　　查理走开了。

　　我把手指从琴键上挪开，覆在搭在我肩膀上的安杰利娜的手上。

　　"告诉我你渴求的。"她说。

　　这不是什么困难的问题："我渴求着你。"

第三十三章

"我爱你"

　　我把安杰利娜拥进怀里，眼泪淌在她的脸上，我也几乎潸然泪下——那是释放的眼泪，观察、等待和迷惘终于过去，两颗心终于可以互相感应。我抱着她，我能感觉到歌声里的痛苦正在慢慢消散，取而代之的是一阵纯粹的喜悦，源自我再次拥有安杰利娜的可能。

　　她的感受不会如此纯粹。她选择了我而不是查理，这便意味着放弃了一段长期的感情，还有随之而来的全部回忆。几天前，我也做了同样的事。但至少我们没有孩子要考虑，我也有充分的时间来做决定，克莱尔也不在我的身边。而此刻，查理和她只有一段楼梯的距离。

　　我拉住安杰利娜的手，带她来到我的房间，我关上门。突然，我想要和她融为一体，强烈的感觉冲击着我。她也感觉到了，她开始亲吻我，我褪去她的衣衫。我们对彼此是那么熟悉，不是因为过去几天，而是在澳大利亚的每一分每一秒。她也渴望着我，或许是想要埋葬伤痛，或许是在提醒自己选择的后果，又或许只是想随心而去。

　　我们的动作轻柔缓慢，但轻柔缓慢才不是我们需要的。一分钟后，衣服被胡乱地扔在地板上，我们倒在床上。她把我的身体翻过来，但太靠近床边了，和我一起翻倒的不只是台灯，还有整个床头柜。

　　我们都笑了起来，歇斯底里的、不可遏制的笑声充满了整个房间。这就该是性爱的魔力啊。那一刻，安杰利娜不再是讨厌澳大利亚红酒、致力推动男女机会平等的干事，她是我的伴侣，我最好的朋友，我二十六岁时爱上的二十三岁女孩。我亲吻着她的身体，她还在笑着，把身体探出床边，想要摆正柜子。

我把台灯摆好，开开关关看它坏了没有，接着是地板上躺着的黑色 iPod 播放器，还是开着的，屏幕一角显示着麦克风的标志。

"你在干什么？"安杰利娜问。

我把一根手指放在唇边，把 iPod 拿给她看。她和我一样，过了一会儿才明白这机器意味着什么。接着在她转头的一刻，我看到了她眼里闪过的怒火。她转过脸不再看我，仿佛是想给自己一个空间想清楚查理到底做了什么——又为了什么。

这是对个人隐私的严重侵犯，但我们又该有什么隐私可言呢？有那么一瞬间，我很想为查理奉献上一场精彩的表演，假装我们做遍了出格的事情。如果这件事发生在一天之前，或许还有些趣味，但此刻，这只会是一场残酷的折磨。

也许他想偷听妻子和其他男人做爱的声音。但，前一天晚上他已经亲眼见证过了，还有在周一的花园里。录音也不会给这件事带来任何新意了。

查理知道安杰利娜喜欢被人偷看的癖好，也丝毫不差地将她的幻想变为了现实。或许安杰利娜在床上的沉默吓到了他，最具毁灭性的对话早已在客厅上演。

又或许他只是想录下我的口音以备后用。

也许这一切都只是我的揣测——也许查理只是想知道我们之间发生了什么。在这一点上，我们是共通的。"再糟糕都行，"他曾经说过，"我们也好知道能发生什么。"

他想要赢，他也采取了强硬的手段。也许在我刚刚纯粹的喜悦里也隐藏着一丝胜利的骄傲，查理一定能感觉到。换作我面对相反的结局，我也会有着和他同样的感受。我把 iPod 关上，在我身后的安杰利娜翻了个身。我转过头看她，她正面对着我，闭着眼睛。

我看着她的呼吸渐渐慢下来。我去厨房倒了杯水，又回来，继续看着她。

早上五点半，我推了推她的肩膀："想要看日出吗？"

"当然想，但我太累了，你替我去看吧。"

我吻了她，走出屋子，沿着台阶走到阳台上。新的一轮太阳升起来了，查理和安杰利娜还在睡着。我的思绪平稳下来，我开始思考需要处理的问题：搬到澳大利亚，带上孩子们，和查理谈清楚。这一切我都可以做到。安杰利娜了解我，我也了解她，我们爱着彼此，我们可以解决一切问题。我回到床上，第一次踏实地睡了过去。

八点半刚过，我便醒了。安杰利娜还睡着。我永远依恋的女人啊，这是我一生中和她共同迎来的第三个早上。

我亲吻着她的眼睛，睫毛一阵翕动。我多想永远停留在这一刻，不再去想其他的一切。但这不行，在这明亮的日光里，我是否在害怕，她会不会重新思考自己的决定？

几分钟后，查理出现在门口，手里的托盘上放着咖啡、橙汁、牛角包，还有安杰利娜的水果和麦片。我们的衣服还都胡乱地堆在地上。

"昨晚你的安杰利娜还真厉害，"他说，"我还等着吉勒过来砸墙呢。"

我们的声音这么大吗？但很快我就意识到，他是在说我弹唱的那段《再见，安杰利娜》。他一定是在楼上听到了，比我房间里的任何其他响动都要听得清楚。

"你知道那首歌？"我问。

"我当然知道那首该死的歌。"他答道。他的声音里有着侵略的意味，我的判断不无根据，他是个男人，正在为妻子和妻子的情人送早餐，还被后者质疑对流行乐的了解。安杰利娜好像是醒了。

查理走到门口，转过身，看了看屋子里凌乱的一切。或许在接下来的四十年里，他的眼前不会再出现这样的场面。

240

"我要去一趟欧坦市场，"他说，"也许就在博讷吃午餐了。"

"我们也要去吗？"安杰利娜睡眼蒙眬地问道。

"是我欠亚当的，别忘了那天晚上。"

我猜他是在说猿人洞那件事。在这一点上，他丝毫不欠我的。也许他是在说柠檬树的事，还有 iPod 监听，以及把我当成送给安杰利娜的小白兔。

"别忘了咱们明天下午就该走了。"他说。他的意思再清楚不过，你最好在这之前把一切都搞明白了。这样对我们都好。

几分钟后，传来了前门关闭的声音。我打开卧室门，让清爽的空气吹进来。天气又回暖了。

我们吃过早餐，安杰利娜又躺回到床上。"不着急。"她说。

我抱住她柔软又赤裸的身体，她的头蹭在我的肩膀上。

晨光穿过窗子，我们享受着肉体的欢愉。我们越发地游刃有余起来，快乐的边缘近在咫尺，忽而又飘远而去，即便没有刻意地控制住自己，也不会冲破这愉悦的极限。

我又睡了几分钟，醒来之后，我提了一个问题。她在我们上床前说过的话都是真的吗？一切都是真的吗？

她吻了我："没有咖啡我可无法开口。"

我迈着四方步走进厨房，光着身子，查理正坐在桌边。他看见了我，我本能般地遮住了身子，似乎是出于羞怯，又是出于防御。

"吉勒把车开走了。"他说。

"我来做晚饭吧。"我说。我只想把话题固定在操作层面的事情上。

"如果你愿意的话，当然没问题——反正我也要走了。"他说着，声音有点嘶哑。这个总是带着微笑的大块头，这个在对阵全黑队时触地得分的传奇人物竟然哽咽了起来。我相信他比我要更了解他的妻子，他一定是在送早餐的时候，就读懂了他妻子的决定。

我想要抱住他，但作为一切问题源头的我、周身赤裸的我最终还是放弃了这个念头。

回到卧室的时候，安杰利娜已经坐起来了。她没有抱怨缺席的咖啡，反倒等我走到床边时，悄声说了一句："我爱你。"

这是二十二年来，她第一次告诉我她爱我。这一句也就够了，我终于得到了我所渴求的，也完成了我此行的目的，尽管我曾认为这是多么遥不可及。但就在这幻想成真的一刻，在我们爱火重燃的一刻，我的内心深处仍然不敢期待安杰利娜会因为我而离开查理。

我亲吻着她，一遍一遍地亲吻她。如果没有查理，我们可能会在床上缠绵一整天。最终安杰利娜还是裹上了浴巾，上楼洗澡去了。

我在镜子前刮胡子，脑子里突然出现了一段旋律，就是这首歌曾给了我勇气去完成我现在已经完成的事情。《钟爱一生》，那是喜悦之歌、庆祝之歌，更是胜利之歌。

我看着镜中的自己翕动着嘴唇想要唱出声。就是那一眼，那一刻，我经历了所有男人一生中总会到来的时刻。

我看见了我的父亲。

因为剃了胡子，再加上年龄的增长，我的脸瘦了不少。我如今的年纪比父亲过世时年轻四岁，比他离开我和妈妈时成熟八岁。那时的我只有十四岁——跟安杰利娜和查理的儿子一样大——我的父亲决定抛下我们母子二人，去追求他的理想。

我仔细看着镜中的自己，是我自己，而不是父亲的影子。我的眼神让人难受，透露着冷漠，跟我印象中的自己截然不同。我眼前的男人正在破坏一段维系了二十二年的婚姻，还有三个未曾谋面的孩子——两周后，他们的父母会坐下来，告诉他们这个坏消息。我不知道他们能否分辨出第三方应负的责任，但我知道，时候到了，我就必须得直视他们的眼睛。

剃刀在脸上划过，力量正在离开我。

车库门打开的声音传了过来，几分钟后，是厨房门被甩上的声音和汽车的轰鸣。

我沿着走廊来到客厅，中途经过厨房。查理的确已经离开了，安杰利娜应该还在楼上。我坐在钢琴旁边，无意识地选了首曲子。我多希望音乐能带着我远走，来到一片没有空虚的境地。

我十三岁时，一天放学后，爸爸叫住我，那时妈妈还没有下班。

"之前喝酒了吧？"

他怎么知道我们前晚曾经喝过袋装红酒？我回家的时候，他不在。我的确喝了几杯，但半点醉意都没有，连妈妈都没发现。

他笑了起来："给你点建议吧，小子，在浴室里唱什么歌可得提前想清楚。你不是选了首迪恩·马丁的吗？"

我想起来了，这真是有点窘迫，一大早就开始唱《爱老酒的小酒鬼》[1]。

"这就有点像一场失败的交易，"他说，"你付出的比得到的要多，希望你能吸取教训。"

我不知道这里的教训是指喝酒还是歌曲选择。

现在，我想唱出我的感受，至少能让我想清楚，就好像我离开克莱尔那晚，一直听着《再见，安杰利娜》一样。我胡乱弹着，杂声最终编织成杰克逊·布朗的一首歌。

歌词很简单，有关幻想代替现实、回忆的闪光、垂暮的天使，还有捉不住一切的网。细节已经不再重要。至少还有一千首歌已经提供了足够的细节，那些有关失去的爱。失去的爱。一切都结束了，我无能为力。

安杰利娜走下楼，站在我的身边，静静地听着。她光着脚，穿着名牌牛仔裤和粉色的单衣，真的美极了。

---

[1]《爱老酒的小酒鬼》（*Little Old Wine Drinker Me*），美国歌手、演员迪恩·马丁发行于 1967 年的单曲。翻唱自同年初罗伯特·米彻姆（Robert Mitchum）发行的单曲。

"昨晚我是认真的，"她说，"我以为二十年前我已经告诉过你，但你好像没有听到，或者是你不想听到。"她用双手捧起我的脸，望着我的眼睛，告诉我："我爱你，都格拉斯，亚当，你就是我的灵魂伴侣。如果你想和我在一起，我就会和你在一起，懂了吗？"

"我懂。"我说。

她的声音里满是疲惫。是因为她已经听出了歌里的伤感吗？还是她和我一样，陷入了同样的境地？又或者她说出的这些话，在她眼里只能活在过去？

阳光透过窗子照进来。"我们能去散个步吗？"我问，"我也爱你，但我们也得谈谈。查理今早哭了。"

她退了一步，摇摇头，走到窗边，呆呆地望着外面。我一言不发地坐在琴凳上。

最终，她转过身："我去穿鞋。"

第三十四章

了解安杰利娜

❡

我们沿着山路往上，路过黑莓树丛，还有紫色的羽扇豆，黄的、白的、暗橙色的蝴蝶飞舞其中。天气暖和又不热，周围一片沉静，只有树丛中不时传来昆虫的嗡鸣。我只想沉浸于这一刻的感受之中，手里握着安杰利娜的手，身旁站着她。

她似乎也有着同样的感受。我们确实需要谈谈，但我们都知道，一旦开了口，这种幸福的魔力就会灰飞烟灭。我们走到山上的墓园，路旁有一条木制长凳，可以俯瞰整个乡村的景色。我们坐在长凳上，手指缠绕在一起，想要紧紧抓住这个时刻。

"你记得《卡萨布兰卡》里那句台词吗？"她问。

"'再弹一遍，山姆'？他其实从没说过这句话——"

"不是，是'我们永远怀念巴黎'。这真的是一句很有深意的台词。你会怎么看待生活？是活在当下，还是相信你做过的一切、说过的一切、听过的一切、感受过的一切，都能变成永恒？"

我亲吻她，她也轻轻地吻了我。我们望着远处的农田，出了会儿神。

我不是《卡萨布兰卡》里的里克，能替我们两个人思考。她也有自己的想法。或许我本可以把她指引到不同的方向上，但此刻很难实现。但是，作为男人，我不愿相信无声的语言，我想要把一切都说清楚——不是感情，而是现实中要面对的一切问题。我不知道是否应该从她的婚姻讲起，或者坦白自己作为查理继任者的局限性。只有一个办法可以涵盖这两个话题。

我刚想开口："跟我讲讲你的孩子吧。"她一定是感觉到了我的心思，把手指压到我的嘴唇上。

"别，先别说话。今天，我只想和你在一起，回忆我们的过去，珍惜我们此刻的感受，好像只有我们两个一样。"

我们当真这么做了。整个早上和午餐时分，我们一直走着，走到了隔壁的小村再回来。我们聊着山克西、在仓库里的公寓，还有在布朗家的圣诞节聚餐。

"我妈妈很喜欢你。"她说。

"是吗？"

"她觉得你很有意思，还有你讲的撒切尔夫人的笑话。她最终也记恨起理查德，他们费尽心思地帮他，最后连句感谢的话都没听到。"

尽管回忆里满是有意思的故事，但让两个四十多岁的人没完没了地讨论二十二年前维持了三个月的恋情，还时不时地停下来亲吻，用各种方式表达"我爱你"，显然不太容易。到了下午，屋子里的"大象"变得越来越难以忽略。

"说说吧，这究竟是怎么回事？"我问。

"你什么意思？"

"你和查理。如果你们两人之间一点问题都没有，这一切也就不会发生了。我不相信仅仅是因为查理的心脏病。你不是那种精于算计的人。"

"是你不知道我有多精于算计。"

"你知道那个在餐厅里端盘子的女演员吧？就是在洛杉矶，抢了你角色的那个。"

她笑了："你还真是什么都知道。你说得对，我离开查理不是因为他的健康问题，我甚至连找不到工作的理查德都能照顾。我重新接纳他，是因为他需要我。"

"那你们两个之间到底出了什么问题？我到底错过了什么？你们俩看起来就是一对快乐的夫妻——除了你说要离开他的时候。"

"你上一次睡别人的老婆是什么时候？在他的房子里，在他知情的情况下？事后还和他一块喝啤酒？或者在她脱衣服的时候，和他一起边看边喝？"

"我们都是成年人了，都可以自己决定和谁发生关系。我觉得我们那次很棒。"

她停下来看着我，或许是我轻描淡写的回答让她感觉有点失望。

"不是这个问题。你觉得一对孩子已经十几岁的快乐夫妻应该是这副样子，还是说你觉得他们二人之间存在一些潜在的问题？"

她说得对。一年前，希拉和查德及另外几对夫妻一起参加了某项"实验"。希拉总是反复强调，他们的生活是如何重新焕发了生机。但事后想来，那可能正是终结的开始，颓废堕落预示着衰败和毁灭。

"你知道我有这样的性幻想，"她接着说，"但幻想就是幻想，仅此而已。我们不应该把这看成拯救婚姻的唯一出路，用最终会导致我们分离的手段去维系这段感情。"

"已经糟糕到这种地步了？"

"时好时坏，在我用 Skype 联系你之前就这样了。我已经做了决定，这周之内我一定要做出选择：继续修修补补还是干脆退出。查理也一样。我们都已经尽力了，尽管做法有点古怪。我并没有把你看作查理的替代品，但你刚好和克莱尔分手了，我就在想，也许你来了，就能帮我们把这一切都了结了。但如果我知道，这么多年来你一直都爱着我，我一定不会这么做。但……"

"所以你利用了我？"我反问道，尽量让自己的语气听起来好像这不算什么。

"我以为让你享受一周的美酒和性爱不会对你造成任何困扰。我们做爱的次数比我预想的要多多了。我以为你会在我这边，但查理真的花了心思，他是个专家。但，真的，我什么也不知道。你在邮件里从来没提起过——你也没有给过我任何暗示。"

"跟我讲讲斯蒂芬妮、萨曼莎，还有……安东尼吧。"

"你怎么知道他们？"

"查理告诉我的。如果我们真的在一起了，早晚我都会认识他们，我会成为他们的继父。"

如果，就会，我陷入了虚拟的时态。安杰利娜缓缓地点了点头。但实际上，我们拥有的只有今天。

"他跟你讲过安东尼的事吗？"

"叫他道格拉斯？好像是有点……反应过度了。"

"我们都有点反应过度了。那段时间很难，他的爸爸快不行了，我的父母也分开了，还有——"她摆了摆手，示意我不要打断她，"还有萨曼莎，他跟你讲过吗？"

"是年轻点的那个还是稍微大一点的那个？"

"小三个月。她是雅辛塔的女儿，雅辛塔在她两岁的时候就过世了。"

"天哪，太让人难过了。"

我停在路中间。我想要抱住安杰利娜，好好安慰她，但该做这一切的时刻已经过去太久了。我也想让她抱住我，但我又不知该怎么开口。流逝的光阴让我们分离，我们之间的距离是我不曾想象过的。

安杰利娜静静地等着我接受这个现实，接着回答了我没有问出口的问题："抑郁和药物，不知道是哪个最终要了她的命。"

"药物过量？"

安杰利娜摇摇头："从西门大桥跳下去了，很难想象吧？"

"×。"

　　"我是说，你了解我们，我们都恐高，我自己、我的爸爸，还有梅瑞狄斯，雅辛塔也是。她怎么说的来着？这就是我所承受的痛苦：比你能想象的最大的恐惧还要深重。"

　　"一切都晚了。"

　　"太晚了。"

　　"所以也导致了你父母的分开？"

　　安杰利娜点点头。她的妈妈好像变成了动画片里的人物，还有一句台词：你多了份工作。

　　"萨曼莎基本记不起她的母亲了。对这个小姑娘来说也是个挑战，对斯蒂芬妮来说也不轻松。"

　　我终于慢慢了解，这二十三年来，她是怎样变成了今天的她，一路走来她都经历了什么。还有查理。在查理的支持下，她度过了艰难的时刻，领养了女儿，开启了一份新的事业。他见证了孩子们的出生，把安杰利娜和新生的宝宝们从医院接回家中，晚上也要起来照顾他们。他接纳了安杰利娜妹妹的女儿，却也失去了自己的孩子。他们共同生活了二十年。如果我和克莱尔的生活不如他们这般丰富，责任完全在我。

　　我能给她什么，让安杰利娜可以选择离开？也许一两年后，她就会感觉到查理为她付出的要比我多得多。而她的感觉是对的。

　　还有另外一件事。

　　"对于你父母的分手，你有什么感觉？"我问。

　　"非常绝望，总之那是段艰难的日子。萨曼莎的爸爸想要监护权，但他就是个彻头彻尾的傻 × 。幸好有我父亲支持我们的决定。"

　　"你那时多大，你父母分开的时候？"

　　她挤出一丝笑容："三十岁，三十一岁。反正已经过了父母帮我排练校园话剧的年纪了。"

　　"我是在十四岁时。"

我知道很快就要进入回忆的深水区了，但我必须得说点什么。

"本来可以更早一点。我爸爸从来没打过我妈妈，但他背叛了她，把她踏在脚下。她一直忍受着——我知道她有权利结束这段婚姻，但她没有，我也会一辈子感激她让我能和爸爸共同相处一段时间。"

我从未和任何人说起过这些，尤其是需要听到这番话的人。

安杰利娜或许也需要听到这些。我们一路走着，她平静地讲述着困顿的婚姻、妹妹的离世，还有我们毫无可能的爱情。但此时，她的眼泪流了下来，她也感动于母亲不屈不挠的坚忍。我们是有运气的，还能找到这片私密的土地各自分崩离析。

我们返回村子的时候，天气已经开始转凉了。

"今早的那次是我这辈子最棒的性爱经历了。"我告诉她，她开心地笑着。

"我也是，在四十五岁的时候，还真值得纪念，不是吗？"

我们又沉默着走了片刻。

"我太爱你了。"她说。

"你都无法想象我有多爱你。"我说。

"我不信。我可是有参照物的，再说一遍。"

"我爱你，安杰利娜。"

"我爱你，都格拉斯。但我们不能在一起，对吗？"

"不能，至少这辈子不能。"

安杰利娜望向远方，眼睛还因为泪水而红红的。

"这也许是件好事。不管现在发生了什么，我能嫁给查理都算是件好事。你知道吗，我真的很爱我的孩子们。"

"跟我讲讲他们吧。"我说，"跟我讲讲你二十年的家庭生活吧。"

我们绕到另外一条路上，又走了差不多一个小时。安杰利娜一直在讲她的孩子们：他们摇摇晃晃地学走路，去上学，他们的朋友，斯蒂芬妮是个多么了不起的单板滑雪选手，安东尼的表演课，还有萨曼莎打算学法律。

这刺痛了我。我或许永远不会有孩子了，那是我人生的一个空洞。每一段记忆，都让安杰利娜一点一点地从那个洞中滑落。基于旧日时光的短暂虚空幻想，燃烧了二十年的浪漫火把，钢琴边醉醺醺的情感羁绊，全都在这片天光里渐渐消散了。

我们在村子里买了块猪肩肉，还有木炭，打算做顿烧烤。

"你还没讲完，"我们沿着上坡的山路走回房子，"跟我讲讲查理吧。"

"我不想讲他。"

"你说过你正在思考是否要离开他，我可以给你当参谋啊。先说说好的地方吧。"

我们回到房子，放下东西，穿过一条泥泞的小路来到湖边又回来。我们为查理的奉献故事做好准备，他的故事一定在餐桌周围上演了无数次。我似乎实在担不起这样的角色。无论安杰利娜怎么评价查理对她的溺爱，她显然已经安之若素了。用山姆·斯佩德[1]的话来说，她就是个"难伺候"的女人，而我却不是个能伺候人的男人。

几天前我就曾怀疑，他们这种"给予、接受"的关系是否在弥补婚姻中的某些缺陷，甚至这就是缺陷本身，让他们不得不共生发展。很显然，情况就是这样的，至少在过去二十年间就是这样：用爱慕换取感谢——甚至是崇拜。如果他们二人问题的根源在于查理变不出新的白兔了，那对我来说更是无法企及。他已经做到了完美，根本没有人能与他抗衡。

"有什么不好的地方吗？"我接着问。

"别着急，我知道你都做了什么。如果我不把我自己的事情做好，那就太浪费你的付出了。没有什么事情是我熬不过去的，毕竟我就是个自私的人，这你也知道。"

---

[1] 山姆·斯佩德（Sam Spade），美国影片《马耳他之鹰》里的侦探角色。

"你会继续和查理在一起,"我说,"再努力最后一次吗?"

"如果他还愿意接受我的话。"

"他会的,我保证。"

查理告诉过我:一周后,我希望她还可以和我在一起。

"如果他不呢?你会等我吗?"

"他会的。"

天哪。如果她都无法确认查理对她的爱——每个生日一枚戒指,每天早上特调的咖啡,亲自安排你和前男友一起度假——那她要如何适应我?

我知道她也有着自己的恐惧,同时考虑到查理在今天早上和过去几天来经受的一切,我又补充了一点:"但你也要保证自己能做到这一点。"

"每年给你写信?"

"查理回来以后,你必须跟他谈谈,清楚直接地说出你的想法。他是个男人,你一定要告诉他,你爱他,只爱他一个,无条件地爱着他。你也希望他能这样爱你,对吧?这对你们两个人来说都有好处。"

她过了一会儿才回答我。我们离房子越来越近,却在路上停了下来,面对着彼此。我曾以为,这会给我带来难以承受的痛苦,但为了安杰利娜的幸福,我可以承受这一切。可是,让她对查理重新做出承诺似乎比我预想中更为困难。看着她的挣扎,我也实在难受。

"好吧。"

"你保证?"

"我保证。"

"你可以接受?"

她深深吸了口气,眼望着远处的农田,又呼出来:"这对我有好处。我们曾经是那么幸福,是我自己搞砸了。谢谢你。"

这也让我坚定了决心——这既是此行的目的,也是我离开一段关系的原因——因为我已经确认,虽然我们深爱彼此,但我们注定永远无法在一起。

三个理由中的两个已经不是新鲜事：我知道，我爱着安杰利娜，但同时我也不会期待我们能重新在一起。但安杰利娜也爱着我。下一次再听到悲伤的歌曲，我就可以确定，长久以来的这份渴望不再是我的一厢情愿，她也有着同样的感受。这样到底能让伤痛减半还是加倍呢？

"嘿，"我们走到大门口，她突然问我，"不想跟我说说克莱尔的事吗？"

克莱尔，那就是我每天早上可以喝到咖啡的原因，哪怕我们睡在不同的房间，而她还要工作；那就是放在我肚子上的那双手的主人，告诉我"你瘦了"，希望我"留下来"；那就是在我离开的早上，帮我调好钢琴的人；那就是在我赔掉了房子，和我一起来到巴黎的人；那个希望"在我准备好时，我们再谈"的女人。

"都是差不多的故事。"我说。

第三十五章

克莱尔的邮件

我们回到房子的时候，查理正在停车。尽管接受了由我来准备晚餐的提议，他还是买了一大堆吃的，当作开胃菜。我猜这就是他的天性，总是用慷慨来应对敌意。

安杰利娜上楼去了，我把买好的东西放到厨房，顺便找了点吃的。我们都没吃午饭。

查理拦住我。"今天过得怎么样？"他问。

"你最好和安杰利娜谈谈。"我回答，尽量不想让自己听起来咄咄逼人。

查理的大手一把按住我的胸膛，使劲一推，我就像一只破娃娃一样被按到了墙上。

"我是在问你，你们他妈的一天过得怎么样？"

"很好，"我喃喃地回答，"我们分手了。"

我不得不这样告诉他，因为我承受了巨大的压力，更令我尴尬的是，眼泪竟从我的脸颊上滑了下来。查理松开我，给了我一个拥抱，我听见安杰利娜进了厨房。

查理和我赶快分开，一脸呆滞地看着彼此。人们真的能成熟起来吗？

查理摇摇头："玛格丽特还是两瓶啤酒？"

"如果你用那种圆的柠檬，就别放太多君度甜酒，"安杰利娜指挥着，

"那种柠檬更甜。"接着她又看了看自己，一脸笑意。

"七点半吃晚餐？"查理问。

"没问题。"我说。虽然我已经饿得前胸贴后背，但我更需要的是时间，而不是食物。

我知道我做了正确的决定。哪怕安杰利娜也想和我在一起，准备好离开她的丈夫和家庭，哪怕这一切都和克莱尔无关。

如果是另外一种极端的情况又会怎么样？如果查理的心脏终于因为牛角包而停摆，这又是另外一回事了。我就会成为跨着战马的白骑士，而不是破坏他人家庭的讨厌鬼。但我也不会真的祈祷查理赶上这样的厄运。

在房间里，我打开电脑，为延迟的工作而道歉。我可以在周日时赶上进度。但就在我即将发出邮件的一刻，我意识到，我并不想回到曼彻斯特的妈妈家。那份工作薪水不错，可以轻松地付掉通勤的食宿费用。我随即附加了一个请求，不知现在撤销掉我的离职申请是否还来得及。

我偷偷浏览着克莱尔的邮箱，这让我面对查理的监听也毫无道德优势可言。一封工作邮件跳了出来。

只要你不经常来就行。

我竟被这样讽刺挖苦的恭维话感动了。

克莱尔的收件箱证实了我的想法。今晚，在伦敦，她和风琴手雷会共进晚餐。

我给她发了封邮件。

交易怎么样了？你们一定要研究好"百特那"。祝好运。

回复立刻就到了：

> 谢谢。截止日是周一。周末做决定，倾向于同意。我们还没
> 谈过，这些决定不会涉及你，但也该和你谈谈。想谈时告诉我。
>
> > 爱你的，克莱尔

我躺在床上。克莱尔会怎么样？

克莱尔一直是我的克莱尔。她的回复表明，她还没有放弃我，但"倾向于同意"也意味着她将要搬到美国去。她仍然在意我的想法。

选择安杰利娜已不再可能。再说一遍，选择安杰利娜已不再可能。这对克莱尔意味着什么？

不到二十四个小时前，我还准备要和另一个女人共度一生。我告诉安杰利娜——也告诉我自己——我离开克莱尔是为了追寻更好的选择。

我回复过去：

> 最好不会涉及我。

基于克莱尔的回复，我决定不再对她追加任何警告。那会让我听起来好像在说服她放弃交易，依旧意味着我想让她留在英国。我不想再让另外一个希望和我共度未来的女人失望了。

我对于未来生活的沉思被安杰利娜打断了。她探头进来，很显然一直在哭。

"我做了你让我做的事，和查理说清楚。但我要告诉你，这一切都太难了。"

"你认为这是你必须做的吗？"

"我知道这是我必须做的，我知道。"

"为了他还是为了你？"

"他，但最终还是为了我们两个，对吧？"

还没等我开口，她就转身走了。

我倚在枕头上，想把这一切都想清楚。为什么确认她对查理的承诺会给她带来如此的伤痛？难道是我忽略了什么？

几分钟后，查理的声音从厨房传过来："嘿，亚当，还要啤酒吗？"

我们坐在屋外。查理端来了一盘橄榄凤尾鱼，这真是我吃过的最好的一份凤尾鱼，还配了硬皮面包。

"不要总吃法国菜了，多来点西班牙菜换换口味，"他说，"也得留点肚子吃晚餐。"

面包和啤酒让我觉得好些了，查理似乎也摆脱了身上的担子，至少比早上轻松了许多。安杰利娜大约四十五分钟后从楼上下来，眼睛上的水肿已经消了，却仍然没什么精神。

查理拿来了鲜啤酒，也很有远见地为安杰利娜调制了双份的玛格丽特，君度酒的用量显然恰到好处。我尝了尝安杰利娜的酒，果然味道不错。

"说说吧，"查理开了腔，"你们两个都尽兴了吗？"

"是的。"我回答，眼睛看着安杰利娜。

"你有没有看过约翰·欧文的作品？"查理问道。

"《盖普眼中的世界》？"

"就是他，但我想说的是《新罕布什尔旅馆》。"

"我可能看过那个电影。"

查理笑了："我不知道这段有没有放在电影里。男主角和他的姐姐相恋了，他们难分难舍，但从来没有过肉体之欢。有一天，她给他打电话——他们两个都是成年人了，住在不同的地方——告诉他：'来吧，快来占有我。'然后他就穿过了整个纽约城，睡了他的姐姐。完事之后，她还在央求他：'再来一次，再来一次。'直到他受不了了，求她放过他。这时候，他们两个人才真正尽兴了。"

"跟抽烟一样，"我说，"十五岁的时候，我抽烟被妈妈抓住了，她让我把一整条烟都抽了，最后我都抽吐了。这也许也算是救了我的命。"

"现在可没有这样的妈妈了。她可能会被道德警察以虐待儿童的名义抓走。"查理打趣道。

"什么时候吃晚餐？"机会平等委员会干事打断了我们，"你们再不把面包拿走，就要都被我吃完了。"

"晚餐，"查理说，"要等到七点半。之后，我们可以进行'新罕布什尔旅馆疗法'。"

"查理，你够了。"

他微微一笑："别生气，我只是随便说说。没有人真的会跟他的灵魂伴侣做出这种事。我们可以听音乐，直到都不想听了为止。"

"你说'我们'是什么意思？"我问。

"我有一支蓝调口琴，"查理说，"你可要小心点。"

我的啤酒快见底了，但我还是举起瓶子，碰了碰查理的。安杰利娜等了一会儿，才端起鸡尾酒杯加入进来。

"我没意见。"我告诉他们。

其实，查理完全可以把他的意思简单地说出来："今天是你们最后一晚在一起的时间，尽情地用这些伤感的音乐送别吧。"但这确实不是他的性格，他就是要把每件事都设计成游戏一般。

很难判断，查理对于他的婚姻危机做出了何种判断。他把想法都隐藏在做了支架的心里，表面的裂痕出现之前，内里可能早已暗潮汹涌。安杰利娜看起来要冷静得多，只剩下我了。

回到屋子里，我再一次看着镜子。也许我只是在欺骗自己吧，我没有看到任何弗雷迪·夏普的影子。

晚餐又是一次精心的大制作，每一次都是，但这一次多了我的贡献在其中。猪肩肉一直都在我的制作清单上，杰米·奥利弗的菜谱更是在网上唾手可得。我早已把菜谱烂熟于心，只需再偷偷看上手机一眼，确认腌料的食材。作为经验老到的咨询师，我十分擅长给客户留下专业的印象，把最后一分钟才东拼西凑上的成果转化为精心准备的杰作。这不免让他转攻为守，少放了多香果也只是挑挑眉毛。

烤壶只用过一次，肉还没烤好，炭火就已经冷了，查理自认为做出了失败的作品。我给了他一些指导，他像个学生一样虚心地听着。一个澳大利亚人竟然会向一个英国人讨教烤肉方法，哪怕他曾去过加州，师从于兰德尔。这是否就是在说明，他已经不再处处与我比拼了呢？

应该是吧。开胃菜也是难吃得让人倒胃口。整整一周以来，他一直在用美食和美酒警告着我：这就是你要赶上的标准。他也提醒着安杰利娜：这就是你将错过的一切。

查理也不再像往常一样，使劲地劝我们喝酒。安杰利娜冲他晃了晃空酒杯，他却说："慢点喝，夜还长。"

我们挑拣着那些"不太生但仍然汁水饱满的"肉块——按照我根据互联网菜谱的指点做出的建议，在三百摄氏度的炭火上烤十五分钟——我问道："你们周五晚上都在家做什么吃？"

"跟这个差不多，"安杰利娜回答道，"但每周四，我们都去同一家餐厅吃饭。"

"我知道这听起来有点无聊，"查理接着说，"但我们两个人都很忙，如果没有个固定的安排，恐怕就没有时间见面了，安杰利娜永远都没机会脱下她的工作服了。"

"是你提议的，对吧？"我接着问道。

"我们就好像去开会一样，没有重新定时间的话，就不能随便取消。餐厅的人都认识我们两个了，也很照顾我们。"

她的脸上扬起了微笑，这是自散步以来，她的第一抹微笑："周日是家庭晚餐，每个人都必须参加。"

我借口去了厕所，溜回屋子查阅邮件。克莱尔回复了我的信息。

　　　　邮件收到了。我还是想有机会和你谈谈，我们还是应该做朋友。
　　周日去伦敦，和 VJ 以及蒂姆见面，在周一的"重大会议"之前。

我回复她：

　　　　祝你好运。

我回到厨房，屋子里飘满了烤肉的香气，还有那对即将回归约会之夜、家庭晚餐和永恒之爱的夫妻的声音。

"我们还以为你走丢了呢。"查理说。

"是耽误了点时间，"我说，"我一直想着你们两个的生活。如果我和克莱尔做过其中一半的事……"

"你愿意开始想就足够了，不是吗？"

安杰利娜的嘴唇一紧。查理的意思很清楚了，这根本就不够。

"查理，"我说，"你知道我爱安杰利娜。她是一个了不起的人，我一直希望能够娶她，即便这可能是个错误，特别是对她来说。我在澳大利亚的日子……"

我说到一半却又离题万里起来，好像喝醉了酒。教训就是，千万别在第一句说出"我只想说"。

"我只想说，如果她注定要和别人在一起，我很高兴那个人是你。"

他报以我的微笑无疑充满了讽刺意味。

第三十六章

晚餐后的歌唱

8

如同先前的承诺，晚餐后，我们都集中到了钢琴边。查理拿出了不止一支口琴，而是整整十一支，每支负责不同的音高。

天气有点凉了，查理燃起炉火。"好了，"他说，"我们就是这么演奏《×你姐姐》的。"

"如果你再这么说下去，咱们就什么也别弹了。"安杰利娜威胁道。

"那就弹《抽烟抽到吐》。咱们就把每一首对于你们两个有特殊意义的歌曲都弹一遍，直到你们不想听了为止，都同意吧？这就是你们主治医师的意见。"

"真是好大夫，"安杰利娜说，"医生都能开药。"

"幸运的是，"查理医生接着说，"查理也有药。"

他消失在酒窖里。

安杰利娜看着我："你没问题吧？"

"没问题。"

查理带了一个瓶子上来。"瓶子"这词可能是用得太随意了：依照我的判断，那应该差不多是只双梅格纳姆瓶 [1]——出产自香槟国度的特大瓶白

---

[1] 双梅格纳姆瓶（double magnum），大容量的酒瓶，大约相当于四个一般酒瓶的容量。

兰地。

"这就是所谓的加斯科大桶，两升半装的雅文邑酒[1]。"

就算本周没有其他的收获，我也可以为酒吧小测中有关酒瓶的问题积累些知识了。

"看看年份对吗？"他把酒瓶递到我这一侧。是1963年的古董酒，我生日的年份。

"当然对。天哪，别为我开这酒了。"

"它能放住。我们也不会一直都在这儿。"

我从餐厅的柜子里拿出酒杯，查理倒了满满三大杯，看来是不用再慢点喝了。

"开始吧，"他说，"第一首来哪个？"

我要花点时间想想。差不多每首情歌都能让我想起安杰利娜，我们之间也的确有几首对彼此来说都是意义非凡的歌曲。查理过去不需要知道这些。

"来首澳大利亚的歌吧，"我说，"尼克·凯夫。"我弹起了《船之歌》[2]，发行于我和安杰利娜分开几个月后的歌曲。这首歌更像是对现实的描述，而非对痛苦的挣扎。安杰利娜接过了演唱的部分，今晚的选择注定无比艰难。同样，这也显然无法让我们"尽兴"。不，这更像是一场考验：让这一切都更糟糕吧，亚当，就在你比我更擅长的事情上，就在你和安杰利娜有着共同的回忆，而我和她没有的事情上，但别让她崩溃。就在她哭着忏悔，向他承诺无条件的爱之后的几个小时。今天早上，我在镜子里看到了一个强硬的男人。现在，我的眼前是另外一个强硬的男人，手里拿着白兰地酒杯，手肘撑在钢琴上。

去你妈的，查理。

---

[1] 雅文邑酒（Armagnac），产自法国的顶级白兰地之一。
[2]《船之歌》（*The Ship Song*），澳大利亚音乐人尼克·凯夫（Nick Cave）发行于1990年的作品。

我弹了一小段，故意弹错了几个音，站起身，压抑着内心的愤怒。

"我可能喝了太多白兰地，对不起。"

"没关系，"安杰利娜说着，捏了捏我的胳膊，"我还想和你再合唱几首，毕竟是我们的最后一晚了。"

她坐在钢琴旁，唱起了萨拉·麦克拉克伦的《天使》[1]，有关终其一生寻找第二次机会的歌。她弹得很好，她成熟的声音完美地契合着歌曲的意境——也撕碎了我的心。

真的够了。我不需要把我们的感情都掏出来，任由别人来评价。我重新坐回到琴凳上。

"这是我爸爸曾经弹过的一首歌。"我说着，唱起了《钟情一生》。安杰利娜从未与他谋面，克莱尔也没有，只有我和妈妈还珍藏着对他的记忆。

我唱着悲伤如何击倒我，我又如何走过这些艰难的时日，我想着我的父亲——那个我曾经不想变成，如今却又放在心底的人——把音高提到了增五度。我觉得好些了。

已过午夜。

"每人再来一首吧，"查理提议道，"女士优先。"

安杰利娜重新坐到钢琴前面。这是件好事，因为即便我对这首歌很熟悉，此刻也是时候退后一步了。伊迪丝·琵雅芙的《我不后悔》[2]，安杰利娜知道，我在父亲的葬礼上演奏了这首歌。她到底想要传达怎样的意思呢？

她用英语唱着这首法语歌——"不后悔"——在我看来，削弱了歌里的情绪。一首你能听懂的外语歌，即便语言不够流畅，却仍保留着其中的诗意，而英文翻译的版本，并不能完整地表达所有意思。歌词里美妙又模糊的

---

[1]《天使》（*Angel*），加拿大女歌手萨拉·麦克拉克伦（Sarah McLachlan）发行于1997 年的作品。

[2]《我不后悔》（*Non, Je Ne Regrette Rien*），法国传奇女歌手伊迪丝·琵雅芙（Edith Piaf）发行于 1960 年的作品。

意境完全消失了，无法"用回忆点燃火焰"。

安杰利娜唱得很投入，我这才意识到，这首歌根本不是唱给我听的。她看着查理，查理也看着她。

他们二人好像在用眼神较量，她赢了。查理看向别处，在安杰利娜唱到最后一段的时候，从钢琴旁走开了。他添满了杯子，又走回来。

"这是我们在我父亲葬礼上表演的歌曲。"他说。

这也算不得什么惊人的巧合。对我们父亲的那一代人来说，《我不后悔》就好像《我的路》一样，都算是葬礼金曲了。

"该你了，亚当。"查理提醒我。

我还在想着选哪首歌能让气氛缓和一点，安杰利娜打断了我。

"就唱你昨晚唱过的那首吧，《再见，安杰利娜》。"

这可不太妙。

"我说了，要让亚当自己选。"查理说。他的声音有点异样，一听就是喝了太多酒。这一整天对我来说都像地狱一样，对查理来说肯定更糟糕，即便他最终收获了理想的结局。

"有人提议也不错。"我说。

我唱了这首歌，但仅仅就是一首普通的歌，不再是为爱痛苦的哭号。这一次我记住了歌词，歌里唱到了我尽全力去爱她，却无力再坚持这场游戏。

"有一个音乐挑战问题给你，"查理说，"如果你愿意，咱们也可以打个赌。这首歌里最为独创性的韵脚是什么？"

"最独创的还是最离谱的？"

"都是。"

"安杰利娜和传票。"这是歌里最棒的一对韵脚，不是迪塔和苦涩[1]。

"没错。所以问题就是：谁是第一个使用这对韵脚的词作者？"

---

[1] 这四个词的原文分别为：Angelina, subpoena, ditta, bitter.

"我的奖品是什么？"话一出口，我便后悔了。我们两个在做着一件极其愚蠢的事情。

我看着查理，挑起眉毛示意他：千万别这么做。

安杰利娜一动不动地站在那儿。我从未在这首歌之外听到过同样的韵脚，但我已经是个从有限信息中分析出答案的老手了，每周三次。

我能想出三组答案，除非是某段表演中的曲子，当然这也十分有可能。答案一定出自勒纳、罗伊维斯和斯蒂芬·桑德海姆斯之间。

迷惑性的选项会是迪伦。如果迪伦就是正确答案的话，普通人根本就不会提出这个问题，但查理绝对不是普通人之一。

答案也有可能是恶搞歌曲或是喜剧改编作品。这种情况下，汤姆·莱勒会是最可能的选项，像是《在公园里毒杀鸽子》。但他只出过三张录音室专辑，而我的父亲刚好全部都有。这对韵脚不在里面。萨米·卡恩，有可能，他曾经为别人定制过一些歌曲，有一些是为了知名的法律同行。

我最后的答案是毫无争议的韵脚之王。更妙的是，我还知道这段韵律出自哪里。记下来吧，希拉。

查理仍然没有告诉我赌注是什么。请千万别说是安杰利娜，否则我就要故意编出一个错误的答案了。

"安杰利娜，"查理说，"答对了，你就可以跟她上床，最后一次。"

好吧，只是上床，没有问题。我可以事后再去应对随之而来的情感纠葛。

"W. S. 吉尔伯特，《陪审团的审判》。"我答道。

我想"震惊"应该是此刻用来形容查理面部表情最合适的词。

"妈的，"他骂道，"我可不想跟你在收购案上打交道。"

"我认为在这件事上我也是有发言权的。"安杰利娜突然说了一句。她的语气很清楚，查理已经越界了。

"不，"查理否认道，"你没有。如果你有任何想法，应该在亚当答题之前就说出来。反正你每天晚上都做出了自己的选择。"

自主选择和别人替你选择截然不同。当然，如果安杰利娜不想，我肯定不会和她上床，她知道的。也许就因如此，她才把情绪释放了出来，至少在现在这一刻，她的怒火正在积聚。

查理要来决定最后一首歌，毫无意外。我不禁在想，如果他在一家钢琴酒吧里喝醉了，会点哪首歌呢？我想象着他醉醺醺地走到钢琴旁边，一手攥着二十，一手端着威士忌酒杯。他一定会选一首歌来抒发他对安杰利娜毫无保留的、自我牺牲的爱意，一定是这样的，《你是我生命中的阳光》？《美好的今夜》？

"《一根电线上的鸟》，"他说，"伦纳德·科恩，知道这首歌吗？"

减半分。正确的名字应该叫作《落在电线上的鸟》[1]，大约 1968 年完成于希腊。克里斯·克里斯托弗森[2] 曾表示要把前两句歌词写到墓碑上。乔·科克尔也有过一个不错的翻唱版本。这也说明我知道这首歌。

《落在电线上的鸟》并非表达了对另一个人的爱意。这更像是一首自省的歌曲，可能有道歉的含义，但大部分内容还是自我辩白。在这一周里，查理第一次释放出一些重要的信息。

我弹起前奏，查理半唱半念地和我一起哼唱起前几句歌词，我让他自己唱下去。他唱得很慢，歌词有点唱混了，总是在重复那几句话，但他投入了全部的情感。安杰利娜从钢琴边走开了。

第二段歌词是整首歌里唯一表达了对另一个人纯粹的爱的段落，我本来期待着查理会选择这样的歌曲，但他唱出的感情很不一样。好像一个骑士，为他的爱人留下了所有的勋章，却仍然受到了无端指责，像是胡乱找的借口，最终只剩下一幅难堪的画面：歌手因爱而扭曲。

---

[1]《落在电线上的鸟》(*Bird on the Wire*)，加拿大歌手、诗人伦纳德·科恩(Leonard Cohen)的作品。前文查理将其误记成《一根电线上的鸟》(*Bird on a Wire*)。
[2] 克里斯·克里斯托弗森(Kris Kristofferson)，美国乡村音乐歌手、作曲家、电影演员。

我看了一眼安杰利娜，她的表情空洞而封闭。在我们互为情侣的时间里，我从未见过她这样的表情——我也庆幸自己没有见过。

当查理唱完这首被美女诱惑，又发誓弥补的歌曲后，他又添了一段歌词，这段词是我没听过的：

> 不要哭泣，不要再哭泣了，我已经付出了代价。

查理有过外遇。安杰利娜有了比年龄和查理的心脏病更好的理由——也比我的存在这个理由更好——结束这段二十年的婚姻。而她却一直瞒着我。

天哪——也许她根本就不知道，直到这一刻才知道。在这一周接近尾声的时候，查理会不会告诉她：还有另外一件事可能会影响你的决定？直到安杰利娜决定再不回头。

无论真相如何，查理已经留下了他最后的话。我甚至开始怀疑，过去的一周到底是不是为了安杰利娜和我？

突然，安杰利娜问我："你会弹《早上的天使》吗？"

她站到钢琴和查理中间，就好像1989年7月的那个晚上，只不过此时的理查德变成了查理。

这将是我们的最后一首歌。我从一个半音逐渐来到升A调。

安杰利娜唱着，声音随着时光的流逝而越发深沉，却仍然保持着一种纯净，这在她说话时是听不到的：

> 没有一条线能捆绑住你的双手。

我没有去看查理脸上的表情，因为此刻的我，重新回到了多年前的那个晚上。

换一个调子，不然我就拧断你的胳膊。

我弹起 F 调。

即便是我的爱也不能绑住你的心。

我敢肯定，她第一次唱这首时，是为了理查德，第二次是为我。而现在呢？

安杰利娜按住我的肩膀，手指轻敲着节奏。她也在默念着勃朗宁夫人的十四行诗吗？

我加快了旋律，我们一起唱着，一起表演着，就好像在 1989 年一样。安杰利娜紧紧地抓着我的肩膀，让我根本动弹不得，就在她让某人，我们中的一个，不要再看她的时候。

夜已经深了。炉火早已熄灭。查理根本没有碰过他的口琴，也没有一个人出声。

我们都心知肚明，我不会领取我小小的奖励。

安杰利娜脸上挂着泪，转向我，轻轻地亲吻了我。然后，在她的丈夫面前，对我说了她曾经对我说过五十遍的话，穿越过去，穿越遥远的往昔。

"晚安，都格拉斯。"

第三十七章

准备回家

8

查理在安杰利娜前面上楼去了。他的坦白或许是不小心的一时之失，但他原谅的能力似乎不可估量。他们一直是这样吗？还是自从他需要安杰利娜给予他回报之后？

趁着熟悉的空虚还没有击倒我，我回到了房间：这种空虚感我早上有过，在我意识到我们之间行不通之后；又像我 1989 年走下飞机的一刻；今年早些时候收到电话的一刻——"你是艾尔弗雷德·夏普的儿子吗？"没有眼泪，没有感觉，只有无尽的空虚。干涸了，被掏空了，被毁灭了。

时间太晚了，我喝了几个小时的酒，前晚几乎没有睡，可困倦的感觉却仍然没有到来。如果我再不做点什么，我的脑子里只会反复出现我的决定——我们的决定——重新审视它，基于我刚刚了解的一切，还有安杰利娜满脸的泪痕。我们曾经离梦想是那么接近，在余生里每天都能共同醒来。就在一天前，我还保持这样的梦想，坚守着这样的信念。但现在，一切都没了。

我塞上耳机，但根本想不出该听些什么。我按下了"随机播放"的按钮，一些陌生的旋律传进耳朵，大概是斯图尔特喜欢的唱片吧。钢琴的缓慢旋律，伤感的歌词，倾诉着无处可去的惆怅。我不该听这个。我刚要换到下一曲，一阵鼓声插了进来。

我躺倒，调大音量，听着这首颂歌摇滚，胡乱地把歌词连接起来——如果可以，要坚持住——把自己完全交给旋律，就像克莱尔之前做的那样。这段三分钟长的音乐激流是首不错的摇滚乐作品，它有着自己的魔力，空洞感逐渐被爱和伤痛取代，甚至还夹着点乐观和继续向前的勇气。无论我失去了什么，总有音乐在支撑着我。我生活得一团糟，但总比什么都没有要好。

在过去，盗窃保险箱的小偷总会用砂纸摩擦指尖，让手指更敏感。这就是我在一曲终了时的感受：原始的、裸露的、脆弱的我，还活着的，我自己。如果我走出门去，我可以用全新的皮肤去感受草地和雨水。我想要抓住这种感觉，把它带回家去。

我已经准备好要回家去了。

我登录到法国国家铁路的网站上，预订了早上一班回伦敦的火车票。

闹钟将我唤醒，我打电话给当地的出租车公司，蹑手蹑脚地上楼冲了凉，用更清醒的头脑回忆了昨晚发生的事情。

查理的动机——或是说他的原始动机——现在已经很清楚了。"没错，我上了个实习生或是女仆或是你最好的朋友，作为报复，现在你也能随便和谁上床，然后咱们就扯平了。但你也不会有什么道德优势了。"

在全世界愿意和安杰利娜发生关系的男人中间，她选择了我。如果是我，也会选择她。

我们所有人都没有想到的一点就是安杰利娜和我会再度坠入爱河——或者，至少是再次点燃我们曾经的爱。

我洗完澡，穿好衣服，轻轻地敲了敲他们的卧室房门，推门进去。我没办法不去和安杰利娜道别。

查理还睡着，鼾声大作。安杰利娜一侧的床上却空空如也。

楼上还有两间卧房，我在其中一间房里找到了她。这个房间差不多有她衣帽间的两倍大小，她正穿着蓝色的睡裙趴在床单上。我碰了碰她的肩膀，她动了动，我用手抚摸着她的侧脸，她醒了过来。

"亚当？"

"你还好吗？"她看起来憔悴极了。

"几点了？"

"六点四十五。我八点半的火车。"

"该死的，我根本睡不着。"

"还是因为道格拉斯的事情？"

"我们打了一架，因为另外的事。"她躺下来，看着天花板，"我真的受够了。"她起身拉住我，让我在她的身边躺下。"我不想让你走。"

我也不想走，在那个瞬间，我已经来不及思考后果了。但前一天，我们已经处理完了最艰难的部分，我真的不想再去受一次折磨了。这对我们来说都是一场劫难，也不会带来什么好的结果。

"你们会把这一切都谈清楚的，我们谈过这件事。我已经叫了车。"

"取消吧，我送你去车站。"

她站起来，从抽屉里找出内衣、牛仔裤和毛衣，把蓝色的睡裙褪下来，看着我。

"你要是想洗澡，还有时间，"我说，"我去给你冲杯咖啡。"

我走下楼，打开了咖啡机。

我们现在真正需要的是一位心理医生，或者曼迪也行，还有她的伊丽莎白·库伯勒－罗斯悲伤模型。安杰利娜处理理查德的问题时，卡在了"否认"上，现在面对查理，她已经进步到了"讨价还价"阶段。也许结论是这样的：安杰利娜的心理类型迫使她做出决定——感性的决定——而你们在不断地调整参数。

我的妈妈可不会说出这些么蛾子。我能想象她看着躺在床上的安杰利娜，对她说：我的神哪，你都多大了？赶快回到你丈夫身边，趁着他把你赶回家之前和他把问题都解决掉。

安杰利娜来到厨房，看起来冷静多了，却依然脆弱。

"对不起，我的情绪不好。我知道我们已经谈过这件事了，但有些话我一直没有说出口，这话会让一切都不同的。你要知道——"

"查理出轨了？"

她停住了。

"是我说梦话了吗，还是他告诉你的？上帝啊，一定是他告诉你的。"

"什么时候发生的？在他发病之前还是之后？"

"之后，和办公室里的一个女人。"

果然如此，男人真可悲。

"是婚外情还是一夜情？"

一夜情这样过时的词让她勉强挤出了一丝笑容："查理说是一夜情，但我觉得她不会这么以为。不光是一夜的事。她才二十九岁，二十九岁。"

"你怎么发现的？"

"我了解他。我问了他，他就对我坦白了。"

如果查理看过兰尼·布鲁斯的表演就该知道：永远不要坦白。世界级的谈判大师也不过如此。难道他不记得理查德对她做过什么吗？

"然后呢……"

"我受到了极大的伤害。我想要离开他，但我又告诉自己他没有错：我们不应该舍弃美好的东西，诸如此类，他妈的太多了。但我也没办法心平气和地接受这件事，我要为难他。我逼着他辞退了那个小婊子。"

"我猜那一定很难办吧。你不能因为和同事发生关系就把她辞退了呀。"

"是吗？那我可得告诉办公室里的男同事们，我他妈的可是个机会平等委员会干事。告诉你吧，我就是要故意刁难他。我不想再看见她。确切来说，她也没完全被炒掉，她得到了一大笔钱，还有一份新工作。这就是她差点破坏了一段婚姻得到的结果。"

"你还是没有原谅他？"因为他可以为了妻子放弃事业，每个生日都要送一枚戒指，领养她妹妹的女儿，但他干了一只羊就……

"我知道，如果他可以把这一切损失都拿回来的话，他一定会这么干的。其实我也要负一半的责任。他心脏病发作之后，我就不想和他上床了，我怕他会死在床上。"

"你背叛过他吗？哪怕只有一次。"

"一次都没有，"女人告诉她的情人，"但我猜，现在我们俩算是扯平了。"

"所以这一切都是因为这个？"我问。

"只是一部分原因吧，不是全部。只能是你才行，我想把这件事说给你听，但他逼着我发誓，绝对不能告诉任何人，否则，他就会离开我，他就会离开我。是他睡了一个小姑娘，而我一直想要拯救我们的婚姻，到头来他却给我下了最终通牒。"

"你还很愤怒。"

"也没有愤怒到不能思考。我信守着我的承诺，包括我昨天对你的承诺，但如果他已经告诉了你……我简直不敢相信，他竟然告诉了你……你就会明白了。昨天，我告诉他，我原谅了他，我真的原谅了他。我必须得逼着自己真的去原谅他，我必须得这么做，我们的婚姻才能延续下去。"

当然。查理等待的不是让安杰利娜放弃我，而是原谅他。而我说的话是否让她相信，她永远也无法真正做到这一点？

"我相信你不想失去查理。"我甚至也不相信曼迪愿意失去兰德尔。大部分男人都认为，偶尔的失误完全应该获得原谅。

我看了看表。

"你真的要走？"她问。

"我必须得走。"

她知不知道，我有多想向自己的情感屈服，爱达荷的鲍勃也在我的头脑里尖叫着：带上她走，别放弃机会！

查理已经得到了她的承诺，对不忠事件守口如瓶，他也获得了原谅；现在，他想要的显然是她对二十年前道格拉斯闹剧的道歉。我凭什么要相信自己无所不知，坚持认为他们百孔千疮的婚姻要好过让她和我在一起？我凭什么可以践踏安杰利娜作为成年人的决定？

因为我了解安杰利娜。我知道她的天性会让她做出戏剧化的决定，去唱完《我会坚强》然后黯然离去，即便是牺牲掉自己的利益。这就让她和曼迪，还有数百万遭遇背叛的男女一样，陷入同样的境地。她最好的朋友会怎么说？或许是劝她离开吧。但她昨天已经清楚地知道了这一切，也做出了决定。

一路上，我们几乎没有说话。

站台上，她抱着我，直到火车缓缓接近。

"你还记得我昨天问你的问题吗，"她说，"还记得吗？"

"我们昨天发生了太多事情，"我答，"真是漫长的一天。"

"没关系，现在我们也没什么可说的了吧？"

"没了。"

我们曾经拥有过机会。我希望不要有任何歌曲来描绘我此刻的心情。

第三十八章

了解查理的用心

8

开往巴黎的火车上，我等待着离别之痛慢慢退去，取而代之的是某种事情完结后的轻松。

这一周唤醒了我的内心，但同样给了我一个深刻的教训。失去的爱拥有属于自己的位置，但那不是在法国乡村的小屋里，和一对已婚夫妻一起挣扎着渡过危机。失去的爱属于一首三分钟的短歌，在感情突然袭来时坚决地抽离自己，回忆沉迷的岁月，在阳光下漫步只能带来转瞬即逝的幸福，而失去的疼痛——不论是因为分离，还是时光的流逝——时刻在提醒着我们，我们都只是感性的动物。

乡村的美景在窗外飞驰而去，火车驶进巴黎车站。我换乘另外一列火车，这份疼痛却仍然如影随形。我突然感到有些不安，这感觉不太对：我和安杰利娜在站台相拥，她还期待着我能回心转意。

我不相信她爱我会如爱查理一般。二十年前还有可能，但现在不同了，即便他出了轨。我带着这种不安的感觉，慢慢开始认定：她根本不会回到查理的身边了，有关道格拉斯的战争已经完结。她不会把这一切告诉我，因为这样就会让我看起来像是她的第二选择。

昨晚我在房间里听到的杀手乐队的歌里，有一句歌词，有关点燃他人的心。这句词在我的脑海里盘旋，试图说服自己，在经过了所有的这一切之后，我还可以勇往直前。

在巴黎北站，等待着欧洲之星发车的时间里，我竟然想起了克莱尔。如果下一次我听到一首悲伤的歌曲，头脑里涌现的只有我对她未竟的感谢，所有的罪责都只会在我一个人身上。或者当我想起我曾经感谢过她的一刻：在彩票失利后的佛爷吧里，当她明白我们之间最大的威胁不在于她的愤怒而是我的羞耻时——那一刻我已经准备好要离开她，这样我就不用再去面对她。

恍然大悟。

我还在火车上，途经巴黎，绕过了等待区的小钢琴，检票，排队安检，正式离开了法国，办理了英国的入关手续，和一大群人挤进站台，上了火车，找地方放下书包。我终于到家了。只剩下一个问题：我到底有多爱安杰利娜？

我还记得安杰利娜重新联系我的那一天，我喜欢那一天。那天我正听着父亲切断披头士的《嘿，裘德》，给唱片翻了个面，轻松简单的钢琴旋律随即变成了电吉他的轰鸣，整首歌既粗糙又混乱。每当和人说起《革命》，大家都会记起同样的事情——电吉他。但你多听几次就能听到尼基·霍普金斯的电钢琴声，一遍又一遍地反复，一开始声音很低地隐藏在音乐的混响里，到最后重新出现，把歌曲带入高潮。

我冲回移民柜台，又正式地重新进入法国，绕过巴黎站，直接来到巴黎里昂车站，买了一张去往马孔的高铁车票，回到我来的地方。

第一眼看到查理，我就知道他的目的何在。他想让人们喜欢他，每个人，甚至包括我在内。他也想要挽回他的婚姻，但我可能过于看重这一点了。现在我看明白他的第三个目的了，或许跟第一个也有关系：他需要摆脱自己的羞耻感。

查理的整个婚姻，他的整个人格，都建立在对安杰利娜的崇拜之上，她也会因此而仰慕他。他却犯下了最为致命的错误。和查理相比，我在错误的投资项目上损失两万镑根本不算什么。他根本承受不了安杰利娜看他的眼神。

此刻回看过去的一周，一切都更清楚了。查理同意我们在一起，是因为他知道，他的出轨行为让安杰利娜变得异常脆弱。她没有克莱尔般超人的毅力，可以将情感置于一旁，为每个人做出正确的选择。接着，他试着把安杰利娜拉低到同样的水平线上，甚至是让她尽可能地远离自己，可那份羞耻感却没有减少半分，所以他便倾尽全力要让安杰利娜彻底离开自己——哪怕要鼓励她选择另外的伴侣，甚至不惜扔掉老好人的面具。

以上皆有。

他想要保住自己的婚姻，除非他能迈过羞耻的坎。无论他被原谅了多少次，无论原谅者有多真诚，都无法帮他做到这一点。

安杰利娜呢？她了解查理，她知道发生了什么。她想要压制自己的怒火，帮他重塑自我，他的自我。所有的故事都是关于他的英雄故事。她牺牲了自己，参与到他的游戏里面，甚至还迈出了最为重大的一步，原谅了他。

然而，在她情感上的伤痛尚未愈合之时，查理却一直在亵渎她的回忆。从《抽烟抽到吐》的合唱开始，一直到最终吉尔伯特的赌注。

安杰利娜的原谅也许是把双刃剑：原谅他是在说服自己，成为一个更好的人。但安杰利娜挽救婚姻的努力并不等同于查理自私的放纵。他可能还没想明白这一点——只是觉得自己无法取胜，只能更凶猛地出击。

不管是什么原因，安杰利娜选择了回击。你爸爸死的时候也许能不后悔，但你能吗？

就是这样了，一下子就击中了他问题的核心。查理需要别人喜欢他——敬佩他——比我要强烈多了。他唯一的选择就是逃跑，安杰利娜心知肚明。

都格拉斯给了他最后的机会，让他在逃跑的路上再次可悲地站上道德高地。

这就剩下了作为第三方的我。我本该成为这一切的催化剂，通过和安杰利娜上床，摆平各方矛盾，成为查理的求和棋子——甚至是一份礼物——就像他平时的做法一样，但最终的结果仍然会是逃跑。

安杰利娜和我本不该重坠爱河。但自从我决定离开克莱尔之后，这就成了我唯一的使命。面对安杰利娜濒临破碎的婚姻，还有随之而来的令人费解的游戏，我们共同的回忆和来自我的支持一下子就成了一缕清风——也吹开了一个出口。

我想起了安杰利娜前一天问过我的问题，就是那个她在站台上说起的问题：如果查理不在了，你会等我吗？

我告诉她我会。但她也没有坚持，而是让我相信，他们会把问题解决掉。

他们的婚姻结束了。安杰利娜和我还爱着彼此。她还在等着我想明白，采取行动，往事重现。

我在马孔跳下车，冲下站台，打了辆出租车。我差点和查理撞个满怀，他正站在一等车厢的门口，等着到站的乘客下车。只有他一个人，手里拎着两个大箱子。

我站到他和车门中间。可以说他见到我和我见到他时一样，都吓了一跳。

"我得和你谈谈。"我说。

"我得上车了。安杰利娜还在家里。"

"你离开她了？"

"你可以去看她，反正你已经在这儿住了一周了。我现在真得上车了。"

考虑到我俩的体格差异，如果查理坚持要上车，我肯定无法在不引起逮捕的情况下拦住他。那是我的备选方案。

我首先选择了第一方案："如果你不肯和我谈，我就把你的风流韵事挂到网上。"

我现在甚至不用启动备选方案，都有进局子的可能了。

"你个浑蛋，小浑蛋。她告诉你了是吧？发短信是吧？这个婊子。所以你才回来的。小兔崽子——"

他痛恨着每一个人，除了那个罪魁祸首之外。我不会任由他在这样错误的前提下就踏上旅程的。

火车就要开了，我往后退了一步。他有两个选择：上车或是抓住我。他选择了后者，但在人潮熙攘的站台上，在乘客和乘务员的注视下，他也做不了什么。他肯定能想到，如果我丢了两条胳膊，在医院醒来之后，第一件事就是找人把他的丑闻口述出来。

他放下我："搅黄了我们的婚姻，你高兴了吧？你还想羞辱我是不是？当然还有她，你最好也为她考虑考虑。"

"我并不想羞辱你或是安杰利娜，"我说，"我回来是想告诉你一件和你我都有关系的事情。十五分钟后，在咖啡店见，希望那时候咱们都有谈判的心思。"

我根本没打算谈判，但我需要他拿出专业的一面，安全先生，双赢先生，完美先生。

第三十九章

与查理谈论婚姻

8

咖啡店里有一些独立的座位，查理从订票处过来，手里抱着——而不是推着——他的两个箱子。我已经买好了咖啡。

"说吧，"他开了头，"你想告诉我什么，值得让十几个高管在米兰等着我？"他喝了口咖啡，烫得咧了咧嘴。"如果你想让我原谅你，我原谅你了，安杰利娜也是。我告诉她了，我再也不会挡在你们两人中间了。"

"我回来不是为了和安杰利娜在一起，她想和你在一起，你肯定知道这一点。你才是问题的所在。"

他没有反驳。他是个聪明的家伙，会在情绪爆发之后的十五分钟里，好好想想到底发生了什么。现在轮到我了。在巴黎到马孔的路上，我只想出了一条劝说他的办法。

我跟他讲了一个故事，有关彩票失利的故事。我做了点艺术上的加工，毕竟查理背叛了他以爱慕为基础的婚姻，这与我的故事从本质上就不同。所以彩票投资变成了期货交易。我辞了职，写了三万条代码，搭建了一个绝对可靠的系统。我运气不好，但从未失去信念。恶事赚大钱；我挪用了妈妈虚构的存款，来自爸爸根本就不存在的人身保险；我输掉了克莱尔妈妈的房子，就是她现在正住着的那栋。除了抢劫修女和盗窃藏品，我把能用上的桥段都填了进去。

故事讲到一半，和虚拟的人格比起来，我竟觉得真实的自我分外正直。这么说来，查理也是。

我跟他讲了我的忏悔、我的耻辱，还有克莱尔策划的巴黎之旅，这些都不需要添油加醋。

"真是个不一样的人。"故事结束后，他这样评论道。

"我很幸运，"我说，"因为我根本没有勇气解决自己的问题。"

查理刚想开口，却又停了下来。

我还记得克莱尔给我上过的销售培训课。不要返销，销售一旦完成，就不要再继续推销，否则可能会激怒你的买主，最终让他改变决定。不要返销，在我劝说她别去马萨拉公园，去酒吧的时候，她如是说。同时列举出她这一明智决定所能带来的全部好处。

然而，此刻我无法确定，销售的生意是否完成。我还想再说几句，为了安杰利娜。

"你做的所有这些事，她都知道。不管你想玩什么游戏，她都尽职尽责地参与其中，因为她想帮助你，包括她跟我做的所有一切。"

我知道最后的这一句完全是真假掺杂。如果不是因为婚姻危机，她不会告诉我她爱我，但这和查理的游戏没关系。我只能假设他并不知道这一点。他慢慢地点了点头。

我还有一件事要告诉他，就当是我送给这个伟大谈判者的最后一条建议："在 IT 界，我们总提到这么一句话：疯狂就是一遍一遍做着同样的事，却又期待不同的结果。"

"爱因斯坦。"

"没错。所以你如果想要挽救你的婚姻，可能就要多做点不一样的事，不要总是重复同一件事。"

我突然意识到，查理在最需要改变范式的时候，却一遍一遍地给"帽子变白兔"的游戏加码。我同时意识到，现在的行为可能就是在向查理返销。

"去买两瓶啤酒。"我起身离开。

从吧台看过去，查理站起身开始打电话。他一边拿着电话，一边踱步，差不多有半个小时。半小时里，我喝完了两瓶啤酒，也错过了开往伦敦的最后一班火车。

等他打完电话，我又买了两瓶啤酒回去，他还站着。

"我给安杰利娜打了电话，"他说，"她——"

"——也是个不一样的人。"我说完他的话。如果我的妈妈在现场，她一定会让我们两个都控制一下自己。

"你要回伦敦？"查理问道。

"我得明天才能回去了，"我说，"先谢谢你，但还是不了，今晚住到你那里不太合适。"

"你能叫辆出租车吗？你的法语比我强多了。"

他把电话递给我，和我一起走到出租车站。

"回家？"我问他。

"不回。安杰利娜两天后来找我。咱们可以拼车去里昂机场，我请客。"

到里昂的车程要九十分钟。最后一班飞往米兰的班机已经起飞，查理预订了两个去伦敦的座位："最方便明天转机的机场。"

在出发休息室里，查理给我俩各自倒了一杯香槟，却没有碰杯。

"那么，"他开了口，我们的航班刚好被通知延误，"你会听从你自己的建议吗？"

"关于……？"

"克莱尔。"

"那是另外一回事。"

"你确定吗？你刚和另外一个女人共度了一周。如果你就这样回到伴侣身边，也没觉得有任何不妥，那你一定是个疯子。但如果你告诉我，你决定不再回头是因为你还爱着安杰利娜，那我真的要吐了。"

够了。我帮了这个家伙，牺牲了和毕生爱人在一起的机会，现在他竟开始质疑我。

"你觉得我不爱安杰利娜？"我问。

"你还没有爱到能在二十年前把她带走。我看到你寄给她的信了。我不会回来了。我和其他人在一起了。爱你的，亚当和克莱尔。你选择了克莱尔，而安杰利娜却在等着你。我是她的第二选择，克莱尔是你的第一选择。"

上帝啊。或许那才是我该反复斟酌的一封信。我爱过克莱尔，但她必须要和我记忆中的女人——我的爱人——永远年轻的爱人相抗衡。不能回到安杰利娜身边让我感到罪恶。或许正是这份罪恶感，而不是那些幸福的回忆，经过尘封之后最终变成了对往日情的眷恋。

查理笑了起来："所以才让我更加了把劲。"

"她现在不会把你看作第二选择了。"

"这要感谢时间和付出。爱是一个动词。轮到你了，我想知道，你到底打算怎么做？再找一个像克莱尔那样的女人，不再犯错误？没有共同的回忆？发现她根本不喜欢你的英式早餐？或者鲍勃·迪伦？你已经成功一半了，你真的没有胆量去解决自己的问题吗？"

查理又去打电话了，我掏出电脑打发时间。不知出于什么原因，我竟开始在谷歌上搜索爱达荷的鲍勃。自从 1990 年的新加坡一别，我没了他半点音信。令人惊讶的是，找到他竟如此简单。他有一个网站，主要讨论各种科技话题，但也有一块个人空间。

他的头发白了，但还能一眼认出是他。他最近上传了结婚四十周年庆祝的照片，孩子和孙子们都在里面。他的妻子，那个美得让人心脏停跳的波兰女士，看起来十分优雅，特别和她身边那个略显凌乱的美国人比起来——他的脸上还是一副不敢相信自己的好运的表情。

一直以来，鲍勃都是我心中活在当下的代表，他是我的楷模，做到了我不曾做到的一切。四十年后，他又多了点什么：他变成了一个和妻子在一起的幸福男人，把一个机遇变成了一生，时间和付出。

查理和我并排坐在商务舱里。

"好了，"他说，"你是不是已经决定和克莱尔好好解决一下你们的问题，还是说我得把帮她完成收购案的时间浪费在你身上？"

解决别人的问题总是容易些，我直接忽略了他的前半段话。

"周一就是大日子了，她今天在和其他总监们开会，最终做一个决定。如果她要卖掉公司，她就很可能要搬到美国去。这样的话，我们两个就会分开……"

我刚要阐述多年以来我一贯的立场，但突然觉得怯懦了很多，因为我的身边正坐着一个为了妻子的好莱坞梦想而放弃了事业的男人。

"算了吧。"我说。

"她明天会开战略大会？"他问道，"在哪儿？"

"伦敦，应该是吧。"

"他们需要帮忙吗？"

第四十章

回归自己的生活

8

我和查理在帕丁顿分别，叫了辆出租车，又换乘地铁前往利物浦街。

这一天终于结束了。从勃艮第的小村开始，往返巴黎，一段漫长的出租车旅程，一段国际航班，晚上十点半开往诺里奇的列车。一辆黑色的出租车把我放在了一周前，我还称之为"家"的地方。

我给克莱尔发了短信，问她能否让我借住一晚。她的答案很简单：OK。

她开了门，穿着牛仔裤和套头衫。她新做了头发，但我提醒自己，前一天晚上她有一个约会。埃尔维斯依偎在她的脚边，看见我就跑走了。这一周对它来说大概也很难过吧。

"她怎么样？"克莱尔问。

"我能先进去吗？"

她让我进了门，我们站在厨房里。她脸上的表情仍然很是平静。

"我告诉过你了，我是和两个澳大利亚的朋友一起在法国，"我说，"是一对中年夫妻，孩子都十几岁了。"

"那女人的名字刚好是叫凯莉？"

啊哈。我知道她的消息都从哪儿来了。凯莉是我告诉妈妈的名字。

"不是，"我说，"是安杰利娜，查理和安杰利娜，他们两人都是律师。她是在墨尔本推动男女机会平等的干事。他俩有三个孩子。"

克莱尔显然有点准备不足。

"都是很好的人，"我继续说着，"他们在努力地挽救婚姻，主要是因为男方犯了很大过错。"

我从书包里取出送给她的礼物。包装是我自己弄的，因为里昂机场的纪念品商店没有这项服务。

她坐在凳子上拆开包装，尽量为了这个价值八欧元的咖啡杯挤出一丝微笑。这杯子是来帮助我们重燃爱火的。

"名字倒是没拼错。"她说。

"所以要在法国买。他们知道克莱尔怎么拼写。我们应该多去几次。我多加几个小时班就能支付旅费了，还有卡片。"

她打开信封，卡片上有我手写的一行字：余生，我会在每天早上为你泡咖啡。

我本来还想加上一句无论你是否会嫁给我，但似乎不太妥当。我们还有太多任务亟待完成，我希望能和克莱尔一起。

她摇了摇头："真对不起，这里面我也有错，但现在有点太迟了。我们很有可能会被收购，如果交易成真，我就要搬到美国去了。"

"但我们也该谈谈，"我说，"你先说，想说什么都行，关于我的，关于我们的。应该不会有什么惊喜吧。"

"事实上，没准还真能给你点惊喜，"克莱尔说，"你想听点有意思的事吗？很早以前，你还在荷兰的时候，你妈妈突然跟我讲起了凯莉的事。你能想象她怎么说的吧：我本来不该告诉你这些的，但你还是得知道——这件事对他影响很大。"

克莱尔惟妙惟肖的模仿让我笑出了声，她对我妈妈的观察还真是准确。

克莱尔送给我一个微笑："跟你告诉我的差不多，只不过多了一点对她的介绍，不过这些我还真的没有必要知道。凯莉，澳大利亚肥皂剧女演员，还是个歌手。我不记得当时你是否告诉过我她的名字，但转念一想，应该是没有，否则就该穿帮了。"

我想了一会儿才明白她的意思。

"你当初以为我的约会对象是凯莉·米洛？"

"偶尔那么想过。"

安杰利娜就已经是我高攀不上的那种姑娘了。"你为什么不告诉我？太好笑了。"

"因为我不想让你觉得我是个傻瓜，也不想背叛你妈妈。"

这样荒唐的想法击中了我的笑点，我开始哈哈大笑起来，克莱尔也笑了，两个人笑作一团，根本停不下来。她竟然以为我和一个国际流行明星有过一段感情。我真的爱过克莱尔，她的确值得拥有更好的伴侣，比我付出得更多的伴侣。哪怕在过去的十分钟里也是一样。

我深深吸了口气。

记住兰尼·布鲁斯的话。记住兰德尔。记住查理。永远不要坦白。

"她不叫凯莉。你说得对，在法国的就是她，我重新联系上的那个人。"

"安杰利娜？"

"是的。"

"她的丈夫也在那儿？"

"没错。我说的都是真的，他们的孩子，还有他们在挽救自己的婚姻，还有玛歌酒庄的葡萄酒、珍珠鸡配鹅肝。"

"幻想和现实的差距大吗？"

"她上了点年纪。"

"我问的不是这个。"

"我想我们都同意，这个决定是正确的。"

"所以你不再想她了？"

我本可以抗议这个荒谬的问题，但我也不能说谎。

"我们结束了，我不会再回去了。"

克莱尔走到冰箱旁边，打开门，什么都没有拿又关上了门，再次坐了下来。

"亚当，我不想重复同样的错误。我们在一起的时候，我能感觉到，你还是很受伤。我本该给你机会好好谈谈的。你妈妈说得对。"

"这可不算惊喜。"

"你了解我的，我不是那种喜欢婆婆妈妈、谈来谈去的人。你才是比较感性的那个。"她笑了笑，"当然也是相对而言，毕竟我们都是做 IT 的。"

"不是肥皂剧明星，也不是加州佬。"

"但我们还是人类啊。曼迪跟我讲过一个四维——"

"身体，智力——"

"我觉得我们更擅长解决实际的问题，这也是我的强项所在，你更多地扮演着感性的角色。我需要你来帮我们保持住这份人性。音乐曾是我们的安全小屋，但你却把自己锁在了里面。"

"我本该在十五年前就回到澳大利亚，把这周的事情做完。"

结果很可能是一样的，但至少还能避免一段三方的性爱。

"既然我们都很坦诚，"克莱尔说，"有些事我也该告诉你。"

"你和雷睡了？"

"雷？天哪，当然没有。你怎么想到的……你是不是在偷看我的邮件？"

我敢肯定，我脸上的表情一定是给出了不必要的答案。

"我真是活该，我和他是去谈收购的事的，他很有帮助，很了解'百特那'。我想他大概是想和我交往吧。想来点酒吗？"

天已经晚了，但她似乎确实需要酒精的助力才能把隐藏在心里的糟糕消息告诉我。或许她认为我才是需要酒精的那个。

我找到了一瓶阿根廷产的马尔贝克酒，打开瓶子，倒了两杯。这酒的价格或许只有查理那些酒的十分之一，但喝起来也很不错，甚至更好。在家的感觉真好啊，如果我能忘记这可能只是我们的关系中短暂的甜蜜瞬间的话。

"我做了些让自己非常丢脸的事情,"她继续说,"还有,如果你想要自己重新开始生活的话,这件事你也应该知道。"

上帝啊。到底能糟糕成什么样子?问题刚一出口,答案就闪过了我的脑子。兰德尔,她和兰德尔上床了,就是克莱尔摧毁了兰德尔和曼迪的婚姻。

我是对的:这确实是更糟糕的一件事。但这不可能是真的,这太荒唐了,我不禁笑了起来。

"你笑什么?"

"我在想象你和兰德尔上床。"

"是在他遇见曼迪之前还是之后?"

"之后。你怎么看?"

"之前之后都没有过,但他确实有过这种想法,在我遇见你之前。我把他介绍给了曼迪。他没跟你提过这件事吗?"

到底还隐藏着多少秘密啊?我们的朋友中到底有多少人曾有过不愿提起的一夜情缘、风流韵事和失去的爱人啊?

"无论如何,你也不一定要告诉我这些,"我说,"除非你只是想说出来,或是这件事对现在产生了什么影响。"

"都有。"她说,"我去做过孕期测试,就在我们还努力要孩子的时候。我只是想知道出了什么问题。结果是我,我的输卵管被堵住了。他们本来还想帮我疏通,但难度有点大,而且我也不想这么干。我没有告诉你这些,最后,也是我决定不再生孩子了。也许你会离开我,和别人生儿育女。但事到如今……你要知道这不是你的问题,以免……我错了。"

她哭了起来,因为某些发生在大约十五年前的事情,还有发生在我们两人之间跟孩子有关的这出闹剧:克服自己的恐惧,鼓励她去尝试,一次次地失败,却从未停下来想一想,要怎样继续只有我们两个人的关系。

我站起来,两手环抱住她。她坐在凳子上,也伸手揽住了我。

"你早就应该告诉我,"我说,"我们也就不用去做什么试管婴儿了。我不会离开你的，现在也不会离开你。"

"亚当，我没法——"

"我知道。我也做过测试了。出于同样的原因。我也想知道问题出在哪儿。如果是我的原因，或许我们可以用些更直接的办法解决。"

"你为什么不告诉我？"

"那样你就不会有刚才说的那种感觉了。"

克莱尔松开手，我向后退了一步，给她留出空间。"天哪，我们真是一对傻瓜，"她颓然道，"我们一定得经历这所有的一切才肯说出该说的话……"

"那接下来我们要怎么办？"

她从桌子上拿出一张抽纸，擦了擦脸。她的表情里既没有愤恨也没有怨怼，只有无尽的悲伤。

"我想这让我们更好地了解了所发生的一切。我真的不想这么说，但这些都不会改变我们一周前说过的话。这跟别人都没关系，是我要不要搬走。这件事对我们两个人来说都更重要，比我们的关系都重要。"

"我说过了，要每天早上帮你泡咖啡。如果你去了美国，那我也得跟过去才行啊。"

她瞪着我。她过去的确了解我，她没想到我会说出这样的话。

我举起咖啡杯："去谈最好的条件吧，其他的我会想办法，如果你想让我跟去的话。"

"你恨美国呀。"

"但我爱你。"

她看着我，看着我，看着我。这不再是一句简单的"我爱你"，这是我愿意搬迁的决心，在过去的几个小时里，我从一个想要破坏谈判的家伙变成了一个不再恐惧的自己。如果我们想打破僵局，就必须有一个人付出更多——这样简单的逻辑本该在二十二年前改变我的整个人生。

"你想要我们变成和从前一样？"克莱尔问。

"这对我们两个人都好，不是吗？"

"当然了。为什么我们这样的聪明人一定要选择其他的道路，而不是最适合我们的呢？大概是因为我们都以为总有事情比我们的感情更重要。"

"我应该已经改观了。"我说。

我明白，想要重启我和克莱尔的关系绝不仅仅因为我和安杰利娜的感情走到了尽头。我希望我们在一些地方也能像安杰利娜和查理一样，当然不是指他们之间直到几个小时前还略显病态和致命的共生关系。我们只要为了更好的生活而努力。

"我必须得承认，躺在床上就有咖啡送过来确实很有吸引力。"克莱尔说。

"每周出去吃一次晚餐，"我接着说，"剩下的时间都由我来做饭。当然还要工作。我们应该再去趟法国，趁着我们搬到美国之前。"

我的头脑里开始描绘出一幅美妙的图景，可能会把鹅肝去掉吧。

"好啊，"她说，"但还有两件事。"

"两件事？"

"两件。"她站起来，我跟着她来到客厅，手里拿着酒瓶。她让我把两个杯子都倒满酒，接着坐到她对面的沙发上。

"如果你还没有完全忘了……安杰利娜，请一定要告诉我，我们会一起面对，不管结局怎样。我们之前就应该这么做的。"

"之前我已经不再想她了，直到我们重新联系上，才让往事一下子又都涌进了脑子里。有那么一会儿，我觉得我可以让时间倒流。"

"你一定经历了重要的一周。我不知道你们发生了什么，也不知道你打算告诉我多少，但如果你想要和我谈谈这件事，请现在就开始。我不想在未来的二十年里，让你一点一点挤牙膏似的把这些事情说给我听。"

"如果我想，那么你呢？"

"你知道的，过去我曾相信，夫妻之间不该有秘密，应该分享一切，但我们老了，我看着曼迪和她经历的事情，突然觉得如果兰德尔不是个懦夫就好了，他应该保守住这些秘密。或者他跟你说，跟律师说，跟任何一个不会告诉曼迪的人说都可以。如果他没有把这些事情都告诉她的话……"

"你不想知道？"

"我不用知道，我也不需要什么细节。这个故事里的人甚至与我从未谋面，他们大概也不想让我知道吧。但如果你需要告诉我……"

"如果我需要告诉谁，我会花钱请个心理医生，肯定不是兰德尔的那个。"

"如果这能让你好受些的话。我猜你和她睡了吧，但我不会一辈子就抓着这件事不放的。"她眼睛望向别处，又看回来，"不管你跟她说过什么，我都不会抓着不放，因为我不是曼迪。还有第二件事。"

她走到钢琴旁边，推开盖子。

"你可以在晚餐时演唱，每天晚上都可以，实现对你爸爸的承诺。"

小事一桩。不，这是件大事。实际上，这是一个巨大的改变。克莱尔在家的时候，我一般都会避免演奏音乐。在过去的几年里，我、音乐和女人之间唯一的感性联系都是属于安杰利娜的。克莱尔一定已经猜到了，或许她只是想让我履行好对情感伙伴的责任。

我开始思考，如何才能平息我的抵抗心理，殊不知这种感觉早已不再。我想要弹琴，或许算是过去几个月的一项成果吧。

我走到钢琴旁，就像一天前，好似在另外一个世界里做过的那样，我让我的意识自行挑选一首歌曲，就好像你在走路时，从不会刻意地把一只脚放在另一脚的前面一样。

我弹了一段和弦，升F调，三个手指划过黑键，汤姆·威茨的旋律浮现在脑海。

我弹起了《圣迭戈小夜曲》[1]，一段简单的旋律配合三段歌词，讲述了失去的痛苦，直到失去才懂得拥有。只有我人到中年的一副肉嗓和父亲的钢琴。

[1] 原文为 *San Diego Serenade*。

这首歌既不是送给安杰利娜，也不是送给克莱尔，也不是送给任何人。我只是弹奏着这段旋律，沉浸在自己感性的世界里，和克莱尔一起享受这一刻。

时钟指向了半夜两点。

"感谢上帝，幸好我明天下午才去伦敦。"克莱尔感慨道。

啊。查理飞往米兰的航班是下午两点。我告诉克莱尔他想要帮忙的意思，克莱尔给她的合伙人发了信息。

"咱们该去睡觉了，"她说，"睡在我们的房间里。还有第三件事，你再也不许睡在艾莉森的房间里了，不管去不去美国，我们都要把这栋房子卖掉。"

接着她亲吻了我。尽管我是个喝得微醺的四十九岁男人，刚刚结束和另一个女人长达一周的亲密关系，我还是感觉到了一些异样的感受。

"我们会怀念周五的。"我说。

"想都别想。"克莱尔制止了我。

人生中最为波折的一周竟以这种方式收场，还真是非比寻常。

查理会一直待到周二，他指导克莱尔的团队在谈判中获得了意想不到的收益，这也给他多添了一个成功案例。她要去圣何塞工作三年，软件公司收获了一份理想的协议，她自己也赚得盆满钵满。哪怕我每周工作八天，也赶不上她的薪酬。

克莱尔从伦敦回来，一直对查理赞不绝口。他既是个出色的谈判专家，又是个颇具魅力的调情老手，连克莱尔都成了他的调情对象。同时带回来的，还有一桩从未听说过的期货交易案例。她还说查理取消了米兰的行程，因为他的女儿不愿意见他。

在加州，我会和兰德尔碰面，他会帮我找份工作，在我戳穿了他在四分之一个世纪前对克莱尔图谋不轨的劣迹之后。

我还会在一家酒吧里弹琴，每周三个晚上。我还要努力扩充曲库，把最近三十年的金曲都涵盖进去。我再也不会规律性地参加酒吧小测了，也没有时间，更没有理由把自己关在屋子里，没完没了地听着令人心碎的歌单。那时的我一坐到钢琴旁边，就要忙着把新歌记下来，根本没有时间沉浸在怀旧的伤感里面。

有一天晚上，会有一个看起来很像杰克逊·布朗的人走进酒吧，在后方角落的座位上坐下。我会弹上一曲《伪装者》[1]，他会起劲地为我鼓掌，向钢琴走过来。我暗下决心，如果他也想弹上一段，我就把琴让给他。但他只是从我身边走过，径直去了卫生间，我知道这人一定是他。

最后，我还得感谢我的妈妈，是她拯救了我，让我不再盲目地仰视我缺席的父亲。

克莱尔和我会在固定的时间出去约会，谈谈彼此忙碌的生活，有时也谈谈心。之后我会弹琴，让所有的感情都融化在这无声的对话里。我们就这样不动声色地向彼此许下承诺，要一起变老，签下一纸婚书。

我会在搬到圣何塞四年后的一天里收到一封邮件，发件人是萨曼莎·艾奇逊，开头第一句就写道，我知道你认识我过世的母亲。看到这话我的泪水就会涌出来，之后才发现她说的母亲是指雅辛塔。她想从认识她母亲的人那里收集她母亲的故事，我会深情满满地写上两页长的回复。萨曼莎还会补充道，她的父母一切都好，酒还是喝得不少。

我再也不会和安杰利娜见面。但我会记起她——不再是那个二十三岁的妙龄女郎，而是和我在法国共度一周的妇人——当我听到一首送给失去的爱人的歌曲。这样的经历会让人心酸，因为在马孔的火车站，我只差一点就会让她和我一起离开，只差一个十六分音符的距离。

对于那些时光，还有另外一首杰克逊·布朗有关爱情再临的歌曲，其中的一句唱到要在喜悦的废墟里大笑。我会在头脑里唱起这首歌，或是在手机上播放，我会记起重燃激情的那晚，床边翻倒的小桌，还有查理的 iPod 静

---

[1] 原文为 *The Pretender*。

静地看着我们。但陪伴我度过人生第六个十年的是歌曲伤感的结尾：这是过去的回响还是未来的呼唤？

最后，每个人一定都知道了，在这样一个一封单字电邮、一次法国农舍里的失言，还有一次神秘的唱片翻面都能改变一切的世界里，一切都会好起来。

歌曲列表

/

如下歌曲和版本都是我在写作过程中头脑一直盘旋的旋律。
请访问 *textpublishing.com.au/books/the–best–of–adam–sharp* 获取 Spotify（音乐播放器）歌单。

Hey Jude (The Beatles)
《嘿，裘德》（披头士乐队）

Like a Rolling Stone (Bob Dylan)—the 'Judas' moment is on The Bootleg Series, Vol. 4: Bob Dylan Live 1966: The 'Royal Albert Hall' Concert
《像一块滚石》（鲍勃·迪伦）——那一声"犹大"出自《现场系列，第四辑：鲍勃·迪伦 1966 年现场演出：皇家阿尔伯特音乐厅演唱会》

Someone Like You (Adele)
《如你》（阿黛尔）

My Sentimental Friend (Herman's Hermits)—a taste of Adam's accent
《我多愁善感的朋友》（赫尔曼的隐士们乐队）——亚当口音一瞥

Walk Away Renée (The Left Banke / The Four Tops, or, for a spare version such as Pete the Project Manager sings, Linda Ronstadt)
《走吧，勒妮》（左岸乐队 / 四巨头乐队，亦可尝试其他版本，如项目经理皮特的演唱版本，或琳达·朗斯黛的版本）

Brown Eyed Girl (Van Morrison)
《棕色眼睛的女孩》（范·莫里森）

Because the Night (The Patti Smith Group)—Adam is wrong: Bruce Springsteen did record a studio version, eventually released on *The Promise* in 2010
《因为这一夜》（帕蒂·史密斯乐队）——亚当说错了：布鲁斯·斯普林斯汀曾灌录过此歌的录音室版本，并最终于 2010 年随唱片《誓言》发行

Both Sides Now (Joni Mitchell / Judy Collins)
《一体两面》（琼妮·米切尔 / 朱迪·柯林斯）

You're Going to Lose that Girl (The Beatles)
《你会失去那个女孩》（披头士乐队）

You Are So Beautiful (Joe Cocker)
《你是如此美丽》（乔·科克尔）

You Can Leave Your Hat On (Joe Cocker)
《你可以把帽子戴上》（乔·科克尔）

I Hope that I Don't Fall in Love with You (Tom Waits)
《我希望我没有爱上你》（汤姆·威茨）

If You Gotta Go, Go Now (Bob Dylan / Manfred Mann)—Dylan's acoustic version on The Bootleg Series, Vol. 6: Bob Dylan Live 1964: Concert at Philharmonic Hall is closest to how Adam plays it
《如果你要走，请现在离开》（鲍勃·迪伦 / 曼弗雷德·曼）——迪伦的不插电版本收录于《现场系列，第六辑：鲍勃·迪伦 1964 年现场演出：爱乐厅演唱会》，

这一版本与亚当的版本最为相近

I'm Henry VIII, I Am (Herman's Hermits)—an overdose of Adam's accent, in the same vein as their '*Mrs. Brown, You've Got a Lovely Daughter*'
《我是亨利八世，我是》（赫尔曼的隐士们乐队）——亚当口音的充分体现，亦可欣赏歌舞片《布朗女士，您有个漂亮女儿》。

Greensleeves (Loreena McKennitt)
《绿袖子》（罗琳娜·麦肯尼特）

I Am Woman (Helen Reddy)
《我是女人》（海伦·莱迪）

Early in the Morning (The Mojos)—the all-female Australian blues combo
《清早》（巫术乐队）——澳大利亚全女子布鲁斯组合

Walking on Sunshine (Katrina and the Waves)
《走在阳光中》（卡特里娜与波浪乐队）

Mr. Siegal (Tom Waits)
《希格先生》（汤姆·威茨）

Imagine (John Lennon)
《想象》（约翰·列侬）

Angel of the Morning (Merrilee Rush and the Turnabouts /Juice Newton)—growing up in New Zealand, I first heard Allison Durbin's version
《早上的天使》（梅瑞里·拉什与旋转木马乐队 / 朱希·牛顿）——在新西兰长大

298

的我，第一次听到这首歌是艾莉森·德宾翻唱的版本

I Will Survive (Gloria Gaynor)
《我会坚强》（葛罗莉亚·盖罗）

Great Balls of Fire (Jerry Lee Lewis)
《大火球》（杰瑞·李·刘易斯）

Skyline Pigeon (Elton John)
《天际线白鸽》（埃尔顿·约翰）

Walking in Memphis (Cher)
《漫步孟菲斯》（雪儿）

Walk Out in the Rain (Ann Christy)
《漫步雨中》（安·克里斯蒂）

Against the Wind (Bob Seger)
《逆风》（鲍勃·泽格）

Clair (Gilbert O'Sullivan)
《克莱尔》（吉尔伯特·欧沙利文）

Goodnight Irene (Ry Cooder)—his version features an accordion
《晚安，艾琳》（利·库德）——他的版本里使用了风琴

Farewell Angelina (Bob Dylan)
《再见，安杰利娜》（鲍勃·迪伦）

Lola (The Kinks)
《罗拉》（奇想乐队）

For Once in My Life (Stevie Wonder)
《钟爱一生》（史蒂夫·旺达）

C Jam Blues (Oscar Peterson)
《即兴布鲁斯》（奥斯卡·彼得森）

Champagne Charlie (Leon Redbone)
《香槟查理》（莱昂·雷德伯恩）

Summertime (Billie Holiday / Janis Joplin)
《夏日时光》（比利·霍利迪 / 詹尼斯·乔普林）

Angie (The Rolling Stones)
《安吉》（滚石乐队）

Chopin: Étude Op. 10, No. 3 in E major, Tristesse (Vladimir Ashkenazy)
肖邦：E 大调第三曲，作品 10，《离别曲》（弗拉迪米尔·阿什科纳奇）

Farther On (Jackson Browne)
《更远处》（杰克逊·布朗）

The Ship Song (Nick Cave and the Bad Seeds)
《船之歌》（尼克·凯夫与坏种子乐队）

Angel (Sarah McLachlan)

《天使》（萨拉·麦克拉克伦）

Non, Je Ne Regrette Rien / No Regrets (Edith Piaf)
《我不后悔》（伊迪丝·琵雅芙）

Bird on the Wire (Leonard Cohen)—the performance on Cohen Live: Leonard Cohen in Concert, 1994
《落在电线上的鸟》（伦纳德·科恩）——这段表演出自《科恩现场：1994 年科恩演唱会》

All These Things that I've Done (The Killers)
《所有我做过的一切》（杀手乐队）

San Diego Serenade (Tom Waits)
《圣迭戈小夜曲》（汤姆·威茨）

The Pretender (Jackson Browne)
《伪装者》（杰克逊·布朗）

The Times You've Come (Jackson Browne)
《你来的时候》（杰克逊·布朗）

Revolution (The Beatles)
《革命》（披头士乐队）

致谢

本书的完成，乃至我的整个作家生涯，都离不开我妻子的支持。我的妻子安妮·比伊斯特是我的灵感之源，她给予我鼓励，也在用批判性的眼光审视我的作品。

我还要特别感谢（曾住在曼彻斯特的）奥列斯特·比拉斯，还有钢琴师皮特·沃尔什。

本书的初稿完成于《罗茜计划》和《罗茜效应》的写作期间，我要感谢泰克斯特出版社的编辑迈克尔·海沃德、丽贝卡·斯塔福德，还有大卫·温特从那时起对我的帮助。

在正式编辑流程开始前和过程中，我也得到了最早一批读者的帮助，为我提供了无数宝贵意见，他们是：乔恩·巴克豪斯、塔尼亚·钱德勒、埃蒙·库克、朱迪·德拉-韦基亚、罗伯特·埃姆斯、伊里娜·贡多采娃、托尼·乔丹、罗德·米勒、海伦·奥康纳、苏珊娜·佩蒂、丹尼尔·辛浦生、多米尼克·辛浦生、克里斯与苏·瓦德尔、皮特与格里·沃尔什，以及珍妮弗·威利斯。

我的海外出版商——科迪莉亚·博哈特（德国费希尔出版社）、珍妮弗·恩德林（美国圣马丁出版社）、玛克辛·希契科克（英国企鹅出版社），以及珍妮弗·兰伯特（加拿大哈珀·柯林斯出版公司）——同样为我提出了有用的建议。

同时还要感谢罗宾·贝克、彼得·道森、苏珊和马丁·甘达尔、埃玛·希利、安德鲁·麦基奇尼、大卫·海、金·克莱尤斯、萨拉·勒琴斯、卡琳·马库斯、史蒂夫·米切尔，以及苏珊·斯莱。

　　最后，我要再次感谢泰克斯特出版社长期以来的支持——特别是安妮·比尔比、艾丽斯·科特雷尔、简·诺瓦克和柯丝蒂·威尔逊——以及我在全球各地的出版人和代理公司。感谢你们把我的作品带给读者，也让我能继续从事写作事业。

格雷姆·辛浦生来自墨尔本，是一位小说家、编剧。其作品
《罗茜计划》曾荣获2014年澳大利亚书业ABIA年度小说大奖，
全球销量达三百万册。续集《罗茜效应》也成为畅销作品。格雷
姆正在与索尼影业合作，将《罗茜计划》改编为电影剧本。

graemesimsion.com

图书在版编目（CIP）数据

亚当的人生歌单 /（澳）格雷姆·辛浦生
（Graeme Simsion）著；郑玲译 . —长沙：湖南文艺出
版社，2019.5
　书名原文：The Best of Adam Sharp
　ISBN 978-7-5404-9090-4

　Ⅰ．①亚…　Ⅱ．①格…②郑…　Ⅲ．①长篇小说－澳
大利亚－现代　Ⅳ．① I611.45

中国版本图书馆 CIP 数据核字（2019）第 040963 号

著作权合同登记号：图字 18-2019-026

THE BEST OF ADAM SHARP by Graeme Simsion
Copyright © 2016 by Graeme Simsion
Published in agreement with The Text Publishing Company, through The Grayhawk Agency Ltd.

上架建议：外国文学·爱情小说

YADANG DE RENSHENG GEDAN
亚当的人生歌单

作　　者：［澳］格雷姆·辛浦生
译　　者：郑　玲
出版 人：曾赛丰
责任编辑：薛　健　刘诗哲
监　　制：毛闽峰　李　娜
特约策划：李　颖　杨　祎
特约编辑：王苏苏
版权支持：辛　艳
营销编辑：吴　思　刘　珣
封面设计：潘雪琴
版式设计：利　锐
出版发行：湖南文艺出版社
　　　　　（长沙市雨花区东二环一段 508 号　邮编：410014）
网　　址：www.hnwy.net
印　　刷：北京盛通印刷股份有限公司
经　　销：新华书店
开　　本：880mm×1270mm　1/32
字　　数：275 千字
印　　张：10
版　　次：2019 年 5 月第 1 版
印　　次：2019 年 5 月第 1 次印刷
书　　号：ISBN 978-7-5404-9090-4
定　　价：42.00 元

若有质量问题，请致电质量监督电话：010-59096394
团购电话：010-59320018